W0314253

Le loup des Cathares

Du même auteur chez TDO :

- *Les Vautours de Bugarach*, 2017.
- *Absinthe*, 2017
- *La Dama*, 2018

ISBN : 978-2-36652-247-1
Tous droits réservés © TDO éditions

Couverture : Première de couverture à partir du dessin de *Le Loup des Cathares* © Benoit Lacou.

Daniel Hernandez

Le loup des Cathares

Collection poche

Cette collection de poche à pour but de rassembler l'ensemble des œuvres de Daniel Hernandez – révisées une à une par ses propres soins – et dont les éditions originales sont épuisées.

Roc Blanc
CERDAGNE
O
Boussadus
DONEZAN
Querigut
Rouzes
La Bruyante
N
Madres
Niort
Usson
Mijanes
Escouloubre les bains
Campagna
Doumes
Ayguette
Aunat
Fontanes
St-Colombe
Aude
PAYS de SAULT
Rebenty
Route Vauban
Joucou
FENOUILLEDES
Prieuré
Forêt d'en Malo
Axat
CARCASSONNE
Quillan
Couiza
Puilaurens
Rennes le Château
Gincla
Lapradelle
Rennes les Bains
Serre de Quière
Bugarach
Le Bézu
Boulzane
S
E
PERPIGNAN
Château
Grotte-Trésor
Pic
Lieu de l'attentat de Fournier

Lupo

Au pied du *Pog*[1], le bûcher fumait encore. Nauséabonde, l'odeur âcre de la chair brûlée empestait le vallon. Portée par la brise du soir, menace maléfique, sa pestilence s'insinuait jusqu'en Pays de Sault. Loqueteux et faméliques, quelques laïcs avaient réapparu dans les rues du village saccagé par les mois de siège. Incrédules, terrifiés, ils rôdaient autour des tisons agonisants. Honteux des crimes perpétrés par les hommes, des chiens les suivaient, gémissants, la tête basse, la queue rasant le sol. Quelques cadavres calcinés restaient en pied, soudés aux pieux carbonisés. La plupart gisaient en tas informes. Plus de deux cents Parfaits avaient péri sur le brasier géant !

— Mon Dieu, est-ce donc là votre justice ? Pourquoi nous accablez-vous, nous qui ne vivons que

1. *Pog : nom donné au piton rocheux du château de Montségur.*

pour vous servir ? Par miséricorde, recueillez leurs âmes ! pria une femme drapée dans un châle de laine noir.

Sous la tente du sénéchal qui arborait la bannière blanche à fleur de lys, les capitaines réunis en conseil de guerre se réjouissaient : après des mois de résistance acharnée, les Cathares de Montségur étaient enfin vaincus !

Trônant sur un large siège en chêne sculpté et garni de cuir, paré d'habits brodés d'or, la lourde crosse sacerdotale en main, la mitre sertie de pierres précieuses posée sur sa tête, l'archevêque de Narbonne, Pierre Amiel, prit solennellement la parole :

— Le dernier bastion des hérétiques est tombé ; leur clergé est définitivement décapité ! Le culte de notre sainte mère l'Église va à nouveau faire office de loi sur ces terres impies. Que tous le sachent : la justice divine sera appliquée sans aucune clémence. Les infidèles seront pourchassés, le bras sans pitié de l'Inquisition les traquera à travers les montagnes des Pyrénées jusqu'en Catalogne et en Aragon. Preux soldats du Christ, vous à qui notre Très-Haut doit cette victoire éclatante, prosternez-vous !

Dans un cliquetis d'armes, les capitaines posèrent un genou à terre. Au premier rang, sans baisser son regard, Lupo di Bianca Forza leva la tête pour recevoir le pardon de Dieu. Ses yeux brûlaient de la fièvre des fanatiques. Des chevaliers présents, il était le seul à avoir pris part aux Grandes Croisades et la croix rouge des combattants de Palestine décorait la blanche tunique qui couvrait sa cotte de maille. Au cours de la quatrième expédition contre les Infidèles, il avait combattu aux côtés du comte Simon de Montfort. Dès lors, il l'avait toujours accompagné. De retour de Terre Sainte, il s'était engagé avec lui dans l'holocauste lancé par le pape contre l'hérésie cathare et, durant la prise de Béziers, son habileté et sa cruauté, l'avaient rendu célèbre. En cet instant béni où il avait, une nouvelle fois, terrassé les ennemis de l'Église romaine, il se souvenait :

Forte de ses défenses et de ses greniers pleins de blé, la ville a refusé de livrer les Cathares qui s'abritent en ses murs. Pour s'en saisir, l'ost des Français a dressé son camp pour le siège. Avec quelques ribauds, il s'approche des défenses pour jauger la solidité des remparts.

— Quarante jours ne suffiront pas à les faire tomber, l'entreprise est vouée à l'échec, juge-t-il, pessimiste.

Soudain, en surnombre, des habitants de Béziers les provoquent et les attaquent. Alors qu'une simple échauffourée s'engage, il devine l'huis laissé ouvert après la sortie inconsidérée des Occitans. Saisissant son cor de commandement, il sonne l'assaut. Dès lors, le cours de l'histoire bascule, le siège qui s'annonçait sans fin ne commencera même pas. Des soldats français qui se trouvaient à proximité accourent et renversent le rapport des forces.

Les Biterrois prennent conscience de leur imprudence et battent en retraite. Il est trop tard ! Le sort de la bataille se joue de manière inattendue. Les troupes de l'ost parviennent à la porte sur les talons des fuyards, s'en emparent, et empêchent sa fermeture. Alertée, l'armée des Croisés déferle et en quelques heures se rend maître de la ville.

Pêle-mêle, hérétiques et catholiques fuient. Devant l'impossibilité de les différencier, les envahisseurs hésitent à les pourfendre. Les capitaines se tournent vers Arnaud Amaury, le légat du pape. Il le revoit et l'entend comme si c'était hier :

— Tuez-les tous, Dieu reconnaîtra les siens ! La vengeance divine doit être appliquée sans clémence, n'épargnez ni le sang, ni le sexe, ni l'âge. Pas de quartiers, pillez, tuez ! hurle l'abbé les yeux injectés de sang.

Alors, la barbarie se déchaîne. De taille et d'estoc, les Français massacrent sans discernement, trucidant jusque dans la nef de l'église Sainte-Madeleine, noyant dans l'Orb, rouge de sang, dressant des bûchers jusqu'à exterminer plus de vingt mille âmes.

La voix de l'archevêque Pierre Amiel arracha Lupo à ses souvenirs et il réintégra le présent :

— Nostri Patris nomine…

L'ecclésiastique, armé d'un goupillon, bénissait les assassins pour qu'ils retrouvent leur pureté. Pluie miraculeuse, des gouttes d'eau se dispersaient au-dessus des soudards, absolvant dans l'instant leurs pieux péchés de guerre. Les fautes ainsi pardonnées par Dieu, d'un geste magnanime, le pontife autorisa les guerriers à se relever.

Jusqu'alors en retrait, le sénéchal de Carcassonne, Hugues des Arcis, s'avança.

— Nobles seigneurs, l'ennemi s'est rendu. Au nom du roi, je vous libère de votre mission sacrée. Dès ce soir, vous pouvez regagner vos terres. Conformément à la volonté de sa Sainteté le Pape, les fiefs et les biens conquis sur les hérétiques vous seront distribués à hauteur de vos services. Pour cette nuit encore, l'état de guerre reste en vigueur. Si le cœur vous en dit, divertissez-vous aux dépens de la populace, vous l'avez mérité. Mais que demain l'ordre règne ! Maintenant, allez.

— In Christi pace, rajouta l'archevêque.

À reculons, à coups de révérences, les capitaines évacuèrent la tente.

— Chevalier di Bianca Forza, restez, intima le sénéchal au combattant arborant la croix rouge. Nous avons encore à nous entretenir avec vous.

— Lupo, poursuivit-il familièrement lorsque tous les autres soldats du Christ eurent quitté la place, les Parfaits rôdent encore dans le pays. Si certains passent les cols pour se réfugier en Catalogne et en Aragon, d'autres trouvent protection auprès de la noblesse locale et se réfugient dans leurs forteresses, à Montaillou, à Usson… L'armée du roi ne peut perdre son temps à assiéger tous ces bastions ! C'est à vous, très cher Lupo, vous qui avez rendu tant de services à notre sainte mère l'Église, que nous confions la tâche de mater les *Bonshommes*[2] qui continuent à prêcher dans ce pays. Vous tiendrez à l'œil la famille de Niort et les sires d'Alion. Ils complotent contre le roi, s'alliant à leur convenance avec l'Aragon et rendant ainsi nos frontières peu sûres. Attachez-vous à leur perte ! Soyez le spectre qui les empêche de dormir !

— Je suis votre dévoué, Sire. Quels sont vos plans ? se mit immédiatement aux ordres le Croisé de Palestine en s'agenouillant à nouveau en signe d'obéissance.

2. *Bonshommes : nom donné aux Cathares.*

— Avec vos troupes, vous occuperez le château d'Axat en garnison régulière. Je sais que vos services méritent bien mieux, mais il s'agit d'une mission de la plus haute importance. Le passage sur le fleuve Aude est stratégique vous le contrôlerez ainsi que nos ennemis qui complotent dans le Pays de Sault et le Donezan.

— Dois-je éliminer moi-même les Parfaits et leurs complices ?

— Arrêtez-les et gardez-leur la vie. L'Inquisition se chargera de les punir et ils feront exemples. Chaque Parfait livré vous sera payé et ses biens vous reviendront.

— Noble sénéchal, sans vous offenser, après cette dernière mission, puis-je espérer une charge plus prestigieuse ? Je guerroie pour Dieu depuis tant de temps...

— La région définitivement pacifiée, elle vous appartiendra ! Les Fenouillèdes, Le Donezan et le Pays de Sault seront vôtres ! Et le Roi vous fera Comte. Allez maintenant ; les hérétiques fuient sur les chemins, pourchassez-les sans attendre !

— À vos ordres, Messeigneurs. Que Dieu guide mes pas !

Lupo di Bianca Forza se signa et quitta, à son tour, la tente.

— Pouvons-nous nous fier à ce mercenaire ? s'inquiéta l'archevêque, une fois le capitaine sorti.

— Pour ce qui est de chasser notre gibier, c'est le meilleur de nos hommes ; il sera sans pitié.

— N'est-il pas trop avide ?

— C'est l'assurance qu'il ruinera ces nobliaux qui conspirent contre le royaume.

— Vous lui avez promis des terres qui doivent rester dans le giron de l'Église !

— Simple stratégie politique. Nous l'éliminerons en temps utile. Le Roi a besoin des trésors que ce condottiere a amassés en Palestine et qu'il va accroître sur les dos des Parfaits.

Lupo ne se fiait pas aux promesses du sénéchal : un mercenaire tel que lui ne serait jamais anobli ! Son titre de Chevalier acquis de haute lutte en Terre Sainte ne serait jamais réellement reconnu. La guerre contre les Albigeois se terminait, il devait profiter de la dernière occasion qui lui était donnée pour s'enrichir encore. Lorsqu'il s'était engagé avec Simon de Montfort, ce n'était pas pour défendre la foi chrétienne, mais pour accumuler or et biens. Le feu qui allumait ses yeux n'avait rien de religieux, il n'était que la simple manifestation de sa cruauté et de sa cupidité.

Au campement, il rameuta ses hommes. Pour eux, il n'était pas question de festoyer avec les autres troupiers, Dieu et le Roi leur avaient confié une autre mission !

Sous le commandement de leur capitaine, les soldats harnachèrent leur monture et, au travers des gorges creusées par les rivières, s'engagèrent sur la route du Pays de Sault. Sur leur chemin ils rattrapèrent des chariots tirés par des bœufs et chargés de fuyards. Outrepassant les recommandations du sénéchal, ils les massacrèrent tous : hommes, femmes et enfants. Des prisonniers auraient ralenti leur marche !

Avant la nuit, les remparts de la forteresse de Montaillou se profilèrent sur le sommet de sa colline. L'essentiel des troupes cathares ayant été décimé à Montségur, la cité tomba sans résistance et, désireux d'éviter un bain de sang, les hérétiques réfugiés se livrèrent de leur plein gré. Lupo les rassembla dans la forge du maréchal-ferrant et les brûla au fer rouge. Ses armes, une flamme à trois volutes, mordirent leur chair comme celle des esclaves dont jadis il avait fait commerce en Méditerranée. Les captifs devenaient ainsi son indiscutable propriété et auraient un prix.

Le bétail humain marqué, il lâcha ses hommes. Toute la nuit le village fut le théâtre de saccages, de vols et de viols.

La Route Vauban

Les 4x4 des chasseurs encombraient Campagna-de-Sault. Son seul parking était plein comme un œuf. Luce tourna dans les ruelles sans dégotter de place jusqu'à devoir se serrer contre le parapet du pont qui enjambe le ruisseau au bas du village.

Quand elle sortit de l'habitacle de sa voiture, il était tout juste six heures. La fraîcheur de la montagne caressa sa peau, réveillant ses muscles. Autour d'elle aucun bruit ni présence d'humains. Elle adorait cette sensation de virginité matinale. À proximité, une fontaine coulait en jet continu dans le bac de pierre d'un abreuvoir. Elle vida sa gourde de l'eau de la ville et la remplit à la source captée. En même temps son regard fut attiré par une stèle dressée juste au-dessus. Modeste monument aux morts, elle alignait dans le granit gravé les martyrs des grandes guerres. La provision terminée, elle compta les hommes sacrifiés sur les champs de bataille. Leur nombre dépassait celui des maisons habitables du hameau qui subsistaient grâce aux résidences secondaires. La vraie vie, celle qui cinquante ans plus tôt alimentait encore l'école et fauchait les pâturages en terrasses, les avait quittées depuis longtemps.

Luce revint vers sa voiture et finit de se préparer. Elle troqua ses tennis contre des chaussures de marche, enfila les sangles de son sac à dos et, repérant le balisage jaune, s'engagea dans la rue centrale. Passant devant l'église qui, malgré la défection des fidèles, arborait un porche roman magnifiquement restauré, elle quitta le village en direction du sud-est. Un panneau pyrogravé l'informa qu'elle s'engageait sur la Route Vauban. Elle se trouvait sur la bonne voie. Explorer l'axe de liaison que l'architecte militaire de Louis XIV avait ouvert pour relier le royaume de France à la citadelle frontalière de Mont-Louis à des fins militaires relevait de ses devoirs de prof d'Histoire à l'Université de Montpellier.

Soigneusement étudié par le génie, le tracé du chemin épousait les courbes de la montagne sans montées ni descentes à fort pourcentage pour pouvoir tracter de lourds canons. Si ce n'étaient les éboulements causés par le passage des troupeaux et le ruissellement des eaux de pluie qui détruisaient peu à peu les soutènements empierrés, la route serait encore carrossable. Sur ce sol favorable, Luce avançait rapidement. Elle progressait entre d'anciennes terrasses de cultures à l'abandon devenues pâturages. À son approche, des moutons laineux déguerpissaient, sautant en débandade les tertres à demi démolis. Le sol parsemé de crottes et l'air chargé de leur odeur forte lui rappelèrent le temps où les troupeaux traversaient son village natal.

Dans un virage, elle regarda derrière elle et suivit des yeux la marque de la route dans les frondaisons. Au milieu des verts printaniers qui se déclinaient dans des nuances aussi riches que les roux de l'automne, elle montait rectiligne en direction de Rouze et du Donezan. En surplomb, au nord, Luce identifia les deux sommets mythiques du Pays de Sault : le Bentaillole avec sa croupe arrondie et l'Ourtizet avec son profil aiguisé. Posée sur le berceau des crêtes qui les reliaient, offrande de l'aurore mourante, une lune diaphane s'évanouissait dans la lumière naissante. Plus à l'ouest, les ruines du château d'Usson se dégageaient de la mer de verdure. Au confluent des vallées de l'Aude et de la Bruyante, la position stratégique de la forteresse sautait aux yeux et les vestiges de ses remparts avaient fière allure.

La sérénité générée par la montagne et l'effort

physique avait maintenant totalement investi l'esprit de Luce. Elle la respirait au plus profond d'elle-même, et les pensées sporadiques qui jaillissaient et mouraient lui apportaient un profond apaisement. L'invitation du Conseil Général de l'Aude à l'occasion du tricentenaire de la mort de Vauban pour un cycle de conférences dans la Haute-Vallée s'avérait une véritable aubaine pour prendre du recul dans sa liaison avec José. Après neuf ans de vie commune, leur passion s'enlisait dans les tracas et le train-train de la vie familiale. Le caractère torturé de son compagnon ajouté à ses aventures extraconjugales avaient mis à mal sa patience et sa marge de tolérance. Elle l'avait laissé pour cette mission culturelle qui ressemblait beaucoup plus à des vacances qu'à du travail. Seule leur fille Marie lui manquait. Elle l'imaginait avec son père, rôdant sur la Clape à la recherche des grottes de sorcières qui l'enchantaient ou dans les vignes de l'arrière-pays à la découverte des insectes et des papillons qui la fascinaient.

Luce marchait maintenant depuis plus d'une heure lorsqu'un piton rocheux barra le chemin de son front abrupt. Massif, il se dressait tel un imprenable donjon. Sa base prenait racine au niveau de la route, deux cents mètres en contrebas, et son sommet, étonnamment arasé, offrait une plate-forme digne d'un héliport pour film à grand spectacle. Perplexe, elle s'interrogeait sur la manière dont Vauban s'y était pris pour franchir cet impressionnant obstacle, quand son œil discerna un tunnel creusé dans la roche calcaire. Avec lui, elle pensait tenir la réponse mais un panneau explicatif placé près de l'entrée de la galerie infirma sa supposition. Le percement de la voie ne devait rien au génie de l'architecte militaire, il était l'œuvre des paysans locaux qui, deux siècles plus tôt, avaient percé la montagne pour relier plus directement les villages voisins de Fontanès et de Campagna. Elle s'arrêta et étudia la carte IGN. Elle se rendit compte qu'elle avait quitté la Route Vauban à l'embranchement antérieur. Pour la retrouver, sans revenir sur ses pas, elle pouvait couper en gagnant la crête de l'éperon rocheux. Elle choisit cette option avec d'autant plus d'intérêt qu'elle avait remarqué que les restes de la forteresse de Dournes se situaient sur le promontoire qui la dominait.

Empruntant un flanc herbeux, Luce grimpa facilement sur la croupe de la colline qui jouxtait la plate-forme. Pour y accéder, la partie terminale fut plus difficile et elle dut escalader une falaise dans un enchevêtrement de chênes et de buis moussus. Au sommet, modeste récompense, de maigres ruines s'offrirent à elle : le soubassement d'une tour carrée et quelques pierres jointes, vestiges de murs, que l'on ne pouvait apercevoir depuis le chemin. Reprenant son souffle, elle découvrit le paysage. Cinq cents mètres plus bas, trajectoires parallèles, le lit de la rivière et la route départementale serpentaient au milieu des défilés et des gorges. Le promontoire était idéal pour surveiller la vallée à dix kilomètres à la ronde.

Après de longues minutes de contemplation, elle cessa d'admirer les précipices et les horizons pour reconsidérer les ruines : trois fois rien et un espace des plus réduits ! Difficile d'imaginer que ce repaire d'aigles, nid minéral cerné par un monde végétal d'une densité oppressante ait été un lieu de vie, difficile de concevoir qu'un véritable castrum l'ait occupé et que des chefs de l'Église hérétique y aient trouvé refuge.

À l'inverse d'autres forteresses comme Montségur, Queribus, Puilaurens… il existait très peu de documents sur Dournes et, les Cathares constituant le second thème de ses conférences, elle profita de l'occasion : sortant son appareil numérique, elle mitrailla les lieux. Les pixels mémorisés, elle savoura à nouveau le paysage.

Un vautour fauve planait au-dessus d'elle. Elle le reconnut à ses ailes doigtées. D'ordinaire, l'espèce volait en colonie. Elle leva les yeux pour la chercher. Un deuxième passa à son tour, puis un troisième. Ensemble, ils plongèrent vers le sol. Elle en repéra alors une demi-douzaine, posée sur des cheminées de fées qui émergeaient de la végétation. Sans doute en attente du dernier soupir d'une proie, les gros oiseaux se tenaient droits sur leurs pattes, leur cou pelé tendu comme dans les Lucky Luke de Morris. Jamais elle n'en avait vu d'aussi près. Elle pensa qu'un isard, un chevreuil ou un mouton avait basculé dans le vide et que les charognards s'apprêtaient à se partager sa dépouille. Elle décida de s'approcher pour les observer en train de dépecer le cadavre.

Depuis leur perchoir, les rapaces suivaient son avancée d'un air mauvais, agitant leur tête et leur long bec crochu. Bravant leurs coups d'œil fourbes, et en dépit du terrain accidenté, elle poursuivit sa progression dans la jungle des chênes verts. Quand elle fut proche, elle repéra la proie convoitée par les nécrophages. Stupéfaite, elle crut reconnaitre une forme humaine inanimée en équilibre précaire sur des rochers saillants. Elle accéléra pour vérifier. Elle ne s'était pas trompée : une jeune fille gisait, le corps cassé en deux. Un souffle de vie l'animait encore.

Luce sortit son téléphone portable et composa le 18.

Trois quarts d'heure plus tard, une éternité pour elle, les pompiers d'Axat débarquaient, au grand dam des vautours fauves qui, d'un dernier survol plein de regrets, s'enfuirent dans les airs. Avec d'infinies précautions, les sapeurs chargèrent le corps dans une civière à gouttière et l'emportèrent par la Route Vauban tout heureuse de pouvoir jouer encore son rôle de voie stratégique !

Le prieuré

Longeant la rivière de la Boulzane, Lupo di Bianca Forza revenait de Perpignan. La veille, Bernard d'Alion, seigneur d'Usson et de Montaillou, avait été exécuté. Convaincu d'hérésie par le grand inquisiteur Jacques Fournier, il avait été brûlé sur la place publique. C'est lui, Lupo, qui l'avait conduit devant le tribunal de Dieu et l'avait supplicié. Une nouvelle fois, il avait senti jusqu'au tréfonds de son être cette jouissance sadique qui l'exaltait chaque fois que les flammes divines léchaient les condamnés et que, prisme déformant ouvert sur le monde de la souffrance, l'air chaud transmettait les images tremblantes des suppliciés. Les incendies des villes pillées, les bûchers collectifs revenaient alors devant ses yeux et les cris des innocents sacrifiés à l'injustice du pouvoir remplissaient son cœur et son âme d'une force invincible : la Force Blanche. Cruel et sanguinaire à l'instar de son maître à penser Simon de Montfort, il puisait dans la mort ses raisons de vivre. Il sentait en lui ce gène puissant qui, dans la nuit des temps, avait permis aux hommes d'affronter les dangers les plus effroyables : l'ours des cavernes, le tigre aux dents de sabre, le lion géant, l'homme lui-même... La folie du sang l'animait et le rendait presque invulnérable. Cette tare ancestrale guidait la plupart de ses actes et l'isolait du monde. Malgré les services rendus, les princes et les prélats négligeaient et méprisaient les guerriers tels que lui... sauf lorsqu'ils avaient besoin d'éliminer leurs ennemis par n'importe quels moyens.

C'étaient les derniers soubresauts de la croisade contre les Albigeois. Le fils de Simon de Montfort avait cédé ses droits de succession à la Couronne. Désormais, le royaume des Capétiens s'étendait jusqu'au sud des pays d'Oc. Les rois de France changeaient de politique. L'heure n'était plus à la chasse aux Parfaits, prétexte inavoué d'annexions territoriales, mais à la garantie des nouvelles frontières. Pour ce faire, ils réarmaient les citadelles limitrophes avec l'Espagne qui, ironie de l'Histoire, avaient pour la plupart servi de refuges aux Cathares pourchassés par les Croisés.

En remettant à Lupo la prime pour la capture de Bernard d'Alion, l'archevêque de Narbonne l'avait également informé de la volonté du Roi de reprendre les châteaux de Puilaurens, de Dournes et d'Usson qui étaient jusqu'alors sous sa gouvernance. Le règne du condottiere sur les vallées de l'Aude et de la Boulzane se terminait. En lui ayant laissé miroiter que ces contrées lui appartiendraient un jour, comme il l'avait pressenti, le sénéchal l'avait grugé.

Lupo ne suivait plus le lit de la Boulzane ; il talonnait son cheval pour gravir les derniers mètres du col du Campérié et basculer sur Axat, son seul bien encore non confisqué au nom de l'intérêt de l'État. Cela ne saurait tarder ! Dans les yeux du prélat, dans ses paroles dédaigneuses, il avait compris que son sort était scellé. Le temps des mercenaires était passé !

Au détour du chemin, les masures d'Axat lui apparurent : une dizaine de huttes en bois, des taudis en torchis au pied du château bien modeste comparé aux forteresses qu'il devait restituer. C'était là sa seule récompense pour tous ses services rendus : le fief le plus misérable de la contrée !

Son cheval fléchit sur ses pattes avant. La sueur débordait de la selle, collant ses poils ; de la bave dégoulinait de ses babines et de l'écume remontait jusqu'à ses naseaux. Exigeant un dernier effort, il l'éperonna. Il ne vivait pas avec la garnison. Par sécurité, son repaire se trouvait plus loin, tout en haut des gorges de Saint-Georges, dans l'ancien prieuré camouflé au milieu des chênes verts. Dominant les falaises qui surplombaient l'Aude de plusieurs centaines de mètres, le refuge, de par sa situation, s'avérait plus sûr que le château. Une rampe abrupte constituait son unique accès et, sur cette voie, un rocher percé ne permettait le passage que d'un seul homme à la fois.

Ses années de guerre et son expérience des complots lui avaient appris à toujours avoir une longueur d'avance sur ses ennemis. Depuis son entretien avec l'archevêque, il savait que le danger se faisait pressant. Craignant d'être assassiné ou empoisonné, il venait d'écourter son séjour à Perpignan d'une nuit, n'assistant pas, sans se décommander, au repas auquel il était convié.

Après une courte montée, le cheval parvint à un replat et, par habitude, s'arrêta. Une écurie sommaire était aménagée sous les arbres. Un palefrenier à demi endormi en sortit et se précipita vers l'équipage. Lupo se désengagea de ses étriers et, d'un mouvement souple, enjamba la croupe de son destrier pour sauter à terre.

— Monseigneur, je ne vous attendais que demain !

le reçut le valet.

— Je rentre selon mon bon plaisir ; ne t'avise jamais de déserter ton poste, l'avertit le cavalier en lui confiant l'équidé dont il tapotait l'encolure. Soigne-le bien, je ne l'ai pas ménagé. Et n'oublie pas de me seller une autre monture, j'en veux toujours une de prête !

— À vos ordres, Seigneur, s'exécuta le serviteur en saisissant l'animal par la bride.

Lupo étira ses membres courbaturés par la longue chevauchée. Sa cotte de mailles pesait sur ses épaules et oppressait sa poitrine. Il s'engagea sur la sente qui grimpait plus haut : une véritable *tire*[3] que, volontairement, il n'avait jamais aménagée. Après une progression d'une vingtaine de mètres, un loup sortit des fourrés. Il fut complètement rassuré, le flair et l'instinct de la bête étaient les meilleurs garants de sa sécurité.

— Simon ! l'appela-t-il. (Contrairement à la coutume, il lui avait donné un nom d'homme, celui de son compagnon de Croisade : le comte de Montfort.) Viens, approche-toi.

En chien de garde fidèle retrouvant son maître, le

3. *Tire : passage étroit et pentu aménagé dans les forêts pour tracter les arbres abattus en montagne.*

fauve se coula entre ses jambes. Lupo l'avait recueilli et apprivoisé après avoir tué la mère et massacré la portée, ne gardant pour servir ses desseins que le louveteau au pelage le plus clair.

Le mercenaire traversa le bloc percé. Trapue et compacte, la bâtisse du prieuré se devinait entre les troncs et les rochers. La négligeant, il poursuivit jusqu'au sommet de la colline. Les gorges s'ouvrirent à ses pieds. L'Aude, torrent indompté, les avait creusées siècle après siècle. Les falaises vertigineuses et la végétation opiniâtre qui s'y accrochait symbolisaient toute la beauté et la rudesse de ce pays. Lupo s'y sentait bien. Au fil des ans, il avait compris qu'il n'échangerait son domaine contre aucun palais. Ici, tout n'était que liberté et vie sauvage. Il parcourait les forêts inextricables, chassant l'ours et le loup. Avec les *radeliers*[4], il chevauchait les troncs dans les flots écumants des rivières. Il plongeait dans l'eau pure, pêchant les truites géantes à mains nues dans les gouffres où se perdaient les tourbillons. Si tout était difficile à gagner, rien ne manquait : ni le bois ni l'eau ni le gibier. Pour le blé et la farine, il rançonnait les vilains, prélevant légumes, châtaignes et

4. Radeliers : nom donné aux convoyeurs de grumes assemblés en radeaux sur les rivières.

glands selon ses besoins.

Aujourd'hui, son instinct et son expérience l'avertissaient qu'il devait fuir. Le Roi voulait sa mort et ses biens. Il devait préparer son départ. Mais où aller ? Depuis des années, sa vie n'avait été qu'errance et lutte sans merci. Ici, il s'était identifié à un pays. Il y resterait en se cachant !

De l'autre côté des gorges, dans la clarté lunaire, il distingua une silhouette massive mais agile qui se déplaçait rapidement au bord du précipice. C'était l'ours ; un mâle qu'il traquait depuis l'hiver dernier et qui déjouait toutes ses approches. Il saurait l'imiter et leurrer ses ennemis.

Respirant une dernière fois l'air de la nuit, il revint vers le prieuré. Il entra. Près de l'âtre, une jeune fille entretenait le feu. C'était une paysanne qu'il avait enlevée dans un village au bord de la rivière Ariège près de Montségur – il aimait revenir sur les lieux de ses forfaits. Il allait la posséder jusqu'à ce qu'elle pleure et que la peur crispe les muscles de son visage. Alors, il jouirait et libérerait sa semence de guerrier éternel. Engrossée, il la libèrerait et la remplacerait. Disséminer ses bâtards dans tout le pays était l'assurance de son éternité. Sans attendre, il la jeta sur la peau d'ours qui servait de tapis au milieu de la pièce et, à la même lueur des flammes qui la veille avaient dévoré le sieur d'Alion, il assouvit ses besoins de mâle.

La fille dormait maintenant aux pieds de Lupo. Il avait allumé une lampe à huile et, accoudé sur le bord de sa table, il s'affairait sur un grimoire. Les hommes de l'archevêque parviendraient peut-être à lui prendre sa vie, mais pas ses trésors. De sa plume d'oie, de son écriture de quasi-illettré, il en consignait les caches, invoquant le Diable pour qu'il les protège et en fasse usage selon son bon vouloir…

Alan Amplaing

Dans la salle du cinéma d'Axat qui, régulièrement, servait de lieu de conférence, Luce terminait son cycle de présentations. En mauvais élèves, les auditeurs locaux s'éparpillaient sur les rangs du fond, laissant libres les premiers. Seul l'Américain était assis devant. Il n'avait manqué aucune de ses prestations. Couiza, Quillan, Espezel, Quérigut et Espéraza, il avait assisté à chacune d'elles et, dès le premier soir, il l'avait courtisée.

Alan Amplaing courait sur la quarantaine. Célibataire et auteur à succès, depuis une dizaine d'années, il partageait sa vie entre les États-Unis et la France. Il avait écrit une demi-douzaine de romans à caractère ésotérique et devenus des best-sellers mondiaux. La soudaine fortune de l'abbé Saunière, la disparition du trésor des Templiers et le mysticisme absolu des Parfaits constituaient pour lui des supports qui le conduisaient à se documenter auprès de spécialistes de l'Histoire comme Luce.

Le *PowerPoint* défilait sur l'écran. Les schémas politiques, les forces et les civilisations en présence, le poids de l'Église, les structures féodales, les frontières mouvantes, les châteaux perchés sur les anticlinaux des Fenouillèdes ou en verrou des vallées, apparaissaient et disparaissaient au fil du fondu enchaîné. Depuis sa randonnée à Campagna et Fontanès-de-Sault, Luce y avait ajouté des photos et une reconstitution en 3D de la forteresse de Dournes quillée sur la barre rocheuse. Le spot rouge du laser de pointage bondissait d'une image à l'autre. Les explications se succédaient avec une conviction aiguisée par sa récente visite du site :

— Dournes, aujourd'hui totalement ruiné, servait pour communiquer entre le Donezan et le Pays de Sault. Depuis sa tour, les sieurs d'Alion et de Niort s'avertissaient de l'arrivée des armées ennemies et des pillards. Bien moins connue que ses prestigieuses consœurs de Puilaurens et d'Usson, la forteresse appartenait au dispositif défensif de la Région. Le château d'Axat, lui, n'avait aucun rôle stratégique dans cette structure, précisa-t-elle pour réveiller l'intérêt du public par un détail local. Sa fonction se limitait essentiellement au contrôle du transit des *radeliers* sur le fleuve ainsi qu'à celui des chariots qui empruntaient le pont. Il faut toutefois noter une courte période du XIIIe siècle au cours de laquelle les forteresses de Puilaurens, d'Usson et de Dournes, toutes trois distantes d'une dizaine de kilomètres d'Axat, dépendaient du même seigneur : Lupo di Bianca Forza, un mercenaire qui avait reçu ces fiefs en remerciement de services rendus au cours de la guerre contre les Albigeois…

Elle développait ces véritables contes venus du passé avec passion. Rassurant et encourageant, Alan Amplaing secouait la tête en signe d'assentiment. Quand leurs regards se croisaient, il lui souriait. Elle n'était pas insensible à son charme. Grand, athlétique, décontracté, avenant, les cheveux châtains, les dents éclatantes, les yeux noisette et rieurs, le visage ouvert d'un homme mûr, sûr de lui, il incarnait l'archétype du professeur d'université dont les étudiantes tombent amoureuses.

Après chacune de ses conférences, ils s'étaient retrouvés pour des discussions passionnées sur l'histoire des Templiers et des Cathares. La présentation n'échappa pas aux précédentes et, s'il n'avait posé aucune question en public, il profita de l'apéritif de clôture offert par les organisateurs pour l'accaparer et relancer les débats. Le détail du seigneur d'Axat l'attirait tout particulièrement.

— Je ne connaissais pas cet épisode du mercenaire italien. Ce Lupo di Bianca Forza a-t-il vraiment existé ? s'intéressa-t-il.

— Il est bien réel ! Simplement méconnu parce qu'il n'appartenait à aucune des grandes familles locales. Après avoir participé à la Croisade des Albigeois, il a été chasseur de primes au service de l'Inquisition ! Le prélat de Narbonne et le sénéchal de Carcassonne ont eu pas mal de démêlés avec lui, c'est ce qui permet de retrouver sa trace dans les archives locales.

— Avec son nom et son profil, j'en ferais bien le héros d'un roman. Tu serais d'accord pour travailler avec moi sur un projet ? proposa tout de go Alan.

— Je n'ai aucune expérience en la matière, mais c'est tentant.

— Nous formerions une excellente équipe, toi, pour la partie historique, moi, pour l'écriture ! s'emballa l'Américain. Tu viendras chez moi pour qu'on en reparle ?

— D'accord. Mais pour l'heure rapprochons-nous du buffet, il va rien nous rester.

— Dis-moi. Tu assisteras tout à l'heure au spectacle pyrotechnique que la Région donne à Usson à l'occasion du tricentenaire de Vauban ?

— Évidemment, je suis là pour. Mes conférences font partir de célébration !

— Alors je t'amènerai et on ira ensemble. Comme ça, on commencera à parler de notre association.

Installés dans l'un des lacets de la route empruntée par les coureurs du Tour de France lorsqu'ils escaladent le col de Paillères, Luce et Alan contemplèrent l'embrasement des ruines. Incendies, coups de canons, explosions d'étoiles de sang… leur imagination les projeta dans les batailles d'antan avec déjà Lupo di Bianca Forza au premier plan. Après le bouquet final, l'Américain invita l'historienne à dîner. Elle accepta. Il ne la conduisit pas dans un restaurant mais chez lui, au Bézu, dans une ferme restaurée à une dizaine de kilomètres à l'est de Quillan en pleine Corbières vertes. Il improvisa un repas gastronomique : foie gras, confits et vins assortis. À la fin du diner grisant, Alan n'eut aucun mal à entraîner son invitée dans sa chambre.

Le matin était bien avancé lorsque Luce se réveilla dans le grand lit de son amant de la nuit. Elle était seule. Profitant de la douceur des draps de satin, elle prit de longues minutes à s'étirer puis se leva pour finir de le réveiller sous le jet tiède de la douche. Sans affaires de toilette, elle fouilla dans le nécessaire de son hôte où elle dégotta des laits hydratants analogues au sien. Depuis que les hommes utilisaient eux aussi des produits cosmétiques, c'était bien commode. Elle enduisit son corps d'une crème onctueuse, prenant le temps de le masser avec application. Les souvenirs de sa soirée lui revenaient : les discussions passionnées sur l'Histoire, l'éventuelle collaboration pour un roman... De bout en bout, Alan s'était montré prévenant et attentionné et, quand ils avaient fait l'amour, il s'était préoccupé de sa jouissance. L'ombre de José avait obscurci un temps son plaisir. Elle l'avait chassée. Il n'y avait pas de raison pour qu'elle ne se fasse pas du bien ! « Si tu me trompes un jour, je ne veux qu'une chose : ne pas le savoir ! » lui avait toujours recommandé son compagnon ; elle s'en tiendrait là !

Sans autre alternative, elle enfila ses vêtements de la veille. Son regard enveloppa rapidement la chambre. Les murs décorés de lithographies de peintres impressionnistes étaient en pierres apparentes ; le sol, de tomettes brunes d'époque. À la recherche d'Alan, elle visita les autres pièces : une seconde grande chambre, une cuisine spacieuse, une buanderie et la salle à vivre qui s'allongeait devant une cheminée à l'ancienne où les hommes pouvaient tenir debout dans l'âtre.

Elle sortit sur le perron. La lumière du jour lui présenta ce que l'obscurité de la nuit lui avait caché. L'ancienne ferme comprenait plusieurs bâtisses : la maison d'habitation, un hangar et trois autres constructions. Elle supposa qu'il s'agissait des anciennes étable, écurie et porcherie. L'ensemble se situait sur le basculement d'un col en pente douce. Un vallon très large en descendait. Côté nord, une forêt de sapins alignés en plantation frangeait la cime, alors que des chênes-lièges et des feuillus couvraient la soulane. Berceau naturel, la cuvette centrale reverdissait après une récente fauche de foins et l'herbe coupée exhalait son odeur printanière ; à perte de vue, le paysage était vierge de constructions humaines. L'endroit était idyllique ! Le regard de Luce abandonna le lointain et se recentra dans la cour. Une vieille meule à aiguiser – complète, avec ses pédales et ses transmissions rigides en fer, sa pierre ronde et sa boîte de conserve percée pour l'eau de refroidissement – ainsi qu'une batteuse mécanique posée sur le timon d'attelage servaient de décoration. Luce remarqua qu'elles avaient été récemment peintes. Restaurées, elles paraissaient en parfait état de fonctionnement.

Elle perçut de la musique émanant de la supposée écurie. Elle s'avança et jeta un coup d'œil par la fenêtre. Le local était aménagé en bureau ; Alan travaillait devant un ordinateur. Elle entra. Des meubles de classement remplis de dossiers s'alignaient dans toute la pièce ; une large table de travail accueillait PC, écrans, imprimantes, fax… Elle remarqua qu'en guise de décoration quelques râteliers de mangeoires avaient été conservés, confirmant son hypothèse.

— Bonjour, Madame la Professeur ! l'accueillit Alan. Excusez-moi de vous avoir abandonnée, mais je voulais consigner toutes les idées dont nous avons débattu.

— Quelles idées ? s'étonna Luce.

— Mais voyons, notre héros, Lupo di Bianca Forza. J'espère que tu n'as pas oublié notre accord de coopération, lui rappela-t-il. Viens, allons prendre notre petit-déjeuner, nous en discuterons.

— Rien n'a été signé et tu as profité de mon état de faiblesse pour m'arracher une promesse. Dis donc, ton bureau, c'est une véritable bibliothèque ! divergea-t-elle.

— Ce sont tous les documents que j'ai accumulés pour étayer mes romans. Tu pourras les consulter si tu veux. Mais maintenant allons nous alimenter, cette nuit m'a creusé, rajouta-t-il d'un air malicieux.

Ils se restauraient dans la grande cuisine lorsque le portable de Luce sonna.

— Allô ! … Jepe ! Quelle surprise ! … Tu me cherches ? Qu'y a-t-il ? … Ah bon ! … Tu es à Axat ? … Tu as appris que c'était moi… Tu veux me rencontrer ? … Aujourd'hui ? C'est que là, je travaille chez un collègue… C'est urgent… D'accord, je te rejoins dans une petite demi-heure.

Elle raccrocha.

— Un ami, expliqua-t-elle. Il est inspecteur de police et il enquête sur l'accident de Fontanès. Il veut me rencontrer.

— Je vois, les journaux en ont parlé. Quel est le rapport avec toi ?

— La randonneuse qui a secouru la fille, c'est moi ! Hier comme tu m'as promené avec ta voiture, il faut que tu me ramènes à Axat, soupira-t-elle.

Alan déposa Luce devant la gendarmerie. Avant de la laisser, il glissa une carte de visite dans sa main.

— Tiens, voilà mon numéro. J'attends ton coup de fil. Tu sais, je ne plaisante pas pour ce bouquin… J'aimerais aussi que notre aventure ait une suite ! rajouta-t-il, les yeux brillants.

L'ours

S'enfilant par les longs et étroits éboulis dont il connaissait tous les pièges, Lupo gravit la montagne d'Axat et prit pied sur le plateau d'En Malo. Longeant la falaise, il se dirigea vers la tanière de l'ours. Depuis le prieuré, pendant plusieurs mois, il avait observé les allées et venues du solitaire. Il avait repéré la grotte qui lui servait de gîte et étudié son mode de vie. Il savait qu'il était parti et il connaissait ses habitudes : des cycles de trois jours de chasse en alternance avec un ou deux de repos. La forêt était giboyeuse et, à la bonne saison, les baies couvraient les buissons de myrtilles et de fraises. Souvent, il n'avait pas besoin de longues courses pour satisfaire sa faim et ramener une proie pour la dévorer dans son antre. Lupo prévoyait le retour de la bête le soir même, à la nuit tombante, ce qui lui laissait largement le temps d'exécuter la première partie de son plan.

La tanière de l'ours était spacieuse. Il s'y déplaça, cherchant l'endroit convenable. C'était la quatrième fois qu'il opérait de la sorte ; pour chacune, cela n'avait jamais été facile de trouver une bonne cache. Il repéra une dalle à demi basculée. Elle s'était détachée du plafond et obstruait en partie une excavation. Il l'agrandit et y nicha les trois coffrets en argent qu'il transportait dans sa besace. Il les protégea en agençant des pierres pour qu'elles forment une voute et puis, ripant la roche plate, il la plaça en guise de couvercle sur le trou. Avec la lame de son couteau, il grava sur elle les contours grossiers d'une flamme à trois volutes, après quoi il colmata les interstices avec des cailloux et de la terre. Son travail terminé, il prit trois pas de recul et évalua le naturel de son œuvre. Elle ne dénotait pas trop de l'érosion naturelle et avec le temps, elle passerait inaperçue.

Satisfait, il sortit pour attendre l'ours : la seconde partie de son plan commençait.

Il se mit en quête d'une aire dégagée où il pourrait le combattre, esquiver et attaquer sans être acculé par une paroi ou gêné par un précipice. Il élut une clairière dégagée par la foudre et, son choix fait, cessa de s'activer fébrilement. Depuis l'escalade des gorges, son esprit et son corps étaient restés en alerte ; il était temps de les détendre.

Le jour entrait dans sa phase de déclin rapide, dans une heure la montagne avalerait le soleil. Il s'allongea sur l'herbe et ferma les yeux. Sa vie repassa en extraits :

Les pillards attaquent et détruisent la ferme familiale, tuent ses parents, ses frères, ses sœurs… Il fuit, se cache dans la forêt et survit… Il se joint à des brigands rencontrés dans les bois et grandit parmi eux… Il devient pirate et marchand d'esclaves… Il s'enrôle dans l'armée des Croisés qui traversent la mer pour délivrer le tombeau du Christ… Il combat au côté de Simon de Montfort… Il est adoubé chevalier sous le titre de di Bianca Forza… Il tente de s'élever au rang de noble mais en vain : son passé le rend différent, les sangs bleus se méfient de lui…

De toujours, et pour tous, il resterait un loup solitaire qui avait vécu au milieu des bêtes sauvages. Ce soir, au crépuscule, il allait, une fois encore, se nourrir de leur force, celle qui le transformait en guerrier invulnérable.

Lupo repéra la silhouette. Bonhomme, l'ours progressait en dodelinant de la tête et des épaules. Soudain, il se figea, pointant son museau vers les étoiles naissantes et humant l'air. La brise du soir lui portait l'odeur de l'homme. Il l'avait déjà croisé dans ses courses à travers la montagne. Il le savait dangereux. Tout jeune, il avait été poursuivi et blessé par cet étrange animal qui se tenait toujours droit. Depuis, il avait appris à l'éviter. Mais là, il savait que l'affrontement était inéluctable : l'ennemi se trouvait trop près de son repaire ! Il le localisa grossièrement et reprit sa marche en accélérant son rythme. Il déboucha dans la clairière.

Protégé par sa cotte de mailles, son poignard à la main, Lupo attendait l'ours. Il remarqua la surprise de la bête. Elle ne se précipita pas sur lui et poussa un grognement, comme un dernier avertissement lui intimant de débarrasser son chemin. Le capitaine ne bougea pas d'un pouce. Le fauve repéra la lame d'acier qui brillait à la lumière de la lune. C'est un éclair analogue qui l'avait blessé jadis. Ses souvenirs de souffrance allumèrent sa colère. Il lança l'attaque. Lupo l'évita d'un pas de côté. Une étrange danse commença. L'ours fondait sur l'homme qui s'escamotait sans fuir, le manœuvrant en tournant autour de lui. Le mercenaire attendait les conditions favorables : que son adversaire se dresse franchement sur ses pattes postérieures ! Le moment propice s'offrit. Lors d'une charge, l'animal découvrit son poitrail. Alors, Lupo porta l'assaut. Tel un enfant qui cherche du réconfort sur le sein de sa mère, il se lova contre sa panse et plongea le poignard à l'endroit du cœur. Le mâle l'enserra dans ses membres. Contre toute attente, ses puissantes griffes trouvèrent un passage dans les interstices du haubert et labourèrent la chair de son dos. Lupo douta quelques secondes mais la vie quittait déjà la bête. Elle se raidit, le mercenaire se dégagea en la repoussant. Le fauve râla et tomba à la renverse, mort.

Le guerrier invincible leva les bras au ciel et lança son cri de victoire. Une fois de plus il avait terrassé le maître de la forêt. Sa force allait rentrer en lui et décupler la sienne. Il se pencha sur la dépouille encore chaude, ouvrit la poitrine et extirpa le cœur qu'il dévora à pleines dents, comme il l'avait vu faire aux loups.

Lupo abandonna le cadavre au beau milieu de la clairière et redescendit par l'éboulis. Les griffes l'avaient profondément entaillé, le sang coulait sur ses reins et il devait au plus tôt désinfecter ses plaies. Au passage de la rivière, il ôta sa cotte de mailles, se lava abondamment et puis gagna l'autre rive et rejoignit son repaire au pas de course.

Simon l'attendait à la pierre percée, les yeux brillant de fierté. Il avait entendu le cri de victoire résonner en écho dans l'entonnoir des gorges et il avait deviné le nouvel exploit. Lupo caressa sa pelisse.

— Sage, sage, Simon. L'ours est mort. Sa dépouille t'attend juste de l'autre côté. Les charognards ne l'ont pas encore approchée. Cours, vole et festoie...

Le loup resta assis quelques secondes sur son train arrière, lécha la main de son maître, pencha la tête en signe de remerciement et, sans plus attendre, fila ventre à terre.

Lupo ouvrit la lourde porte du prieuré. En cette saison, le feu était éteint. Il appela la fille qui le servait depuis six mois sans qu'il soit parvenu à l'engrosser.

— Va chercher du bois, un fagot et des bûches. Prévois pour la nuit.

Docile, la servante s'exécuta et gagna la réserve.

Le guerrier invincible attendit que les premières flammèches crépitent sur les brindilles sèches pour ôter ses bottes, ses cuissardes de cuir noir et ses vêtements de lin. Il se retrouva nu au milieu de la pièce, immense en rapport à l'adolescente fragile qui s'activait auprès de l'âtre. Des muscles sculptaient son corps ; des poils noirs, drus et longs, couvraient ses pectoraux et ses épaules, lui donnant un air de bête sauvage. La fille l'observait à la dérobée, à la fois effrayée et attirée par sa virilité.

Lorsque les flammes montèrent hautes et chaudes dans le tablier de la cheminée, Lupo s'approcha d'elle :

— Viens, déshabille-toi.

Le maître et l'esclave s'accouplèrent sans prémices. La peau mate du guerrier se maria à la blancheur virginale de la vestale. Sous les coups puissants du vrai mâle, elle gémit puis jouit, grisée par le sentiment d'être possédée. Ses doigts s'enfoncèrent dans le dos de son amant, ravivant les blessures fraîches. Lupo éjacula dans un râle, serrant ses mains sur le cou de la soumise. De l'autre côté des gorges, le hurlement du loup lui répondit comme en écho ; il lâcha sa prise alors que l'adolescente commençait à suffoquer. Assouvi, il la chargea de nettoyer ses plaies avec un bouchon d'herbes des marais et de l'eau de pluie qu'il conservait dans une jarre de terre, puis de les badigeonner d'un onguent à base d'huile de millepertuis.

La grotte de Dournes

La gendarmerie d'Axat datait. Coincée entre l'ancienne route nationale et le fleuve Aude, elle avait l'air vieillot des casernes d'autrefois. Jepe Llense s'était installé dans une pièce qui dominait l'Aude. En véritable torrent, le fleuve charriait les eaux de fonte du Capcir. Bruyant, il submergeait les chicanes de rochers artificiellement implantées dans son lit pour les épreuves de kayak. La nervosité et le volume de son débit changeaient l'inspecteur de celui de la Têt qu'il observait depuis son bureau à Perpignan. Ici, ce n'étaient pas les îles de saules qui aimantaient son regard, mais la grande montagne parée de sapins, de hêtres et de chênes, une déferlante pétrifiée avant de submerger le village blotti dans la vallée.

Jepe venait d'en finir avec Serge Dumoulin, un journaliste local qui ne manquait pas de toupet.

Comment avait-il appris son arrivée et le but de son déplacement dans ce petit bled ? Sous réserve de confidentialité, il lui avait confirmé qu'il était là pour éclaircir les déclarations de l'accidentée retrouvée près de Fontanès-de-Sault. Dès sa sortie du coma, elle avait prétendu avoir été victime d'une tentative de meurtre ! Un article du même Serge Dumoulin en faisait état dans le journal du jour.

— Comment avez-vous eu vos infos ? avait exigé Llense.

— La routine. Pour les faits divers, les accidents, tout ça, je fais le tour des casernes de pompiers, des gendarmeries, des cliniques. À Quillan, je connais bien les médecins ; c'est comme ça que j'ai su. Vous savez, inspecteur, être journaliste dans un département tel que l'Aude, ce n'est pas le pied. L'histoire de cette fille, cette tentative de meurtre, ça pourrait être ma chance… Si vous aviez des tuyaux…

— Je n'ai rien si ce n'est un conseil : ne mettez pas la charrue avant les bœufs ! L'agression n'est pas prouvée, cette fille est peut-être parano…

— Inspecteur, l'avait coupé le journaliste, si vous, le responsable des affaires criminelles en Languedoc-Roussillon, vous êtes dérangé, c'est que c'est sérieux !

Jepe avait éludé, lui promettant de le tenir au

courant sans lui avouer la véritable raison de sa venue. La motivation essentielle de son déplacement se trouvait dans le procès-verbal de gendarmerie qui couvrait l'accident : la témoin numéro un était son amie Luce Avérous, la compagne de José Trapero. Comme à Perpignan aucune affaire importante ne le retenait, il avait décidé de faire un peu de tourisme et les paysages qu'il découvrait lui donnaient raison. Le soleil chauffait la vallée, les falaises de calcaire blanc chevauchaient les verts éblouissants des arbres, fraîche et bruyante, l'eau coulait à flots tandis que, serein et calme, le village semblait encore se réveiller d'un long hiver de givre.

À la porte de la gendarmerie, Luce réalisa qu'elle n'avait pas pris le temps de passer à son hôtel pour se changer. Tant pis ! Le battant s'ouvrit et, tout sourire, une préposée l'accueillit :

— Ah, mais c'est vous, madame la Professeur ! la reconnut-elle. L'inspecteur vous attend, entrez. J'ai assisté à votre conférence. Très intéressante ! rajouta-t-elle alors qu'elles traversaient l'immense couloir qui conduisaient aux bureaux.

Jepe et Luce s'embrassèrent, manifestant le plaisir des retrouvailles.

— Jepe, qu'est-ce qui t'amène ici ?

— Je te l'ai dit, ta découverte ! Tu es soupçonnée de tentative de meurtre !

— Déconne pas et explique-moi !

— La fille que t'as sauvée assure qu'un inconnu l'a poussée dans le vide. Quand j'ai vu que t'étais dans le coup, et comme j'étais pas bousculé par le boulot, je suis venu enquêter moi-même. Et toi, qu'est-ce que tu fous par ici ?

Luce exposa son alibi professionnel : ses conférences à l'occasion du tricentenaire.

— Ton mec, qu'est-ce qu'il devient ? coupa Llense peu intéressé par l'Histoire.

— Tu veux parler de ce sauvage asocial et égoïste qui partage ma vie ? Il philosophe ! Sa nouvelle théorie, c'est que notre société n'est composée que de collabos de l'impérialisme qui ne pensent qu'au fric et qui choisissent la facilité. La société de consommation et des loisirs, rien que l'association des mots déjà pour lui, c'est une ineptie qui nous mène à la catastrophe. Alors, il résiste.

— Un rentier qui résiste ! Il manque pas d'air ! C'est du José tout craché ! Et Marie ?

— Marie, super ! Si elle n'était pas là, je crois qu'on ne serait plus ensemble.

Sentant qu'il avançait en terrain miné, Jepe recentra

la discussion sur l'enquête.

— Je dois vérifier quelques petits trucs par rapport à cette fille. Je l'ai interrogée à la clinique. Selon ses dires, elle se trouvait à l'entrée d'une grotte lorsqu'elle a été balancée. J'aimerais que tu m'accompagnes à l'endroit où tu l'as découverte.

Les deux amis arrivèrent une demi-heure plus tard sur la place de Fontanès-de-Sault. Déployant son mètre quatre-vingt-dix de la voiture, Llense s'extasiait :

— Putain, quelle route ! J'avais jamais vu ça ! Incroyable, ces gorges, ces tunnels ! Les mecs, ils lésinaient pas avant ; même pour un trou perdu, pour quatre prés dans les vallées, ils sortaient le pic et cassaient la montagne. C'est pas maintenant qu'on emploierait le fric pour des clampins. Et cette rivière, ces arbres ! On se croirait dans un autre monde !

— Tu vas apprécier la petite balade alors.

— C'est loin ?

— En passant par le tunnel, on en a juste pour trente petites minutes.

S'engageant sur le chemin de Campagna, ils traversèrent les voûtes ombragées des arbres aux pousses tendres puis empruntèrent la voie creusée par les hommes. Suspendu dans la verdure, le château d'Usson subjugua Jepe, comme Luce lors de sa randonnée.

— J'étais là-haut quand je l'ai aperçue, expliqua Luce en pointant du doigt la plate-forme de l'ancienne forteresse. Il va falloir grimper…

Bien que la rampe soit courte, Jepe souffla comme un bœuf pour atteindre le sommet. Depuis la barre rocheuse, ils repérèrent la saillie où le corps était resté accroché. Ils fouillèrent du regard les frondaisons qui la dominaient. Une éclaircie dans le fouillis vert ou plutôt une ombre noire évoquant une cavité dans la montagne attira leur attention.

— Ce pourrait être ça ! émit Llense. Allons voir.

Ils s'enfoncèrent dans les taillis et, au jugé, parvinrent devant l'entrée d'une grotte. Un gros rocher l'obstruait en partie. Sur la face supérieure du bloc, une dalle naturelle relativement plate avait été posée. Dessus, des petits cailloux s'agençaient en signes cabalistiques ; des bouts de bois entouraient un cercle dessiné avec de la couleur et, dans un coin, maladroitement gravé, un soleil flamboyait.

— C'est quoi cette mise en scène ? Elle m'a dit qu'elle se trouvait en pleine méditation quand l'inconnu l'a surprise, mais je ne m'attendais pas à ça !

— Curieux, en effet, appuya Luce. Mais le plus

important, c'est que la grotte existe bel et bien ! L'histoire de cette fille tient la route !

Ils entrèrent dans la caverne. Sa voûte était suffisamment haute pour permettre à Jepe de se déplacer sans se courber. La lumière du jour éclairait sol et parois, mais ils ne remarquèrent rien de particulier.

— Bon, il ne me reste plus qu'à lui demander des explications sur cette espèce d'autel. Elle est peut-être complètement barjot. Elle aura fait des incantations à je ne sais quel esprit qui l'aura poussée ! Sûr qu'elle avait fumé, la critiqua-t-il. Enfin, malgré la suée, la montée valait le coup.

Alors qu'ils reprenaient pied sur le chemin de Fontanès, dans le silence de la montagne, la sonnerie du portable de Jepe les surprit.

— Allô ! … Oui, lui-même … Comment ? … Putain de merde, j'arrive de suite, jura l'inspecteur avant de raccrocher.

À l'adresse de Luce, il traduisit :

— La fille vient d'être assassinée ! Ce coup-ci, on l'a pas loupée.

Le saut dans le vide

Le vicomte de Niort fourbissait ses armes. La veille, un messager du sénéchal de Carcassonne lui avait délivré l'ordre royal qui allait changer son avenir !

Pour avoir été un *faidit*[5], allié des hérétiques à Muret, protecteur des Parfaits, comploteur avec le trône d'Aragon, il avait frôlé la mort à plusieurs reprises. Mais son habileté politique, les sacrifices consentis, les humiliations subies et les biens que, peu à peu, en signe d'allégeance, il avait cédés aux Capétiens, lui avaient permis de sauver sa peau. Bien que ruiné, il régnait encore sur le Pays de Sault ! Il s'accrochait à cet ultime privilège, conscient qu'il pouvait, de même que sa vie, lui être confisqué du jour au lendemain. Et voilà qu'un atout inattendu

5. *Faidit : chevalier félon à son suzerain.*

changeait son jeu ! Le sénéchal le mandatait pour supprimer Lupo di Bianca Forza !

Depuis qu'il avait pris possession du fief d'Axat, le condottiere était à la fois son plus féroce ennemi et sa protection la plus sûre. Le Croisé avait cherché à le perdre et, s'il n'avait pas réussi à le livrer à l'Inquisition, c'était uniquement parce que le Roi avait besoin de lui, vicomte de Niort, comme contre-pouvoir de l'Italien. L'archevêque de Narbonne et le sénéchal de Carcassonne s'étaient servis de Lupo pour traquer les Parfaits tout en veillant à freiner son ascension. Aujourd'hui, après le traité de Corbeil qui définissait les nouvelles frontières avec l'Aragon, Saint Louis désirait prioritairement récupérer les forteresses des Fenouillèdes contrôlées par l'ancien mercenaire. Aucunes négociations ni contreparties n'étaient prévues, l'homme n'était plus utile, il gênait, il devait disparaître, et c'était lui, Géraud de Niort qui était chargé de cette mission de confiance. Une opportunité inattendue pour entrer en grâce auprès du monarque des Français et remplir ses propres caisses ! Depuis qu'il guerroyait et pillait, Lupo di Bianca Forza avait dû accumuler un immense trésor. De la Palestine jusqu'au Bas-Languedoc, il n'était pas de ville prise qui n'ait accru son butin ! Géraud se faisait fort de récupérer tout ou partie de cet or, au nez et à la barbe de ses commanditaires ! Il avait minutieusement préparé son plan. Il savait que Lupo vivait retranché dans le prieuré fortifié des gorges de Saint-Georges, à deux pas du château d'Axat et de sa garnison. La place était difficile à prendre mais en agissant avant l'arrivée des secours, le nombre l'emporterait sur un homme seul. Il rassembla une vingtaine de soldats aguerris et, à la tombée de la nuit, il engagea sa troupe dans le défilé de Joucou. Ils longèrent le torrent du Rebenty et, après les gorges, coupèrent par les bois et les collines, évitant les sentinelles de la vallée, pour aboutir à Artigues, tout près du prieuré.

La montagne d'Axat dormait et la forêt d'En Malo la couvrait jusqu'au Pla d'Estable d'une mer noire. Ils s'arrêtèrent avant d'atteindre l'écurie. Deux soldats partis en éclaireurs surprirent le palefrenier en train d'harnacher un cheval. Tandis que l'animal effrayé s'échappait, ils l'éliminèrent sans lui laisser le temps de donner l'alerte. La voie libre, en file indienne, la troupe reformée grimpa la *tire* à pied et parvint sans accrocs au barrage naturel du bloc percé. Géraud de Niort connaissait l'obstacle et le tenait pour le dernier verrou. S'ils le passaient, ils auraient gagné.

Le premier soldat le franchissait lorsqu'un énorme

loup bondit, l'égorgeant en poussant un long hurlement.

À l'intérieur du prieuré, Lupo dormait mal. Les plaies consécutives à l'attaque de l'ours cicatrisaient lentement. Chaque jour, la fièvre l'emportait tôt dans la soirée, et la douleur le réveillait à l'aurore. Depuis une semaine, il faisait le même cauchemar :

L'ours est énorme, beaucoup plus gros que tous ceux jamais affrontés jusqu'alors. Il porte son attaque et plonge son couteau dans son cœur, mais la lame se casse. Les griffes du fauve arrachent sa cotte de mailles et se plantent dans ses reins. La douleur est atroce…

Dans son délire, il entendit Simon qui l'appelait. Un long cri d'alerte. Le rêve et la réalité se mélangèrent. Il mit longtemps à émerger, trop longtemps. Quand enfin il réalisa que le loup l'avertissait de l'intrusion d'ennemis, il se leva d'un bond, saisit son épée et, sans prendre le temps d'enfiler son haubert, juste vêtu de sa culotte de cuir, il se précipita à l'extérieur de son repaire. Déjà quatre hommes avaient passé la roche-barrage. L'un d'eux porta un coup fatal au fauve qui s'écroula en gémissant.

Lupo sonna de son cor pour appeler à sa rescousse la garnison d'Axat, et chargea. Son attaque fut fulgurante : coup sur coup, trois assaillants tombèrent. Mais déjà d'autres arrivaient. Sans armure, il était trop vulnérable, il recula.

Géraud de Niort déboucha à son tour.

— Rends-toi, Lupo, le somma-t-il, le Roi m'envoie pour t'arrêter ! Tu seras jugé en toute équité !

— Maudit porc ! Viens me chercher si tu l'oses ; un Croisé ne se rend jamais ! Plutôt mourir, cria Lupo en se repliant.

— Saisissez-vous de lui, embrochez-le avant que les renforts n'arrivent, ordonna le vicomte.

Ses sbires avancèrent en tentant d'encercler Lupo qui ne pouvait faire face à tous. Il recula jusqu'à l'éperon rocheux qui conduisait au sommet des gorges. Les soldats devinèrent la manœuvre, mais trop tard pour l'en empêcher. L'étroite arête qui obligeait ses ennemis à progresser un à un devenait une alliée pour le capitaine italien. Deux hommes de plus périrent sous sa longue épée.

— N'avancez plus, changea de tactique de Niort. Il est acculé. Les arcs ! Sortez les flèches ! Abattez-le !

Avant que l'ordre soit exécuté, plein de rage, Lupo chargea. Surpris, les assaillants ne reculèrent pas assez vite et il en tua encore un. Toujours protégé par un écran d'hommes, Géraud de Niort n'était maintenant qu'à une dizaine de mètres de lui. Brandissant son épée telle une lance, le mercenaire la jeta de toutes ses forces sur le vicomte. Elle le percuta avec violence en pleine poitrine, le projetant à terre. Sans le haubert, elle l'aurait transpercé de part en part ! Inquiets, les soldats se tournèrent vers leur chef, offrant, par là même, un répit à l'ennemi. Lupo en profita pour décrocher vers la falaise avant que les archers n'entrent en action. Géraud de Niort se releva et les arrêta.

— Plus de flèches ! Maintenant qu'il est désarmé, je le veux vivant ! vociféra-t-il, haineux.

— Jamais ! cria Lupo.

Le condottiere se jeta dans le vide, en hurlant tel un loup.

Après la chute suicidaire, Géraud de Niort fut le premier à atteindre le bord du précipice. À ses pieds, tout n'était que ténèbres de la nuit et bruits assourdissants du torrent dans les gorges. Son ennemi mortel avait préféré s'écraser dans le gouffre plutôt que de subir la torture et les flammes du bûcher. Il le comprenait ! Il manda l'un de ses hommes à la recherche de son corps puis ordonna à sa petite troupe de charger les blessés et les morts et de se replier au prieuré.

La garnison d'Axat arriva sur ces entrefaites. Le vicomte lut solennellement le décret royal qui faisait de lui le nouveau maître. Disciplinés, les militaires oublièrent le capitaine italien et se rangèrent immédiatement à son service.

Pendant le reste de la nuit, les soldats mirent le repaire de Lupo sens dessus dessous, mais ne trouvèrent que quelques bourses d'or !

Lupo di Bianca Forza avait emporté avec lui le secret de son fabuleux trésor !

Malgré des recherches menées depuis Axat jusqu'à Quillan, son corps ne fut jamais repêché ! Le Diable avait-il pris le cadavre de son serviteur pour lui éviter les flammes de Dieu ?

Karine Amiel

À la clinique de Quillan, Llense se rendit à la chambre occupée par Karine Amiel. Elle gisait sur son lit blanc et, si ce n'était le sang qui tachait sa gorge et le drap, il aurait pu croire qu'elle dormait encore. Sans toucher à quoi que se soit, il inspecta la pièce des yeux. Ne relevant aucun indice évident, il gagna les services pour interroger le personnel.

Il commença par la réceptionniste en fonction le jour du meurtre. Elle avait retenu la demande de visite d'un inconnu.

— Un homme est venu pour la voir, juste comme on venait de la découvrir morte. Bien sûr, on ne l'a pas autorisé !

—Vous avez son nom ? espéra l'inspecteur.

— C'est-à-dire que… On ne demande pas…

— Vous sauriez l'identifier ?

— Je pense… Vous croyez que c'est lui ?

— J'enquête. Gardez ce détail pour vous. Surtout n'en parlez pas au journaliste qui vient pour les faits divers ! la prévint Llense. Il est au courant pour le décès ?

— Oui, pour le décès oui. La nouvelle s'est répandue comme une trainée de poudre, toute la ville sait.

Après la réceptionniste, Llense fit le tour des infirmières qui, de près ou de loin, avaient eu en charge la blessée depuis son admission. Si ce n'est la présence assidue des parents jusqu'à ce qu'elle quitte le service de réanimation, aucune n'avait rien remarqué de particulier. Après son coma et une surveillance de proximité, elle avait normalement été transférée des soins intensifs dans une chambre classique. Les rondes systématiques avaient été abandonnées et la patiente, immobilisée par une fracture du bassin, les sonnait au besoin.

Il termina avec le médecin responsable du département. En fonction de ses possibilités et de ses charges de travail, il déclara assurer, à des heures variables, deux visites journalières à ses patients. Tout comme ses collègues infirmières, il avait suivi le rétablissement de la blessée sans rien noter d'anormal et, mis à part quelques délires suite au coma, il la trouvait parfaitement équilibrée. Accessoirement, il reconnut être l'auteur des « fuites ». C'est à lui que Dumoulin avait soutiré les premières déclarations de Karine Amiel.

Au final, le bilan des interrogatoires utile à l'enquête se limita à l'information sur la visite d'un inconnu le jour du décès. Néanmoins, Llense pouvait imaginer facilement le plan mis à exécution par le meurtrier. Il était entré dans la clinique, non équipé de système de surveillance, en visiteur habitué. Il avait traîné discrètement dans les couloirs jusqu'à repérer l'accidentée. Sa cible localisée, il s'était glissé subrepticement dans sa chambre et l'avait égorgée !

Lors de sa brève entrevue avec elle, Jepe s'était fait une opinion de Karine Amiel. En année sabbatique, elle cherchait sa voie dans cette société déboussolée par la course au fric et le manque de travail. Il reconnaissait ne pas avoir pris son histoire d'agression au sérieux. Elle sortait du coma et plutôt que de l'interroger sérieusement il avait préféré lui laisser le temps de retrouver tous ses esprits. Et voilà qu'elle était morte, assassinée comme dans les pires films de gangsters ! Qui était-elle vraiment ? Pourquoi le meurtrier l'avait-il attaquée dans la grotte ? Pourquoi était-il venu achever son travail à la clinique ? « Un homme a jailli de nulle part et m'a précipitée dans le vide », lui avait-elle dit et ses mots lui revenaient sans rien d'autre pour l'aiguiller. Ses constats sur le lieu de l'accident rendaient cette déclaration crédible. Mais elle pouvait tout aussi bien être shootée et avoir imaginé l'attaque... S'il n'avait pas vu de ses propres yeux sa gorge tranchée et malgré l'opinion du chef de service, il aurait persisté à penser que c'était une affabulatrice.

En déplacement dans la Haute-Vallée presque par intérêt personnel, Jepe se retrouvait confronté à un crime doublement prémédité. Décidément, il était devenu un vrai héros de polar ; il suffisait qu'il mette le nez dehors pour qu'un cadavre tout chaud lui tombe sur les bras. Il assumerait. Il revint sur la scène du crime et, discrètement, photographia le visage de la morte avec son portable. Les clichés pourraient lui servir lors des interrogatoires qui, forcément, étaieraient l'enquête.

En quittant la clinique, avant de regagner sa voiture, il téléphona au brigadier d'Axat :

— Convoquez-moi Dumoulin pour demain matin, ordonna-t-il.

L'établissement médical étant excentré, il mit quelques minutes pour rejoindre Luce qui depuis Dournes l'avait accompagné et l'attendait à la terrasse d'un café au bord de l'Aude.

— Alors ? le reçut-elle.

— Elle s'est fait salement trancher la carotide. Je crois que je vais être bloqué ici un bon bout de temps. Dis-moi, tu t'en vas quand ?

— J'avais prévu de prolonger mes petites vacances d'une semaine pour randonner dans le coin. Pourquoi cette question ? Tu n'envisages quand même pas de me consigner à résidence ?

— Voilà une idée qu'elle est bonne ! Après tout, dans cette histoire, tu es le témoin numéro un ! En plus, si ça peut te servir d'excuse pour rallonger tes vacances, profites-en ! Non, sérieusement, je pense que ce serait sympa qu'on se tienne compagnie, qu'on joigne l'utile à l'agréable en quelque sorte.

C'est bien ma chance, je vais l'avoir dans les pattes ! râla en pensées Luce avant de tenter de repousser la proposition.

— Je risque de ne pas être très disponible. J'ai rencontré un spécialiste des Cathares qui a rassemblé pas mal de documents intéressants. J'étais chez lui quand tu m'as appelée.

Elle rechigne ma parole ! sentit Jepe avant de limiter son offre.

— Je te demande pas de toujours rester avec moi, seulement qu'on se retrouve de temps en temps, qu'on se fasse des petites bouffes. Tiens, d'ailleurs, on pourrait se trouver un petit resto ! Tu connais quelque chose de typique, avec des spécialités ?

— Tu changes pas. Tu ne penses qu'à la bouffe.

— Y a pas de mal à joindre l'utile à l'agréable.

Sur ce Luce conduisit Jepe au Rebenty, un restaurant du même nom que l'affluent de l'Aude. Bien que la législation l'interdise, le patron servait aux habitués – Luce avait obtenu ce privilège grâce à ses employeurs locaux du Conseil Général – des truites pêchées dans les torrents. Ils se délectèrent d'une préparation toute simple au beurre et aux amandes grillées.

Dans l'après-midi, alors que Luce était partie vaquer à ses affaires, Jepe prit ses quartiers à Axat. Avantage de sa fonction de détaché aux affaires criminelles pour la région Languedoc-Roussillon, il avait carte blanche pour organiser son travail en fonction de ses besoins. C'était maintenant devenu une habitude chez lui, à la manière de Maigret qui n'hésitait pas à se déplacer en province pour résoudre ses affaires, dès qu'il le jugeait utile, il squattait les gendarmeries. Cette stratégie s'avérait toujours payante : avec l'informatique, il bénéficiait des services aussi bien que dans un grand centre et, sur le terrain, il prenait ainsi la mesure de la situation en profitant de l'expérience et des connaissances des agents locaux. Il élut comme bureau la pièce mise à sa disposition le matin même. Face au fleuve et à la montagne, il ne pouvait rêver mieux. Il réserva une chambre à l'hôtel local de *La Petite Ourse* et informa le commissariat de Perpignan de son absence à durée indéterminée pour cause d'enquête en pays cathare.

La logistique réglée, ses premières mesures d'enquêteur furent de contacter le légiste pour l'autopsie et de réclamer une équipe de techniciens pour analyser le lieu de l'accident et la chambre de la clinique. Tous ces services étaient maintenant régionalisés et, restriction de personnel oblige, il travaillait souvent avec les mêmes personnes, qu'il soit à Mende, Nîmes, Montpellier, Cerbère...

Les services de la police scientifique et technique mis sur les rails, procédure de routine, il consulta les fichiers de la police et de la justice : Karine Amiel ne trainait aucune sale affaire et n'avait pas de casier.

Ensuite vint ce qu'il détestait : contacter les parents de la victime pour les informer du drame. Comme ils habitaient à Nîmes, à plusieurs centaines de kilomètres, il le fit par téléphone. Effondrés par la nouvelle, ils eurent toutefois la force de répondre à ses questions :

Ils avaient séjourné à Quillan jusqu'à deux jours plus tôt pour veiller sur leur fille qu'ils avaient quittée sur la voie du rétablissement.

Non, sans doute pour le pas les inquiéter, leur fille n'avait jamais évoqué d'agresseur et leur avait toujours parlé d'un accident.

Oui, elle avait pris une année sabbatique après sa licence en fac de sociologie.

Non, ils ne connaissaient pas les raisons de sa présence dans la Haute-Vallée.

Des informations qui, elles non plus, n'ouvraient pas de pistes. De fait, ce fut les gendarmes d'Axat avec qui il conversa qui le mirent sur la première. Avec l'autel de la grotte de Dournes et ses décorations, ils avaient reconnu une pratique de l'association internationale *CircleWorld* qui, cette année, avait organisé son rassemblement mondial en Donezan, dans la forêt des Hares. Des centaines de jeunes aux allures de hippies circulaient dans la vallée depuis presque un mois et se concentraient dans les bois. Bien que la grotte de Dournes soit très éloignée du campement, à une bonne journée de marche, le décorum ne laissait aucun doute : Karine Amiel était une adepte du mouvement !

Jepe tenait là le premier fil de l'écheveau qu'il devrait désembrouiller.

Il tapa *CircleWorld* sur *Google*, et le formidable moteur de recherche planétaire déversa son avalanche de sites et d'informations.

Fondée par l'Américain James Elsasiour, *CircleWorld* prônait la non-violence et le retour à la nature. Le mode de vie préconisé tendait à reproduire les traditions des Indiens décimés au cours de la colonisation sanglante des États-Unis. Son symbole était un cercle composé de cinq segments, chacun de couleur différente, comme l'arc-en-ciel des gays, et semblable à celui qu'il avait vu à la grotte, dessiné sans doute par Karine Amiel !

Impatient d'en savoir plus sur ces touristes d'un genre particulier, il organisa sur-le-champ une visite au campement de *CircleWorld*.

Retour au Bézu

Laissant Jepe à son installation, Luce avait récupéré sa voiture laissée la veille sur le parking de la mairie d'Axat et s'en était retourné à la ferme du Bézu d'Alan Amplaing. Elle trouva l'Américain en train de travailler dans sa bibliothèque.

— Tu écris toujours ! Tu ne t'arrêtes jamais ? s'étonna-t-elle.

— Ne crois pas ça. Je viens juste de m'y remettre. Je t'ai attendue pour déjeuner et j'ai mangé tard. Et toi, qu'as-tu fait ?

— Une sale histoire…

Luce raconta la découverte du meurtre.

— Ton séjour est compromis ? s'inquiéta Amplaing, pensant égoïstement à leur projet.

— Rien n'est changé. Simplement, maintenant avec mon ami l'inspecteur, je serai moins libre.

— Tu peux l'amener ici.

— C'est plus compliqué que ça, sourit-elle. Oublions-le et au boulot ! Depuis que j'ai vu tes documents, j'ai hâte de m'y plonger.

Alan s'approcha d'elle :

— Je te vole juste une petite minute ; ça, murmura-t-il en l'embrassant, c'est le ticket d'entrée pour la collection Amplaing.

Luce se jeta sur les ouvrages. Elle fut rapidement désappointée. Rien d'inédit. La majorité des livres n'étaient que des œuvres de vulgarisation portant sur les Templiers et l'énigme de Rennes-le-Château. Racoleurs, ils donnaient tous dans le sensationnel, prenant des libertés avec la réalité historique. Les seuls bouquins sérieux étaient des grands classiques qu'elle connaissait déjà. Rien d'aussi pertinent que ses trouvailles personnelles dans les archives de Béziers, Carcassonne et Narbonne.

Alan nota sa déception :

— Ce n'est pas ce que tu attendais ?

— Pas vraiment, non.

— Mon but, c'est simplement d'extraire le spectaculaire de la réalité historique. Le pourquoi et le comment des choses ne m'intéressent pas. Ça, c'est moi qui l'imagine…

— Je pensais tomber sur des documents plus rares. Tes livres les plus pointus sont marqués du nom de Jérôme Arcy. Qui est-ce ?

— Mon ex-associé. Il s'occupait d'étayer la partie historique de mes romans ; ce que j'aimerais que tu assures pour notre Lupo di Bianca Forza.

— Tu ne travailles plus avec lui ?

Le visage d'Alan s'assombrit.

— Il est mort. L'année dernière, il a dévissé sur une paroi.

— Excuse-moi, je ne savais pas.

— Il comptait beaucoup pour moi. Nous avons travaillé en tandem pendant dix ans. La ferme nous appartenait à tous les deux. Tu sais, je souhaite vraiment que le projet de di Bianca Forza aboutisse. Depuis le décès de Jérôme, je n'avais plus le cœur à l'ouvrage. De t'avoir rencontrée, l'envie m'est revenue. Aussi forte qu'avant !

— Sincèrement, ça me dit. Ce sera une expérience formidable pour moi, le rassura-t-elle. Dis-moi, Jérôme, il avait une passion pour l'abbé Boudet ? J'ai dénombré pas moins de cinq exemplaires de son bouquin !

— Tu le connais ?

— Le livre ? De réputation seulement. Je ne l'ai jamais lu.

— Il ne mérite pas le détour. Notre ami Lupo est bien plus intéressant.

— Je vais te détailler toute son histoire, du moins ce que j'en ai appris aux archives…

Le campement de CircleWorld

Véritable aubaine, le GR7 – chemin de Grandes Randonnées balisé et répertorié sur les cartes IGN[6] – passait en plein milieu du campement de *CircleWorld*. Pour avoir un aperçu sur la faune qui le fréquentait, il suffisait de l'emprunter en tant que simple promeneur. Jepe décida d'en profiter et opta pour une incursion discrète en la seule compagnie d'Étienne Favre, le responsable de la brigade axatoise. En tenue appropriée, pas la panoplie high-tech du parfait randonneur qui élimine la sueur avant même qu'elle n'apparaisse, simplement des chaussures montantes et une veste de chasse, ils se rendirent sur les lieux en voiture banalisée. À partir du refuge du Laurenty, les bas-côtés de la piste étaient encombrés de vieilles bagnoles, de fourgonnettes et de camping-cars aux

6. Institut Géographique National.

décorations plus criardes les unes que les autres. Ils poursuivirent sur un bon kilomètre et se garèrent près d'un tronc d'arbre marqué des traits rouge et blanc du balisage du GR.

— C'est par-là, indiqua Favre, désignant un chemin qui s'infiltrait au milieu des hêtres. C'est pas très loin, une trentaine de minutes à pied.

— Rien qu'à voir leurs guimbardes, je crains le pire, commenta Jepe.

Sur le sentier, ils croisèrent des groupes qui allaient et venaient, chargés de ravitaillement dans un sens et de détritus dans l'autre. Au moins respectaient-ils l'environnement !

Peu à peu, clairsemées, des tentes apparurent dans les sous-bois. Les feuillus cédèrent la place à des sapins géants aux branches majestueuses qui s'évasaient jusqu'à caresser le sol. Ils aboutirent à une immense clairière, et là, le cœur du campement s'offrit à eux dans toute sa splendeur.

— C'est le pâturage du Boussadus, le désigna Favre. L'association a loué le terrain pour quinze jours !

Llense était sidéré par le spectacle. Il se serait cru transporté en pleine période hippie. Dans une ambiance *peace and love*, des jeunes aux tenues excentriques, la plupart à demi-nus, vaquaient entre des tipis géants couverts de toiles épaisses et de sommaires huttes construites avec des branches et des bâches en plastique. Devant un abri, une fille dansait en chantant une mélopée au rythme primitif. Une odeur d'eucalyptus flottait dans l'air, alertant la mémoire olfactive des deux policiers.

— Ils ne fument pas que du tabac, avança Favre en expert.

Soucieux de ne pas se faire repérer, ils continuèrent un temps leur marche en suivant le balisage puis s'éloignèrent du village de fortune pour longer le ruisseau de la Barbouillère. Des adeptes se baignaient nus, riant et s'éclaboussant d'eau fraîche. Çà et là, le long de la berge et dans la forêt, ils remarquèrent, sur des pierres plates ou des troncs d'arbres coupés, des petits autels du même style que celui de la grotte à Dournes. Posés sur des tapis de mousse, les ornements variaient : des morceaux de bois sculptés et polis par le temps, des pierres, des bougies, des fleurs…

— Exactement le même truc que Karine Amiel, estima Llense. Elle appartenait donc à cette secte ; reste à trouver ce qu'elle foutait si loin de leur base. Rebroussons chemin, j'en ai assez vu.

Toujours au Bézu

Au Bézu, Alan Amplaing jetait déjà les grandes lignes de son prochain livre.

— On tient un best-seller. Meilleur que le Da Vinci Code. Bon, c'est vrai, on arrive après lui ; mais intrinsèquement, il a plus de potentiel, assura-t-il.

— Tu ne veux pas en savoir davantage ? Consulter toi-même les documents concernant Lupo di Bianca Forza ? s'étonna Luce.

— Non, ce n'est pas une reconstitution historique. Juste des touches pour créer la sensation d'authenticité. Après, c'est libre cours à l'imagination. Je ne sais pas si c'est dû à ces longs mois d'arrêt ou à notre rencontre, mais ça foisonne dans ma tête ! De toute façon, c'est un travail à deux ; tu recadreras et tu apporteras le sérieux quand tu le jugeras opportun. Qu'est-ce que tu en penses ?

Luce était sincèrement emballée. Se lancer dans

un projet totalement nouveau pour elle, baigner dans un autre monde que la vie de chaque jour, la régénérait. Elle était revenue vers les rayonnages des bouquins. Les sélections effectuées par Alan et son partenaire Jérôme Arcy lui paraissaient maintenant plus pertinentes.

— Ton ami Jérôme, que faisait-il dans la vie ? voulut-elle savoir sans répondre à la question de son hôte.

— C'était un ex-instituteur, un érudit passionné par les secrets locaux et l'histoire des vieilles familles. Il n'était pas adapté au monde de l'enseignement mesquin, il a démissionné. Je l'ai connu alors que je faisais des recherches généalogiques. Les racines de mes ancêtres sont dans la région : mon nom est le même que celui d'un village ariégeois voisin de Tarascon et de Montségur. Avec Jérôme, nous avons sympathisé tout de suite et collaboré rapidement. Des sujets porteurs me faisaient défaut, il m'a aidé à en trouver. Notre premier bouquin a été un gros succès ; il a été adapté au cinéma : *Le Templier de Dieu*. Tu l'as vu ?

— Oui, avec Johnny Deep et Angelina Jolie. Un mélange de péplum et de cape et d'épée dans le désert ; les croisades revisitées par Hollywood.

— Ils avaient soigné la distribution. Ça a fait un

carton et ça nous a propulsés.

— Jérôme Arcy… Je n'ai rien lu de lui… A-t-il publié ses travaux de recherches ?

— Non. Il était très réservé. Il voulait rester dans l'ombre. Sur nos livres, seul mon nom apparaît.

— Curieux… Refuser la renommée, c'est faire preuve d'une grande modestie. Par les temps qui courent, c'est extrêmement rare. Surprenante, cette fixation qu'il faisait sur l'abbé Boudet ! s'étonna encore Luce en caressant songeusement la reliure de l'un des livres.

Jean-Jacques-Henri Boudet

En cette fin de XIXe siècle, depuis bientôt un an, Jean-Jacques-Henri Boudet, abbé de Rennes-les-Bains, menait en solitaire des fouilles dans les ruines du prieuré tout en haut des gorges de Saint-Georges. Il avait compulsé nombre d'archives et avait reconstitué les grandes trames de son passé. À l'origine, toute la vallée, depuis les gorges de Saint-Georges jusqu'à l'étranglement d'Aliès, dépendait des moines qui l'occupaient. Bien plus tard, le modeste cloître avait servi de repaire à un mercenaire italien : Lupo di Bianca Forza. Au cours de ses recherches, le curé avait découvert la fascinante destinée du chevalier : ses croisades sanglantes, son rôle de chasseurs de têtes pendant l'Inquisition, son règne sur la Haute-Vallée, sa disgrâce et surtout la légende de son trésor perdu...

L'abbé était persuadé que l'or se trouvait toujours

dans les ruines. Patiemment, il avait défriché le terrain, brûlé les ronces envahissantes et mis à jour les pierres des murs et de la voûte écroulée. Dégageant des tonnes de terre et de troncs d'arbres, il avait exhumé l'âtre de la cheminée. Des signes gravés sur la dalle du foyer avaient capté toute son attention.

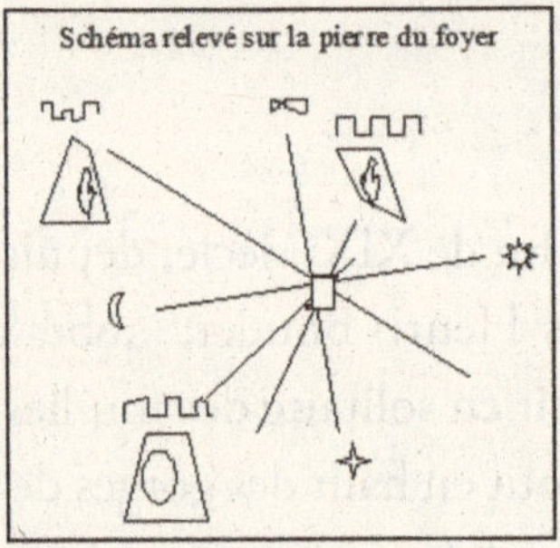

D'un parchemin central clairement représenté, rayonnaient des lignes orientées vers des formes symboliques : trois quadrilatères inégaux surmontés de créneaux. L'inférieur renfermait une forme ovoïde, les supérieurs, une sorte de flamme. Un soleil, une lune, une étoile et un poisson complétaient la décoration.

Pour Boudet, il s'agissait là d'un plan repéré sur trois positions ; il était persuadé que s'il parvenait à le déchiffrer, il mettrait la main sur le trésor du Croisé.

Il classa les éléments du dessin en deux groupes.

Disposés en opposition, le soleil et la lune d'une part, et l'étoile et le poisson d'autre part, définissaient des directions cardinales. Les carrés et leurs remparts représentaient des châteaux ou des tours. Il recensa les forteresses des environs en tentant de les agencer selon le schéma mais la tâche s'avéra impossible, il existait une infinité de combinaisons !

Après plusieurs mois d'insuccès, l'idée jaillit. Il franchissait la roche trouée du prieuré lorsqu'il associa l'ovale inclus dans le trapèze du plan à l'entrée naturellement fortifiée. Les quadrilatères ne symbolisaient pas des citadelles mais des éléments de la structure défensive du site.

Menant ses fouilles dans ce sens, sur la base d'un bloc des ruines, il découvrit une autre marque : une flamme semblable à celles du plan. Il tenait là un deuxième point de repère. Il redoubla d'ardeur pour trouver le troisième. Malgré des semaines d'efforts intenses, rien n'apparut. Il considéra que les paysans l'avaient fait disparaître en récupérant des pierres pour construire leurs maisons. Alors, il émit une hypothèse supplémentaire : la cache se trouvait à l'extérieur du prieuré, sans cela, les assassins de Lupo di Bianca Forza auraient mis la main sur le trésor. Associant au poisson la direction de la rivière, soit le sud, et à l'étoile, le nord, il définit une aire entre la roche trouée et les fondations du prieuré. Il creusa le sol et, à deux pieds de profondeur, exhuma un espace dallé. Il le dégagea. À plat, aucun ravinement n'avait emporté l'empierrement. Pour lui, l'or se trouvait dissimulé sous l'un des blocs !

Un à un, l'abbé Boudet déterra les énormes pavés qu'il retournait méthodiquement à l'aide d'un levier. Il travaillait depuis cinq bonnes heures lorsque son outil heurta un corps métallique. Son cœur se mit à battre. Il renversa la pierre et récolta enfin les fruits de sa persévérance. Couvert de sable et de terre, un étui cylindrique en argent attendait là depuis six siècles !

Jean-Jacques-Henri replaça les dalles et les recouvrit de terre pour effacer les traces de ses fouilles. Son travail terminé, il dissimula son butin sous sa soutane, redescendit à Axat et se retrancha dans sa maison familiale sur la berge de l'Aude. Là, à l'abri des regards, à l'aide d'un lourd crucifix de métal, il dessertit les embouts emmanchés en force. À l'intérieur, il ne découvrit pas d'or mais un parchemin : celui du dessin !

Conservée à l'abri de la lumière, l'encre, bien qu'éclaircie, n'avait pas passé et le texte restait lisible. Toutefois, il nécessita de longs mois de déchiffrage. Les connaissances linguistiques de l'abbé ne suffisaient pas. La difficulté venait d'une part, du faible niveau d'écriture de l'auteur – mauvais latin, italien, occitan et français s'entremêlaient sans respect de la conjugaison ni de la syntaxe – et d'autre part, de développements obscurs sans queue ni tête qui égaraient la logique cartésienne de Jean-Jacques-Henri. Ce n'est qu'en se pénétrant d'un esprit malade qu'il aboutit enfin. Dès le décryptage de la première phrase – « *Lupus ex tempore carcere exiit* » (« *Le loup est sorti de la prison du temps* ») –, il eut la certitude de connaître le nom de l'auteur : Lupo di Bianca Forza.

Sous forme d'énigmes, le Croisé évoquait l'existence de quatre trésors sans indiquer précisément leurs caches. À l'inverse, il prédisait clairement une vengeance posthume à ses ennemis : Lucifer lui-même les punirait, l'or maudit verserait encore le sang sur la terre. Des menaces qui sentaient le soufre !

L'abbé terminait la traduction du parchemin lorsqu'un mal soudain le terrassa. Tenaillé par de fortes douleurs abdominales, il garda le lit plusieurs semaines sans que les médecins ne parviennent à le soulager. Persuadé d'être victime d'un mauvais sort de Lupo, faisant fi de sa fièvre, il s'arma de courage et quitta sa chambre de malade pour replacer l'étui et son manuscrit à l'endroit même où il les avait découverts. Peu de temps après, comme par miracle, ses souffrances s'estompèrent puis disparurent.

Ce n'est que trois ans plus tard que, surmontant ses peurs, Jean-Jacques-Henri Boudet retravailla la transcription du manuscrit de Lupo di Bianca Forza qu'il avait conservée. Peu à peu, perçant les énigmes, il déduisit que les trésors étaient cachés dans d'anciennes tanières d'ours près des châteaux ayant appartenu au condottiere. Il courut à nouveau la campagne, repérant ici et là les dizaines de grottes naturelles creusées dans le calcaire. Sans jamais y pénétrer car il craignait toujours le retour de la malédiction, il en sélectionna quatre.

Pour sa première nuit à Axat, Jepe dormit comme une souche, à croire que les balades en pleine nature avaient des vertus soporifiques bien plus puissantes que ses marches dans les rues de Perpignan. Frais et dispos, il descendit prendre son petit-déjeuner dans la véranda sur terrasse qui surplombait la rivière et savoura les viennoiseries du boulanger local. Dans ce cadre relaxant, l'enquête restait encore quelque chose d'abstrait, de lointain ; le stress de la traque à l'assassin ne le perturbait pas encore. Lorsqu'il sortit de l'auberge, l'air vivifiant du printemps lui apporta un bien-être supplémentaire. Il en profita pour flâner le long de l'Aude et il ne s'immergea dans son travail qu'une fois le seuil de la gendarmerie franchi.

Sa première tâche fut de compulser le dossier de *Circle World* et plus particulièrement la partie relative à sa venue dans la Haute-Vallée. De façon générale, pour les grands rassemblements, une multitude de demandes d'autorisations devaient être remplies. La réunion de plusieurs milliers de personnes requérait une solide organisation : nourriture, hygiène, sécurité... Les pouvoirs publics ne pouvaient subvenir à tout ! *CircleWorld* avait un gros atout en sa faveur : la puissance de son argent. Les responsables avaient largement rétribué toute une armada d'intervenants pour le ravitaillement, l'enlèvement des déchets, la prévention d'incendies et l'assistance médicale. La bonne affaire, c'était le propriétaire du pâturage qui l'avait faite : 100 000 € pour la location de son terrain ! Certes, les campeurs causeraient des dégâts, branches arrachées, foins foulés, mais jamais son troupeau ne lui rapporterait une telle somme en si peu de temps !

Le plus intéressant dans ces transactions financières, ce fut l'apparition du nom de Karine Amiel ! Elle avait servi d'intermédiaire entre le paysan, un certain Auguste Siffre domicilié à Fontanès-de-Sault, et *CircleWorld*. Karine Amiel n'était pas une adepte lambda de la secte ni une parfaite inconnue dans la région...

Llense appela Favre et, après lui avoir fait part de ses découvertes, lui demanda s'il n'avait jamais eu directement affaire à Karine Amiel.

— Non, lui répondit le gendarme. Nous ne nous sommes pas occupés de l'aspect administratif. Nous avons eu assez de soucis à gérer les plaintes et les embrouilles de voisinage. Et ça continue.

— « Ça continue », comment ?

— Les Indiens de *CircleWorld* ne respectent pas les limites assignées à leur réserve, si je peux m'exprimer ainsi. Certains se sont installés sur des prés ou dans des bois n'appartenant pas à Siffre. Pour le domanial, pas de problème, mais pour tout ce qui est privé, les propriétaires gueulent et exigent des dédommagements. En plus, des tas de marginaux viennent se rajouter. Eux, ils ne sont pas du tout organisés !

— Cet Auguste Siffre, il a touché le paquet !

— Je ne vous dis pas les envieux que ça fait, et quand les mecs sont jaloux, ils pètent les plombs ! Le vieil Auguste, ses clôtures, on les lui a sabotées plusieurs fois ! Il a déjà déposé trois plaintes !

— Va falloir aller le voir, à ce brave paysan ; qu'il nous cause un peu de Karine Amiel.

— Et pour le camp ? Notre excursion d'hier, c'est suffisant ?

— Non. Vous allez missionner deux de vos hommes avec une photo de Karine. Qu'ils interrogent ces hippies, peut-être qu'il s'en trouvera un qui aura remarqué quelque chose.

— Je les envoie en uniforme ?

— Ça va être chiant pour eux, mais il vaut mieux. Ça fera plus officiel. Les Indiens comprendront que c'est du sérieux. Nous deux, on monte à Dournes. L'équipe technique est déjà sur place. En même temps, on fera un crochet pour rencontrer cet Auguste Siffre.

— N'oubliez pas que vous m'avez fait convoquer le journaliste. Il attend.

— Je m'en occupe de suite. Il faut tirer au clair son entrevue à la clinique avec Karine Amiel.

— Surtout qu'il n'a pas hésité à l'exploiter ! Vous avez regardé la télé hier soir ?

— Bé, non…

— À vous voir aussi tranquille, je me doutais bien que vous n'étiez pas au courant. Le meurtre d'Amiel est passé au journal télévisé. C'est Dumoulin qui a fait la pige !

— Ah, l'enfoiré ! Amenez-le-moi !

La silhouette de Serge Dumoulin apparut dans l'encadrement de la porte. Mince sans être menu, un mètre soixante-quinze, blondinet, les cheveux frisottants, un regard de fouine derrière des lunettes de myope, on devinait en lui une détermination qui devrait le conduire à exercer sa profession ailleurs que dans ce que lui-même avait qualifié de « trou-perdu-du-département-de-l'Aude ».

— Alors, comme ça vous balancez des infos confidentielles à la télé ! le reçut Llense.

— Je n'y suis pour rien. J'avais fait mon article pour *l'Indép*, mon boulot, quoi. Je ne sais pas comment ils ont su. TF1 m'a contacté, j'ai déballé mon histoire, ça les a intéressés. J'espère que cela ne va pas nuire à nos relations ! Vous m'avez promis de me tenir au courant.

— Je ne vous ai rien promis du tout, et notre collaboration commence bien mal !

— La télé m'a accordé l'exclusivité sur cette affaire. D'autres émissions peuvent suivre, et si vous ne m'aidez pas, je risque de laisser passer ma chance !

— Vous avez rencontré Karine Amiel, vous ne m'en avez pas informé, et vous voulez que je vous aide ? Commencez par me rapporter votre entrevue avec elle et sans rien oublier de préférence.

— Je suis juste passé la voir à la clinique après notre entretien. La routine, quoi !

— Avec vous, c'est toujours la routine. Que vous a-t-elle dit exactement ? exigea Jepe.

— Rien de plus qu'à vous, je suppose. Elle méditait, lorsqu'un homme a jailli et l'a projetée dans le vide. Elle n'a pas eu le temps de le voir. Voilà.

— De ses méditations, elle vous en a parlé ?

— Non. Mais je sais qu'elle appartenait à l'association *CircleWorld*.

— Vous connaissez ?

— J'ai couvert leur arrivée ici. Pour notre montagne, accueillir un tel mouvement, ce n'est pas n'importe quoi. D'ailleurs, j'ai aussi vendu un reportage à la télé. Ils vont le diffuser ce soir.

— En faisant le lien avec le meurtre ?

— Pas vraiment un lien, plutôt un truc complémentaire. Le meurtre d'un membre d'une secte, c'est du tout bon pour l'audimat !

— Vous êtes gonflé !

— Pour une fois que je peux en profiter ! Vous savez combien ça me rapporte trois piges à la télé ? Le salaire annuel dont ils me font l'obole à *l'Indép* ! Alors…

— Trois piges ! Qu'allez-vous sortir encore ? Avec vous, je m'attends au pire.

— Vous ne devriez pas. Mes infos ne sont pas si mauvaises que vous le sous-entendez. Je suis sûr que certaines peuvent vous servir… Par exemple, savez-vous que voilà un an, Jérôme Arcy s'est écrasé dans la montagne en face du château de Puilaurens ?

— Et alors ?

— Un accident somme toute analogue à celui de Karine Amiel, près d'une forteresse cathare. J'imagine déjà les titres : « La malédiction des Cathares ! »

— Dumoulin, vraiment n'importe quoi !

— Pas du tout. Et puis, même si c'est vrai, dans notre société de voyeurisme, il n'y a que ça qui marche ! Surtout qu'Arcy n'est pas un inconnu ; il a déjà tenu la vedette !

— Arcy… l'instit homosexuel, le martyre gay ? Celui qui a dû démissionner après la cabale des parents d'élèves ? Celui qu'on a traité de pédophile alors qu'il était innocent ? saisit Llense qui se souvenait de l'affaire surexploitée par les médias.

— Celui-là même ! Il n'a jamais supporté d'avoir été couvert de boue et il s'est suicidé ! Si on a un bon audimat, la chaîne envisage de lui consacrer une émission.

— Vous tenez le feuilleton de l'été !

Alors qu'il pensait s'emporter, Llense trouvait tout cela ridicule, dérisoire. Dans ce monde médiatique, Dumoulin lui apparut comme un petit poisson qui essayait de faire sa place au milieu des requins. Ils le mangeraient quand ils n'en auraient plus besoin. Sans doute parce que sa dégaine lui rappelait son ami l'inspecteur Taillades, il le prit en sympathie.

— Après tout, c'est votre boulot, faites ce que vous voulez ! À vos risques et périls si vous balancez de fausses nouvelles ! Simplement, si vous savez quelque chose de nouveau, n'oubliez pas de m'en informer avant de publier quoi que ce soit, sinon je n'apprécierai pas !

— Comptez sur moi... Si j'osais, je vous demanderais… Tout à l'heure, sur le site de l'accident, les gendarmes m'ont refoulé ; pouvez-vous m'obtenir une autorisation ?

— Tu veux y amener la télé peut-être ? le provoqua Llense, basculant sur le tutoiement.

— Non, je ne veux pas abuser, dans un premier temps des photos suffiraient.

— On y monte tout à l'heure, tu n'as qu'à m'y rejoindre.

Rassemblement à Dournes

Depuis le matin, l'équipe scientifique s'activait sur le site de Dournes. Les techniciens ratissaient large : à l'intérieur de la grotte, à l'extérieur, sur la courte descente accédant à l'entrée, sur la Route Vauban, sur la plate-forme de l'ancien château... Ils avaient relevé de nombreuses traces de passage mais aucune de significative. Les seuls indices notables, à l'exception des empreintes sur l'autel, provenaient de la caverne elle-même : elle avait été fouillée ; des trous avaient été creusés puis rebouchés. Un responsable s'en entretenait avec Llense :

— Le dernier n'est pas vieux, il date d'une à deux semaines. La terre n'est pas encore tassée. C'est l'œuvre d'un être humain, pas d'un animal, avança-t-il.

— Est-ce que la fille aurait pu le creuser ?

— Sans problème, à condition d'avoir une pioche et une pelle.

— On peut aussi imaginer qu'elle a dérangé quelqu'un qui cherchait quelque chose dans la grotte, et que ce quelqu'un l'a supprimée, émit Favre qui suivait l'échange.

— Dérangé de quoi ? Pour la butter, il en fallait quand même ! Enfin, on peut partir de cette hypothèse. Un mec trafique là-dedans, elle le surprend et il la pousse dans le vide, consentit Llense.

— Pourquoi pas un animal ? proposa encore Favre.

— Non, la fille a évoqué un homme !

— Le truc de l'animal, ce n'est pas idiot, reprit le scientifique. Cette grotte a servi de tanière à des ours au travers des âges. On a retrouvé leurs traces. Plus marrant, il y en a un qui est venu récemment. Des excréments se trouvent dans le fond, des poils aussi. Bootsy, l'ours de l'Ariège, a hiberné près de Mijanès. Ce ne serait pas étonnant qu'il ait passé une nuit ou deux ici. En plus, avec tous les ovins en semi-liberté qui traînent autour de Campagna, il a de quoi se nourrir !

— C'est pas un ours qui l'a poussée, c'est un mec ! s'énerva Jepe.

— La raison est peut-être l'ours, s'accrocha Favre qui semblait tenir à cette idée. Imaginons : un chasseur en abat un ; il ne doit pas se faire coincer, mais il est surpris ! Vous savez comment peuvent réagir des braconniers... À certains moments ils n'ont plus le sens de la réalité.

— On aurait trouvé des traces !

— Justement, on en a trouvé.

— De la merde, quatre poils... Vous avez du sang ?

— Non, mais si la fourrure l'a absorbé...

— Arrêtons, assez divagué ! Vous m'étudiez bien les empreintes relevées sur l'autel, voyez si par hasard quelqu'un d'autre ne méditait pas avec Karine Amiel. On ne sait jamais, vous risquez de trouver une patte d'ours ; Bootsy, sûr qu'il est fiché ! Avec le bordel qu'ils nous foutent sur la réintroduction de l'ours dans les Pyrénées, il ne manquerait plus que ce soit lui l'assassin !

Llense sortit de la pénombre de la grotte. La lumière percuta ses yeux de ce vert fort qui couvrait la montagne. Dans le ciel, plusieurs oiseaux tournoyaient ; des vautours lui avait-on expliqué. Il regarda vers le site de l'ancien château et remarqua qu'un couple discutait avec le gendarme qui faisait barrage. Il reconnut Luce.

— Qu'est-ce que tu fais par là ? Tu retournes sur les lieux de ton crime ? se moqua Jepe une fois qu'il l'eut rejointe.

— Facile celle-là ! Mais c'est plutôt le lieu de mon prochain forfait, lui répliqua-t-elle. Je te présente Alan Amplaing, le spécialiste dont je t'ai parlé. Il est américain ; c'est avec lui que je prépare mon coup, continua-t-elle. Alan, voici Jepe Llense, l'inspecteur qui conduit l'enquête sur le meurtre de Karine Amiel.

— Enchanté, inspecteur, se manifesta Amplaing.

— Que me vaut le plaisir et l'honneur de ta visite ? reprit Llense, négligeant l'Américain.

— Nous venons de visiter le site du château détruit. Alan ne connaissait pas… Je ne savais pas que tu étais là. Tu bosses, je suppose.

— Ouais ! Tu supposes bien. Dis-moi, je t'ai cherchée hier soir ; j'ai oublié de te demander où tu créchais, je ne sais pas pourquoi, je pensais que tu étais à Axat.

— Non, la Région me loge à Gincla.

— On peut se voir ce soir ?

— Si tu veux, téléphone-moi quand même avant. Bon, on te laisse à ton travail maintenant.

— À ce soir donc. Je viendrai à ton bled, rajouta encore Jepe.

Le couple disparaissait dans une courbe du chemin en direction de Campagna lorsque Serge Dumoulin s'avança à son tour.

— Tiens, déjà là ? l'accueillit Llense sur un ton agressif.

— Les photos, ça urge, se défendit le journaliste.

— Fais vite et ne dérange pas les techniciens.

— Je peux les prendre ? Ça fera plus vrai !

— Comme tu veux !

— Qu'est-ce qu'Amplaing fout ici ? Il va écrire un bouquin sur le crime ? digressa Dumoulin.

— Amplaing ? L'Américain ? Tu le connais ?

— C'est drôle, parce qu'on en a parlé ce matin ; il vivait avec Jérôme Arcy. Ils travaillaient ensemble sur les livres mais, pour éviter la mauvaise publicité, seul Amplaing signait.

— Comment ? C'est un homo ? s'étonna Llense.

— Un bisexuel pour être précis. C'est assez à la mode aujourd'hui.

— Dumoulin, tu es une langue de pute, plaisanta Llense, retrouvant soudain ses bonnes dispositions vis-à-vis du journaliste.

— C'est mon job de tout savoir, répliqua-t-il.

Et, sans aucune sollicitation, il se fendit d'une courte biographie de l'auteur de romans à succès.

Auguste Siffre

Qu'est-ce que fout Luce avec ce pédé ? se demandait Llense qui marchait maintenant dans la voie centrale de Fontanès-de-Sault, l'une des quatre ou cinq rues qui desservaient le village.

Comme pour beaucoup de hameaux de la région, le temps s'était arrêté. Étagées pour ne pas se faire de l'ombre et profiter du moindre rayon de soleil, les maisons aux murs en schiste tombaient en ruines. Les constructions étaient modestes et seule la vieille école désertée affichait une architecture conquérante, témoignant ainsi de l'effort d'éducation de la République de Jules Ferry.

Finalement, les étrangers qui achètent et qui restaurent, c'est pas si mal ! pensa Jepe, se remémorant la colonie danoise qui avait investi Axat, et qui, zappant l'hiver, ouvrait les toits en terrasses pour s'inonder de soleil à la belle saison.

Mais ici, c'est vraiment perdu, je ne sais pas s'ils y viendront ! poursuivit-il sa réflexion.

Favre, qui allait devant, s'arrêta devant un immense tilleul dont les branches chargées de fleurs embaumaient l'air. La maison attenante était habitée. Sur une terrasse de culture, un potager alignait ses légumes et, dans la cour, reclassé en vasque à bégonias, un chaudron avec une cheminée intégrée – initialement destiné à la cuisson de la nourriture des cochons – résistait aux agressions de la rouille.

— C'est là. Ils ne sont plus que trois familles à l'année, commenta le gendarme.

Coiffé d'un béret taché de sueur, un vieil homme en chemise de flanelle à carreaux et en pantalon de velours côtelé soutenu par des bretelles à boutons pinçait des plants de tomates qui grimpaient sur des roseaux.

— Auguste, on peut te déranger deux minutes ? l'interpella le brigadier.

Le paysan se méfiait des gendarmes. Pour lui, tous des fainéants qui n'avaient aucun rapport avec la terre, le seul vrai travail digne de ce nom à ses yeux. Ils vivaient sur son dos et lui causaient des ennuis à la moindre occasion : s'il n'était pas en règle avec son matériel, s'il braconnait pour tuer les sangliers alors qu'ils ravageaient ses champs… Il abandonna la mutilation des bourgeons improductifs et s'approcha d'eux.

— C'est pourquoi ? s'enquit-il.

— Je te présente l'inspecteur Jepe Llense, il voudrait avoir des informations sur les pâturages d'estive que tu as loués aux étrangers.

D'un air méfiant, Auguste Siffre regarda autour de lui, comme pour s'assurer qu'un espion ne les surveille pas.

— Rentrons, je préfère en discuter dedans, invita-t-il les policiers.

Le temps s'était également arrêté dans la maison. L'ancienne étable servait d'entrée. Les mangeoires, les râteliers à foin et les rigoles à purin étaient là, en parfait état. Un congélateur, une machine à laver le linge, un motoculteur et quelques appareils modernes avaient remplacé les vaches et envahi l'espace. Un escalier en bois sans contremarches les conduisit au premier dans une grande pièce. Jepe perçut le décor comme un retour vers son enfance quand il passait ses vacances en Cerdagne. Dans un coin, sous une petite fenêtre, la pierre d'évier taillée dans la masse avec le robinet rallongé par le brise-jet en caoutchouc ; la cuisinière qui, malgré le printemps, distillait sa chaleur avec une douce odeur de bois, un *toupi*[7] mijotant sur les feux ; la cheminée et son manteau décoré d'une cretonne à fleurs avec, posés dessus, deux obus en cuivre de la Grande Guerre martelés en objets décoratifs ; dernière touche et cerise sur le gâteau, à la verticale de la grande table de ferme, accroché à l'abat-jour en forme d'assiette renversée, l'attrape-mouches en spirale chargé de glu jaunâtre sur lequel quelques insectes, les ailes collées, agitaient désespérément leurs pattes.

Dans la pénombre, vêtue d'une blouse sans manches à motifs imprimés, une femme aux cheveux blancs ramassés en chignon écossait des petits pois.

— Jepe Llense ! reprit le paysan en les invitant à s'asseoir. Vous ne seriez pas l'ancien deuxième ligne international de l'USAP, celui qui a gagné six fois le Tournoi des Cinq nations ?

— C'est bien moi, mais il y a longtemps de cela, le satisfit Llense.

— Vous ne leur faisiez pas de cadeaux aux Anglais, je me rappelle. Alors, vous êtes flic, et vous venez pour quoi au juste ?

Miracle du rugby, Jepe sentit que la méfiance du vieux Siffre s'était estompée.

7. *Toupi : marmite de cuisine.*

— Avant de causer, je vais nous servir un petit quelque chose. Félicie, sors-nous trois verres s'il te plaît, des jolis qu'on a du beau monde !

Il se leva. Les larges planches inégales du parquet grincèrent sous ses pas. Il ouvrit la porte du buffet bas et en sortit une bouteille à demi pleine d'un liquide translucide.

— C'est de la prune que je distille moi-même. Vous m'en direz des nouvelles. Je vous conseille un canard, rajouta-t-il avec un clin d'œil entendu.

Il saisit un domino de sucre d'une ancienne boîte de biscuits en fer qui se trouvait sur la table, et le trempa dans l'alcool blanc qu'il venait de se verser.

Ce n'est qu'après l'avoir croqué qu'Auguste Siffre se prêta enfin aux questions de Llense sur ses transactions avec *CircleWorld*.

Le paysan ne cacha pas que la location des pâturages était pour lui une véritable manne :

— Aujourd'hui, pour ce que nous rapportent les vaches… Avant, avec dix bêtes, on vivait ! Maintenant, il en faut plus de cent, et tout faire soi-même !

Au-delà de ses jérémiades, le plus important, ce fut la confirmation et l'explication du rôle de Karine Amiel.

— Karine Amiel, ça vous dit quelque chose ?

— Quand il perdait son temps pour ses études

à Montpellier, mon fils Louis fréquentait cette fille. Il nous l'a amenée quelquefois. C'est elle qui nous a proposé l'affaire. Elle appartenait à ce mouvement de *peluts*[8]. Quand les grands chefs ont voulu organiser leur rassemblement, elle a pensé au Boussadus. Leur offre était alléchante, je me suis pas fait prier.

— C'est vous qui avez négocié ou bien votre fils ? s'enquit Jepe.

— Le patron, ici, c'est moi ! Le Louis, il a pas encore fait ses preuves.

— Cette fille, Karine Amiel, vous l'avez vue alors ?

— Pour sûr que je l'ai vue ; je l'ai même rencontrée à plusieurs reprises. En fait, c'est pour elle que vous venez, c'est ça ? J'ai lu dans le journal qu'elle a été assassinée.

— Juste après avoir été retrouvée dans un ravin pas très loin d'ici, lui rappela Llense. Est-ce que vous saviez qu'elle squattait une grotte pas très loin d'ici ?

— Eh comment ! Elle venait là depuis une semaine. Je l'ai vue plus d'une fois à jouer à la sorcière. Elle tournait autour de Louis. Elle en voulait à son fric… à MON fric !

— D'autres personnes savaient qu'elle était là ?

— Cet imbécile de Louis et le grand chef du camp.

8. Peluts : chevelus, ici a le sens de hippies.

— Qui ça, « le grand chef » ?

— Celui du Boussadus, c'est lui qui commande. C'est lui qui m'a signé le chèque !

— Vous avez une idée sur la façon dont elle est tombée ?

— Vu comme elle est morte après, on peut comprendre ! Quelqu'un l'a poussée.

— Votre fils Louis, on peut le joindre où ?

— Il est à la nouvelle étable, sur le plateau. Lui aussi vous voulez l'interroger ? Vous le soupçonnez ? C'est pas lui qui l'a tuée, il n'avait aucune raison !

— Et vous, vous en aviez ?

— Peut-être bien, puisqu'elle en voulait à mon fric ; mais comme je ne suis pas allé à Quillan depuis des mois, ce n'est pas moi.

Le ton montait, la conversation tournait à l'interrogatoire. Llense préféra rester sur l'image du rugbyman gentleman.

— Ce n'est pas du tout ce que j'ai voulu dire. Cette fille est morte, personne ne la connaît par ici. J'ai un meurtrier à trouver, vous comprenez ?

— Celui qui a fait le coup, c'est le gars du camp ; je les ai entendus se disputer.

— Quand ça ?

— Un ou deux jours avant l'accident.

— Et à propos de quoi ?

— J'ai entendu leurs cris mais pas ce qu'ils se disaient !

Llense le crut à moitié mais n'insista pas ; il préférait amadouer Auguste lentement.

— Bien, merci pour les renseignements ; pour la prune aussi…

— Une petite dernière pour la route ?

— Auguste, il faut qu'on donne l'exemple, refusa Favre.

Ils se levèrent et le grincement du parquet accompagna leur départ alors que Félicie, qui n'avait pas bougé de tout l'entretien, osa les saluer d'un timide : « Bonsoir, Messieurs. »

Louis Siffre

Llense et Favre poursuivirent jusqu'au plateau de Sault. La nouvelle étable des Siffre se trouvait sur la commune d'Aunat, une plaine bien plus favorable que le territoire escarpé de Fontanès. Le bâtiment ressemblait à un grand hangar industriel. Les deux policiers garèrent la voiture et s'approchèrent. Dans un champ attenant, un agriculteur manipulait d'énormes balles de foin avec la fourche mécanique de son tracteur.

— C'est lui, le désigna Favre : Louis Siffre, le fils d'Auguste.

À la vue des visiteurs, l'homme coupa le moteur de son engin, descendit de la cabine climatisée et s'avança. Le brigadier présenta à nouveau Jepe Llense.

— Salut, Louis. On vient de chez ton père et on voudrait savoir…

Tandis que Favre exposait les raisons de leur visite, Jepe examinait le jeune Siffre. Véritable armoire à glace, l'aspect rustre, il n'avait vraiment pas l'allure d'un étudiant : il avait tout d'un paysan. Louis confirma les déclarations de son père : pour la location du Boussadus à *CircleWorld*, Karine avait joué un rôle primordial.

— Vous la connaissiez comment ? intervint Jepe.

— Avant de revenir à la ferme, j'étais en fac à Montpellier. C'est là que je l'ai rencontrée.

— Vous aviez des relations avec elle ? s'enquit Jepe de façon directe.

— Vous voulez savoir si on couchait ? répondit Louis du tac au tac.

— D'après votre père, elle vous tournait autour.

— Le vieux, il est chiant. C'était plutôt moi qui lui tournais autour à Karine. Elle, avec des idées de liberté. Elle était avec moi mais elle ne voulait pas s'engager.

— Sa mort a dû vous toucher alors.

— Ouais ! Surtout que ce jour-là j'étais descendu à Quillan pour la voir.

— Vous étiez à Quillan le jour de son assassinat ?

— Quand j'ai demandé à l'accueil pour elle, ils venaient de s'apercevoir qu'elle était morte. Ça m'a fait un choc, surtout que je ne pouvais en parler à personne, vous êtes les premiers. C'est bien que vous soyez venus. Si je peux aider…

L'inconnu de la clinique, c'est donc Louis ! Voilà une bonne chose de faite, nous n'aurons pas à le rechercher, se réjouit intérieurement Llense tout en répondant :

— Sûr que vous pouvez nous aider. Plus on en saura sur Karine, plus vite on coincera le salaud qui l'a butée. Votre père nous a dit que vous alliez la voir à la grotte ?

— Ouais ! Mais on n'y restait pas. On dormait chez moi. La grotte, c'était juste pour son autel.

— Elle a laissé des affaires chez vous ?

— Non, elle n'avait rien. Une sacoche avec ses papiers, pas plus. Elle avait tout laissé au Boussadus.

— Elle était vraiment impliquée dans *Circle World* ?

— Au début, oui ! Elle était séduite par le côté pacifiste, nouvel ordre mondial. Mais ces derniers temps, elle avait compris que c'était surtout une machine à fric. En plus, elle avait des problèmes avec son chef.

— Pour l'argent ? Votre père nous a dit qu'ils s'étaient disputés dans la grotte.

— Ils étaient sérieusement fâchés. Il lui avait interdit de remettre les pieds au camp. À moi, ça m'arrangeait. Sauf quand il venait l'emmerder.

— Pourquoi restait-elle ici ?

— Elle croyait à la méditation de groupe, elle voulait rester près du Boussadus. Et puis, elle avait aussi des comptes à régler avec le responsable du camp.

— Qui d'autre que votre père, son chef et vous-même savait qu'elle se recueillait dans la grotte ?

— Ce débile d'Amaury. Il l'avait repérée et lui avait demandé de débarrasser le plancher, comme il fait avec les étrangers sur les sites cathares.

— Amaury de Niort, intervint Favre. Un illuminé qui s'est donné pour mission de défendre l'âme des Parfaits. On a pas mal de soucis avec lui, compléta-t-il pour que l'inspecteur ait un minimum d'info.

— Et comment s'y prend-il pour les sauver ? voulut savoir Llense en écarquillant les yeux de consternation.

— Il crève les pneus des cars et des voitures des touristes qui viennent visiter les forteresses. Il tague les carrosseries, il insulte, il menace même, débita l'adjudant.

— Drôles de façons pour protéger les âmes ! Vous pensez qu'il aurait pu faire du mal à Karine, la pousser dans le vide par exemple ? revint vers l'enquête le Catalan.

— Non, s'avança Louis Siffre, je le connais. Je lui

ai touché deux mots pour qu'il lui foute la paix, et il n'a pas recommencé.

— Bien, finalement ça nous fait pas mal de monde qui fréquentait la grotte, conclut Jepe. Merci pour votre disponibilité, on repassera si on a besoin de vous.

— Vous pourriez pas venir à l'entraînement un de ces soirs ? osa Louis.

— Que tu joues au rugby ? s'enquit Jepe.

— Dans l'équipe du Pays de Sault ; on a été champions de France Honneur cette année.

— Félicitations ! C'est dans les petites séries que le rugby plonge ses racines. On verra. Ça dépendra du boulot. Dis-moi, ton étable, ça ne ressemble à rien, se permit Jepe.

Louis sourit.

— Je ne fais que la viande. Les vaches, je ne les rentre presque plus, expliqua-t-il. Le temps des bêtes sous la salle à manger et de la traite à la main le soir, c'est terminé.

— Il est plus ouvert que son père, commenta Jepe en revenant vers la voiture.

— Il est sorti de chez lui ; il a fait des études, trouva normal Favre.

— Demain, il faut en terminer avec les invités de

Karine Amiel dans sa grotte. Vous convoquerez cet Amaury de Niort pour le matin. Assez tôt. Et quand les enquêteurs auront fait leur rapport sur leur visite à *CircleWorld*, on ira au campement rencontrer ce Grand Chef avec qui Karine avait des problèmes, programma Llense. Par la même occasion, on récupérera le gros de ses affaires. La sacoche qu'on a trouvée avec ses papiers, c'est celle qu'a évoquée Louis Siffre, mais elle devait avoir forcément un barda, parce que les femmes, je les connais… Quand elles voyagent…

Les ris de veau à Gincla

En ligne avec son compagnon José Trapero, Luce finissait de rapporter le sauvetage de Karine Amiel et sa suite tragique.

— … Et je te donne en mille sur qui je tombe : Jepe ! C'est lui le responsable de l'enquête. Incroyable, non ?

— Cette collaboration pour l'écriture de ce bouquin, ça doit te brancher, j'imagine. Tu vas laisser tomber tes randonnées ? s'intéressa davantage José.

Elle avait préféré lui parler d'Alan Amplaing avant que Llense ne la devance.

— Pas du tout ! J'ai déjà fait le Roc Blanc et je trouverai un moment pour grimper au Madres et au Tarbesou. Par contre, c'est vrai que le livre est une opportunité à ne pas manquer.

— J'ai récemment lu un polar de ce mec.

— Alors, qu'en penses-tu ?

— Intrigue bien assise sur le plan historique, mais sans originalité au niveau du scénario. Répétitif, classique. D'un Américain, je me serais attendu au contraire. Enfin, c'est du super commercial, pour plaire au plus grand nombre.

— Mais pas à José Trapero ! Marie, comment ça va ? passa-t-elle du coq à l'âne.

— Elle tiendra une semaine de plus sans sa maman chérie. Allez, à plus ! Salue Jepe de ma part, et buvez un coup à ma santé.

— Une dernière chose, le retint Luce. Sur mon ordi, dans le dossier *Cathares*, tu trouveras un document intitulé *Lupo di Bianca Forza*. Envoie-le-moi à l'adresse suivante…

Elle donna le courriel d'Alan Amplaing.

— Lupo… Loup… Joli nom ! C'est pas mal pour un héros de polar, reconnu José.

Ouf ! Débarrassée ! Luce avait appréhendé ce moment où elle devrait mentir par omission. Tout au long de la communication, alors que son intellect approuvait complètement sa conduite, son affect lui avait balancé des sentiments de culpabilité. Elle espérait que José ne s'en était pas aperçu ; lorsqu'il avait une aventure, elle le devinait. Enfin, au téléphone, c'était plus facile.

Luce se trouvait à son hôtel à Gincla, une demi-pension dans un cadre magnifique, l'ancienne demeure des maîtres des forges qui produisaient du fer avant la grande ère industrielle des hauts-fourneaux en exploitant les ressources locales : torrents, forêts et filons de la montagne.

À l'ombre des hêtres et des sapins centenaires, à deux pas de la silhouette altière du château de Puilaurens, au pied du Dourmidou, elle ne pouvait rêver mieux pour se détendre. Sa vie professionnelle, son histoire avec José, sa fille Marie ne lui laissaient guère de temps pour s'occuper d'elle. Elle traversa le parc et s'approcha de la rivière. Depuis le pont, un enfant pêchait dans la Boulzane. Il s'amusait à attraper des truitelles qui ne faisaient pas la maille et, décrochant l'hameçon planté dans leur gueule, les relâchait au risque de les tuer. Elle se retint de lui en faire la remarque et s'approcha des panneaux que la communauté du Pays d'Axat avait installés pour l'information des touristes. Outre la visite de la forge catalane, des boucles de randonnées balisées de différentes couleurs proposaient plusieurs circuits. Elle profiterait du break imposé par la venue de Llense dans sa relation avec Alan pour s'en offrir une dès le lendemain matin. Comme elle pensait au Catalan, sa voiture fit irruption sur la place.

— Pas mal le coin ! apprécia Jepe, alors qu'ils avaient pris place dans la salle du restaurant. Je me demandais pourquoi tu avais choisi ce bled, maintenant je comprends !

— Et la cuisine, tu vas voir ! Une merveille ! Je te conseille les ris de veau.

— J'ai vu qu'ils servent des truites. Si elles sont aussi bonnes que la dernière fois…

— Ah non, pas deux jours de suite ! Pas pour moi, en tout cas... Dis-moi, pourquoi voulais-tu me voir ?

— Pour me sortir, discuter de cette affaire. C'est de la discussion que jaillit la lumière.

— Attends, je ne suis pas José ; je n'ai jamais fait partie de la police, moi.

— C'est pas le flic qui m'intéresse en José, c'est sa sensibilité. Et sur ce point, vous êtes semblables : indépendants, contestataires. Votre vision critique m'offre un autre angle. Et puis, reformuler mes infos et mes analyses en toute tranquillité, en confiance, ça m'aide à étayer mes raisonnements…

— N'importe quoi. Vas-y, reformule...

— Faut quand même que je me méfie ; tu es le témoin numéro un et …

— Tu vas me le resservir à chaque fois ?

— Allez, j'arrête… Sérieusement maintenant : la

victime était en relation avec une espèce de secte, *CircleWorld*... Tu connais ?

— J'ai traversé leur campement en revenant du Roc Blanc par la vallée de la Barbouillère. C'est la chienlit là-haut.

— Tu as dû remarquer leurs autels. Ils sont semblables à la dalle décorée de la grotte. Amiel s'en servait pour méditer. Mais le plus intéressant, c'est qu'on a déjà identifié quatre personnes qui venaient visiter la grotte... plus un ours.

— Les coupables se bousculent déjà au portillon !

— L'enquête commence avec eux : vérification d'alibis et recherche de mobiles. Sur ce dernier point on a deux orientations : le fric, bien sûr, mais aussi des représailles d'un autre temps. Notre dernier suspect est un défenseur fana des Cathares. Il a un drôle de nom : Amaury de Niort.

— Tiens, « de Niort », le nom de la famille qui régnait sur le Pays de Sault à l'époque de l'hérésie cathare ! Peut-être un descendant ? Dans les évènements historiques dont je veux m'inspirer pour le livre avec Alan Amplaing, il en est question.

— Le super château que j'ai vu en venant, c'est aussi cathare ? Il a de beaux restes, c'est pas comme les ruines de Dournes.

— Oui, il est dit cathare. C'est celui de Puilaurens. De façon générale, l'adjectif « cathare » est abusif, tout juste si certains ont reçu la visite de quelques Parfaits...

Et Luce se lança dans un cours particulier d'histoire.

Après une entrée au foie gras arrosée d'un *Vendanges Tardives*, les ris de veau arrivèrent sous une cloche. Le couvercle soulevé, le parfum de la sauce aux échalotes et au vin rancio excita les papilles gustatives de Llense. Avec la dégustation des mets, ils oublièrent l'enquête et la discussion dériva sur des touts et des riens. Alors que Luce parlait avec enthousiasme de son projet d'écriture, Jepe la coupa :

— Je suis en contact avec un journaliste qui connaît ton associé. Il m'a expliqué qu'avant il travaillait avec un historien local : Jérôme Arcy.

— Alan m'en a parlé. Il voudrait que je le remplace dans le rôle du spécialiste en histoire. Arcy est mort l'année dernière. Pas très loin d'ici d'ailleurs, dans la Serre de la Quière, face au château que tu as admiré tout à l'heure. Un accident.

— Pas un accident : un suicide ! Arcy était un ex-instit accusé à tort de pédophilie : il n'aurait pas supporté... D'après les on-dit, il était le compagnon de ton ami l'écrivain, décocha-t-il en guise de flèche empoisonnée.

Le visage de Luce se figea.

— « Le compagnon » ? Tu veux dire que…

— Oui, je veux dire que… Mais avec les ragots, tu sais, il faut se méfier. Le boulot de flic, c'est beaucoup trier les commérages ; tu peux pas savoir toutes les saloperies qu'on nous balance sur les gens !

Le repas tirait à sa fin. Alors que Jepe se régala d'une île flottante agrémentée de fraises dont le jus teintait et aromatisait une crème anglaise très réussie, Luce, encore sous le coup de la sournoise révélation, ne prit pas de dessert.

— Finalement, je me demande pourquoi tu voulais me voir ? Tu n'as pratiquement pas évoqué ton enquête. Par contre, moi, je n'ai pas arrêté de parler, reprochait presque Luce à Jepe alors qu'il s'apprêtait à prendre congé.

— C'était le but du jeu : te tirer les vers du nez sans que tu t'en rendes compte.

— Me tirer les vers du nez ?

— Eh oui, tu m'as livré tous les secrets de tes amis… les Cathares, et crois-moi, ça va m'être utile dans une région qui en revendique l'appellation. Enfin, j'ai passé une super soirée ! La bouffe et le cadre, j'en parle même pas ! Je suis prêt à recommencer quand tu veux… ou quand tu peux, dans la mesure où tes activités avec le célèbre romancier

Alan Amplaing te laissent libre… la provoqua-t-il.

Elle ne répliqua pas, le laissant imaginer ce qu'il voulait, sans donner de quelconques explications.

Béranger Saunière

Par un matin de printemps, l'abbé Béranger Saunière enfourcha sa bicyclette avec un pressentiment mêlé d'espoir et d'inquiétude. Dans la nuit, un rêve à la puissance prémonitoire lui avait annoncé qu'il allait devenir riche, très riche. Seule ombre à cette prédiction, sa fortune lui serait accordée par le Malin !

La veille, le rémouleur itinérant d'Espéraza lui avait transmis un message de son voisin de Rennes-les-bains, l'abbé Boudet, qui souhaitait le rencontrer chez lui toutes affaires cessantes et lui demandait de se libérer pour une demi-journée. Son collègue se retirait régulièrement dans sa maison familiale d'Axat et c'est là que Béranger devait se rendre. Il se libéra pour accéder à sa demande car il appréciait sa compagnie, même si, parfois, le curé divaguait en évoquant un diable qui courait la montagne sous les traits d'un loup. En repensant à lui, il lui revint que dans son songe, la voix qui l'avertissait de prendre garde était celle de Boudet !

Couvrir la distance entre Rennes-le-Château, sa paroisse, et Axat nécessitait de bons mollets. Béranger qui était un solide gaillard, s'était levé de très bonne heure pour ne pas se mettre en retard et il traversa le court tunnel du Trou du Curé à la lueur de sa dynamo.

Quand je pense que ces abrutis de Radicaux bouffent du curé, jura Saunière, *sans Félix Armand*[9], *les paysans perdraient encore des heures à passer par-dessus les gorges de la Pierre-Lys !*

Après Saint-Martin, il franchit le Rebenty par le pont de bois que le torrent emportait régulièrement à la fonte des neiges et, lorsque le fleuve Aude vire à angle droit en direction du Capcir, il ne se trouva plus qu'à quelques pédalées d'Axat.

Depuis quelques semaines, Jean-Jacques-Henri Boudet était déterminé à vérifier ses hypothèses sur l'existence des trésors de Lupo di Bianca Forza. Craignant une récidive du mal qui l'avait terrassé une première fois, il avait décidé de ne pas agir lui-même, mais par personne interposée. C'est pour-

9. Félix Armand1 : curé de Saint-Martin-Lys qui dirigea le percement d'un tunnel dans les gorges.

quoi il avait mandé chercher Béranger. Il le savait suffisamment cupide pour se lancer à la recherche de l'or, quels qu'en soient l'origine et les dangers à encourir. Il le reçut dans son bureau et l'appâta.

— Béranger, je connais des secrets d'un autre monde. Pour les avoir percés, j'ai été frappé d'un mal qui m'a forcé à abandonner ma quête. Je n'ai plus le courage d'affronter ces mystères. Toi qui es téméraire et fougueux, je voudrais que tu sois mes yeux, mes bras et mes jambes, proposa Boudet après avoir brièvement rapporté l'histoire de Lupo.

Il marqua une pause et sa voix se fit basse.

— J'ai découvert un message du diable déguisé en loup.

Il recommence avec ses divagations, pensa Saunière.

— Tu ne me crois pas ? Je le comprends car moi-même, aujourd'hui, je doute. C'est pourquoi je dois savoir. Le loup a dissimulé quatre trésors. Je vais t'indiquer l'une des caches. Elle est près d'ici. Pour un homme vigoureux comme toi, il s'agit d'une course d'une demi-journée ; c'est bien peu pour un tel secret.

Parler essoufflait anormalement Boudet. Il s'arrêta pour réguler sa respiration puis reprit :

— Au sommet des gorges de Saint-Georges, sur la falaise qui longe la forêt d'En Malo, pas très loin des avens sans fond, il est une caverne qui jadis abritait l'ours et qui l'abrite encore lorsqu'il est de passage.

Saunière opina de la tête, il connaissait cet abri naturel pour s'y être protégé par mauvais temps.

— Je sais que tu as couru cette montagne et que cette grotte ne t'est pas inconnue. Va par les éboulis de Canals et passe en crête. Au fond de la caverne, tu trouveras une large pierre plate, peut-être un signe la distingue-t-il des autres, mais je n'en suis pas certain. Soulève-la et creuse. Des cassettes pleines d'écus marqués du sceau royal se trouvent dissimulées au milieu des cailloux et de la terre. Prends cette besace et cette truelle que je t'ai préparées à cet effet et, sans plus attendre, va chercher l'or. Tu seras rentré avant la nuit. Enfin je saurai, et, en échange, cet or t'appartiendra...

Comme l'avait prévu Boudet, aveuglé par l'appât du gain, Béranger Saunière, sans remettre en cause la vraisemblance du récit, partit sur-le-champ. Après tout il ne s'agissait que d'une course dans la montagne !

Les isards immobiles sur les crêtes n'en croyaient pas leurs yeux de voir cet homme tout de noir vêtu sauter de roche en roche et gravir le goulet d'avalanche. Si quelques blocs tremblaient, aucun ne basculait. La soutane se soulevait à chaque saut. On aurait dit un fantôme, une ombre diabolique flottant sur l'éboulis. Sans le savoir, six siècles plus tard, Béranger reproduisait l'ascension effrénée de Lupo di Bianca Forza par la voie la plus difficile mais la plus directe pour atteindre le plateau.

En haut de la falaise, ce fut pour lui un jeu d'enfant que de s'orienter et de se diriger vers la grotte indiquée par Boudet. Un novice se serait égaré au milieu de la végétation dense, mais pas lui qui connaissait les lieux par cœur, même l'aven où selon une légende un sénéchal avait chuté et disparu avec sa monture. Les chênes torturés par la sécheresse, les genêts hauts et les genévriers épineux lui barraient sans cesse la route, accrochant et déchirant sa soutane. Enfin, il discerna la bouche sombre de la cavité. En cette période printanière, le feuillage des arbres la dissimulait en partie. Le visage couvert de sueur, le corps en nage, il s'en approcha. Devant le trou sombre, il marqua un temps d'arrêt, pensant au diable déguisé en loup que l'abbé avait évoqué une fois de plus dans sa chambre. Son rêve lui revint aussi. Et si cet or était le même ?

Déterminé à affronter Satan, si c'était le prix à payer pour devenir riche, il entra. Ses yeux s'habituèrent rapidement à la semi-obscurité. La caverne était bien celle qu'il connaissait, un abri suffisant pour une douzaine de moutons. Son regard explora tout l'espace. Comment trouver la bonne pierre ? Il chercha un endroit favorablement situé pour une cache et, dans le fond à droite, repéra un amoncellement consécutif à une chute d'une partie du plafond de la grotte. Il l'interpréta comme un signe. Petit à petit, il dégagea les strates empilées et, bientôt, mit à jour une dalle. Sur sa face supérieure, taillé avec la pointe d'un outil, il crut reconnaître le dessin grossier d'une flamme à trois volutes. Il redoubla d'ardeur et, une fois la pierre totalement dégagée, sortit couper une branche de buis pour s'en faire un levier. Ainsi armé, il souleva la grosse roche qui bascula sur le côté.

S'aidant alors de la truelle, il fouilla le sol, enlevant le sable d'érosion et des cailloux. Une niche formée par des galets en équilibre les uns sur les autres apparut. À l'intérieur, trois cassettes en argent attendaient. Il les tira à lui et les ouvrit. Les reflets des bijoux et l'or des pièces brûlèrent son regard. Il reconnut l'effigie de Saint Louis : Satan ne pouvait se déguiser de la sorte !

Les trésors dans la besace, Saunière entreprit une périlleuse descente. La branche de buis raccourcie, il s'en servit comme bâton de marche. Bien que sa course soit ralentie, le soleil était suffisamment haut pour qu'il puisse envisager être rentré avant la nuit. Il devait simplement se montrer prudent et contenir l'euphorie de sa découverte.

Dans une échancrure de la montagne, sur le profil des crêtes, il distingua le château de Puilaurens, et plus loin, les citadelles de Quéribus et de Peyrepertuse. Perchés sur leurs tours en ruines, les fantômes des chevaliers cathares reconnurent l'or volé par les croisés de Simon de Montfort et se réjouirent que le Diable l'ait enfin rendu aux hommes ! Les bûchers de l'Inquisition se rallumèrent dans une bouffée de soufre. Saunière ne perçut aucun de ces avertissements. Déjà, il pensait aux trois autres cachettes que ne lui avait pas révélées l'abbé Boudet. Il lui arracherait ses secrets.

Dans le bureau du curé de Rennes-les-Bains, les yeux des deux prêtres brillaient autant que les pièces, les colliers et les bagues qu'ils avaient étalés devant eux. Pour Saunière, c'était de cupidité. Pour Boudet de l'orgueil que ses recherches soient couronnées de succès : il avait percé le secret du Loup.

— Nous sommes riches, ne cessait de répéter le curé de Rennes-le-Château.

— L'or est là, mais il porte en lui la malédiction

des Cathares. Il faut l'exorciser, le prévint Boudet.

Il se dirigea vers son secrétaire et, faisant jouer la clef du tiroir, en sortit une fiole à large col remplie d'un liquide rouge.

— Recule-toi, ordonna-t-il à Saunière.

Il trempa ses doigts dans la potion et, s'en servant comme d'un goupillon, aspergea les pièces.

— *Satanae culpa est, satanae culpa est. Nos liberate, nos liberate*, psalmodia-t-il.

L'or prit la teinte du sang et de minuscules flammèches d'enfer dansèrent sur le profil du roi de France. Alors qu'effrayé, Saunière se reculait, Boudet entra dans le halo de lumière qui s'était formé tout autour des coffrets. Ses yeux et sa voix devinrent ceux d'un possédé.

— Lupus, Satan déguisé, je te vois. Tu noies et tu égorges dans l'eau de l'Orb. Béziers n'est que ruines… Tu massacres encore à Minerve, à Montségur et tu allumes les bûchers pour supplicier les Parfaits… Tu traques les derniers Cathares pour l'or de l'Inquisition… Tu sacrifies les ours pour voler leurs maisons… La mort vient te chercher dans le Temple de Dieu perché comme un nid d'aigle… Tu sautes dans le vide… Lupus, tu t'es multiplié et aujourd'hui tes fils courent le monde ; pour eux, une seule chose compte, quel qu'en soit le prix : l'argent… Pour lui, l'homme répandra la famine et le feu de la guerre… Les religions de Dieu seront investies par Satan…

Boudet fut pris d'un tremblement qui secoua tout son corps. Il s'effondra et le charme fut rompu.

Saunière s'approcha de lui et, lui soulevant la tête, tapota ses joues :

— L'abbé, l'abbé, revenez à vous, vous ne devez pas quitter ce monde sans me livrer le secret des autres trésors !

Saunière avait allumé un feu dans la cheminée de la chambre. Vautré sur la bergère, Jean-Jacques-Henri Boudet reprenait ses esprits. La possession avait quitté son visage mais son regard gardait l'empreinte de la peur.

— J'ai vu l'avenir du monde. L'homme se détruira lui-même par l'argent… Ces pièces et ces bijoux, comme je te l'ai promis, sont à toi, tout à toi. Mais prends garde, Béranger, l'or de la grotte n'est que temporairement purifié, tout excès lui rendra sa puissance maléfique.

— N'ayez crainte, j'en ferai bon usage, le rassura Béranger, acceptant le marché tout à son avantage.

Il s'empara des cassettes et quitta la maisonnée. Son rêve de la nuit s'était réalisé et, aveuglé par sa nouvelle fortune, il oublia le Malin.

Amaury de Niort

Toute la nuit, l'Aude berça Llense au rythme de son flux qui giflait les galets. Pour mieux l'entendre, il avait laissé sa fenêtre grande ouverte. Plus vive et enjouée que celle des lames mourant sur la plage, moins violente que le sac et le ressac des vagues sur les rochers des jetées, la musique du fleuve l'avait accompagné dans son sommeil. Tout comme la veille, il se leva ragaillardi et reposé.

À la gendarmerie, le souvenir puissant des ris de veau dans la mémoire de ses papilles, il étudia l'ensemble des rapports techniques de l'équipe scientifique.

Les empreintes recueillies, tant sur l'autel de la grotte que dans la chambre de la clinique de Quillan, ne livraient aucune information sur un éventuel visiteur, seules celles de Karine Amiel et de quelques infirmières avaient été identifiées. La blessure mortelle de la victime était soigneusement étudiée.

Outtre sa description clinique – sens et profondeur de pénétration, force de l'agresseur –, un fragment de métal y avait été récupéré. Son analyse révélait qu'il provenait de l'acier d'une lame vieille de plusieurs siècles. La chose paraissait dérisoire et hors de propos, mais Llense savait que, souvent, c'était grâce à ce genre de détail que les enquêtes aboutissaient. Il consigna donc cet élément comme étant de première importance.

Le rapporteur s'attardait longuement sur les résultats obtenus dans la grotte. Il détaillait la nature du terrain et listait les preuves de l'utilisation de la caverne par plusieurs générations d'ours, confirmant les hypothèses émises sur le site. Llense s'en soucia très peu : il écartait le plantigrade de la liste des suspects.

En définitive, comme il s'y attendait, le dossier ne contenait rien d'utilisable dans l'immédiat. Il le referma et se projeta dans le programme de sa journée : recevoir Amaury de Niort, puis se rendre au Boussadus, pour lui la piste la plus prometteuse. Les premiers renseignements portant sur le responsable du campement avaient été rassemblés. Il s'agissait d'un certain Édouard Magnan, avocat de profession spécialisé dans la défense des violeurs et des pédophiles. Jepe n'aimait pas se frotter à ce genre de témoin qui s'avérait souvent retors, mais il sentait le coup. Il cherchait à imager l'individu lorsque Favre apparut dans le cadre de la porte entrouverte.

— Amaury de Niort est arrivé, je l'amène ?

Le concret commençait.

— Oui. Et vous resterez pour m'aider à l'interroger.

Deux minutes plus tard, le témoin entra. C'était un jeune homme fluet au physique d'adolescent qui rendait difficile l'évaluation précise de son âge. Llense le situa entre vingt et trente ans. Il s'appliquait à entretenir un look négligé dans un laisser-aller maîtrisé : barbe de trois jours, cheveux blonds en désordre, mèche sur les yeux, tee-shirt ample, jean troué et baskets sans lacets. Invité à s'asseoir, il s'installa dans une pose décontractée, les jambes croisées l'une sur l'autre et la tête appuyée en arrière sur le dossier du fauteuil. Llense entama la conversation sur un ton prévenant :

— Je vous remercie de vous être déplacé. Nous voudrions vous entendre sur vos relations avec Karine Amiel. Vous devez savoir qu'elle a été la victime d'un meurtre. Nous recherchons toutes les personnes l'ayant fréquentée ces dernières semaines. Vous en faites partie, je crois…

Le jeune homme ne réagit pas. Llense avança ses arguments.

— Des témoins vous ont aperçu à plusieurs avec elle sur le lieu de sa première agression : la grotte de Dournes. C'est la raison de votre convocation. Lors de vos visites, avez-vous remarqué des choses anormales ? Quels types de relations entreteniez-vous avec elle ?

— Qu'attendez-vous de moi ? Que je me dénonce ? l'agressa tout de go de Niort.

— Si vous êtes coupable, surtout n'hésitez pas. Si vous ne l'êtes pas, dites-nous simplement la vérité, répliqua vertement Llense.

— Cette fille était sur mes terres. Elle vénérait des idoles qui n'ont rien à voir avec les anciennes croyances de ces lieux martyrs, répondit pompeusement son interlocuteur.

— Vos terres ? Des lieux martyrs ? s'étonna l'inspecteur.

— Je suis le descendant de la famille de Niort qui a régné sur le Pays de Sault. Mes ancêtres ont été spoliés de leurs biens par l'envahisseur français qui a détruit notre civilisation et massacré les populations que nous protégions !

Llense se félicita de sa soirée passée la veille avec Luce. Son cours le brancha directement sur l'holocauste cathare. Ne souhaitant pas que la discussion dérape sur ce sujet, il la recadra :

— Considériez-vous Karine Amiel comme un

envahisseur qu'il fallait éliminer ?

— Qu'il fallait chasser… Comme tous ces touristes voyeurs qui viennent chez nous pour piétiner les derniers témoignages de nos valeurs !

— Nous ne sommes pas là pour régler des problèmes qui appartiennent à l'histoire, sinon nous n'en finirions pas ! Je ne suis pas un homme d'armes de Simon de Montfort et mes ancêtres combattaient aux côtés des vôtres ! Karine Amiel est morte assassinée, trouver son assassin me suffit !

— Vous avez tort de penser que ces choses-là sont enterrées, toute la vie actuelle découle des exactions passées !

Commence à me gonfler, l'asticot, s'énerva intérieurement Llense. Conservant toutefois son sang-froid, poli, il poursuivit l'échange :

— Monsieur Niort, auriez-vous l'obligeance de nous rapporter la nature des propos que vous avez tenus à mademoiselle Amiel ?

— « de Niort », le reprit son visiteur en appuyant sur « de ». Je n'ai pas honte de ma particule et j'y tiens. Je ne suis pas tenu de vous faire part de mes différends avec qui que ce soit, réagit-il.

— Je vous rappelle que mademoiselle Amiel a été assassinée et qu'un témoin vous a entendu vous quereller. Il serait préférable que vous vous montriez coopératif. Pour l'heure, nous sommes en train de perdre du temps !

— Je n'ai rien fait de répréhensible à l'encontre de cette fille, ni de personne d'autre d'ailleurs. Je lui ai simplement demandé instamment de respecter la mémoire des *Bonshommes* qui, en ces lieux, étaient morts pour leur foi et la liberté d'un pays.

Le con, il me dira rien, abandonna Llense.

— Peut-on connaître votre emploi du temps pour la date du sept juin ? se montra-t-il plus direct.

— « Le sept », c'était quel jour ?

— Jeudi dernier, précisa Favre.

— Jeudi, je visitais mes terres de Puilaurens. Un guide inculte vendait des croix du Languedoc à des Japonais, leur faisant croire qu'il s'agissait d'insignes cathares…

— Vous êtes resté sur vos terres toute la journée ? Avez-vous des témoins ?

— Oui, j'y suis resté toute la journée : voyez-vous, les tours-opérateurs n'arrêtent pas, il faut que je veille ! Quant aux témoins, je n'en ai point : vos gendarmes me chassent dès que j'apparais sur un site, aussi je me cache…

— C'est vrai, confirma Favre, nous ne tenons pas à ce qu'il effraie les touristes avec ses prophéties sur la vengeance des Cathares.

Ou c'est un illuminé ou il nous prend pour des billes ! hésita Llense.

— Bien, nous vérifierons. Autre point monsieur de Niort, votre nom vous vient de vos ancêtres ; possédez-vous des collections de l'époque cathare ? Des peintures ? Des documents ?

— Je restaure le château familial, du moins ce qu'il en reste, et je conserve précieusement tous les témoignages du passé. Des historiens viennent d'ailleurs les consulter.

— Je parierais que, dans vos corridors, des armures de pied en cap montent la garde ?

— Je collectionne tout ce qui est relatif à cette époque. J'ai même la lance du tournoi qui a blessé mortellement mon aïeul le vicomte Géraud de Niort. Elle était sabotée, on peut le constater. Une tromperie des Français pour maquiller son assassinat en accident après l'avoir dépouillé de tous ses biens.

— Si j'osais, je solliciterais de votre bienveillance une autorisation de visite. Pas pour moi, je vous rassure, pour une amie, une historienne, rusa Llense.

Amaury de Niort ne s'y laissa pas prendre.

— Une perquisition déguisée, vous ne manquez pas de culot !

— Pas du tout monsieur de Niort, détrompez-vous ! Il s'agit d'une professeur qui s'intéresse aux choses cathares, peut-être la connaissez-vous ? Luce Avérous.

— La conférencière du tricentenaire ? J'ai assisté à ses présentations à Espezel et à Axat. Elle sait de quoi elle parle. Elle, c'est quand elle veut, mais vous, c'est hors de question !

— Je peux obtenir un ordre de perquisition, vous savez !

— J'espère que la justice française ne se prête pas à toutes les magouilles policières !

Sans relever la provoc, Llense plaça Luce. Cela pouvait s'avérer utile.

— Je transmettrai votre invitation ; mon amie est encore dans la région, je suis sûr qu'elle l'acceptera.

— Je vous laisse mon numéro. Qu'elle m'appelle, je serai ravi !

Il tendit une carte que Llense récupéra en remarquant des armoiries imprimées sur le bristol.

— Joli pedigree. Je peux m'en servir moi aussi ?

— La police n'a pas besoin d'autorisation pour chercher noise aux braves gens !

Une nouvelle fois, Llense ne prêta pas flanc à l'attaque verbale. Bien au contraire il remercia le témoin d'avoir répondu aux questions et prenant la peine de l'accompagner jusque devant le perron de la gendarmerie, il le regarda partir dans une 4L orange décorée de croix de Languedoc.

— Quand pensez-vous ? lui demanda Favre alors que la voiture disparaissait.

— Un original à surveiller. Son agressivité est le signe d'un caractère violent. En plus, il doit posséder des armes contemporaines aux éclats prélevés sur les vertèbres de Karine. S'il le faut on s'y intéressera de plus près plus tard. Pour l'instant, le mec de *CircleWord*, ce Magnan a l'air plus prometteur. Allons trouver vos gars pour voir ce qu'ils ont sur lui.

Les deux policiers rentrèrent et gagnèrent les bureaux pour recueillir les informations des agents missionnés la veille au campement de *CircleWorld*. D'entrée, les deux gendarmes se plaignirent des difficultés de communication qu'ils avaient rencontrées. La première avait été d'ordre linguistique. La majorité des Indiens étaient anglophones et la police française souffrait de la phobie nationale vis-à-vis de la langue universelle. Llense, lui-même, malgré tous les stages subis en tant que cadre, baragouinait un anglais incompréhensible pour qui n'était pas né au sud de la Loire. Il ne parvenait à prononcer correctement que les termes de rugby et quelques jurons appris au cours des troisièmes mi-temps. Le second obstacle avait été l'aversion des adeptes envers la police. Chaque fois qu'ils montraient la photo de Karine Amiel, leurs interlocuteurs reluquaient leur uniforme d'un air soupçonneux et les ignoraient s'ils ne les prenaient pas à partie.

Après le déballage du négatif, ils en vinrent enfin au positif. À force de persévérance, ils étaient tombés sur des opposants au responsable du camp qui acceptèrent de leur parler. Ils connaissaient Karine Amiel et ils l'appréciaient car elle avait tenu à Magnan. Pour autant, ils ne connaissaient pas la raison pour laquelle il l'avait chassée du camp. Ils avaient largement critiqué Magnan, à leurs yeux un profiteur uniquement intéressé par le fric et le cul. Ils leur avaient indiqué l'endroit où ils pouvaient le trouver : un grand tipi tout en haut de la clairière du Boussadus. Fait rare, il ne quittait pas le campement depuis une bonne semaine.

— Pas terrible comme info, mais avec vos uniformes, ça n'a pas dû être facile. Les tuniques bleues et les Indiens, ça n'a jamais fait bon ménage ! excusa Llense. Enfin on sait déjà où il crèche et comme il vaut mieux avoir à faire avec Dieu qu'à ses disciples, on va aller le toper.

Demi-heure plus tard, sans cette fois avoir pris la peine de passer leur tenue de randonneur, Llense et Favre cheminait sur le GR en direction du pacage Boussadus. Tout juste dix minutes après avoir laissé leur voiture sur la piste, premiers signes du campement, quelques tentes hétéroclites éclorent entre les arbres. Plus attentif que la veille, Llense remarqua que leurs occupants n'étaient pas de vrais adeptes mais des marginaux qui profitaient de la structure communautaire. Ce n'est que lorsque les sapins s'éclaircirent que des huttes aux décorations multicolores de *CircleWorld* apparurent. Renseignés, ils gagnèrent directement le haut de la clairière. Sur sa lisière semi-ombragée, à côté d'un magnifique *orri*[10], arborant le drapeau emblématique du mouvement sur son mat central, se dressait le plus grand tipi du campement.

— À coup sûr la résidence du grand chef, estima Llense.

Les deux policiers s'avancèrent et sans autre alternative s'engagèrent dans l'ouverture aménagée entre les pans des tentures. Une scène remontant à l'époque romaine s'offrit à leurs yeux stupéfaits : une jeune fille massait un homme allongé tandis qu'une seconde entretenait des brûleurs d'encens. Toutes deux portaient une tunique en lin blanche largement décolletée et ultra courte.

10. *Orri : terme catalan qui désigne un abri en pierres sèches. Le mot occitan est capitelle.*

— Bonjour Messieurs, je vous attendais, les accueillit l'homme sans se monter outré de leur intrusion et en redressant son buste. Je vois qu'aujourd'hui vous n'avez pas pris la peine de vous déguiser et je vous attendais.

Leur première visite et leur arrivée n'étaient pas passées inaperçues : sous une apparence de liberté totale, le camp était surveillé.

— Veuillez excuser notre désinvolture mais comme il n'y avait pas de sonnette... Inspecteur Llense, se présenta Jepe, et l'adjudant-chef Favre, ajouta-t-il en désignant son collègue de la main. Je présume que vous êtes Édouard Magnan ?

La supposition restant sans réponse, les deux arrivants en déduisirent qu'ils se trouvaient bien en présence du responsable français de *CircleWorld.*

L'homme se leva et ceignit ses reins d'une serviette. D'un mouvement de tête autoritaire, il chassa les adolescentes dont la plus jeune semblait habitée par la crainte. Magnan flirtait avec la cinquantaine. Son physique était marqué par l'embonpoint des hommes d'affaires qui passent leur vie derrière leur bureau et honorent assidûment les repas de réception. Disciplinés, ses cheveux poivre et sel aux reflets argentés se rangeaient vers l'arrière en coupe soignée.

— Que me vaut l'honneur de votre visite ? s'enquit Magnan. Nous sommes en règle. Avez-vous reçu de nouvelles plaintes ? Enfin, je suppose que si un inspecteur se dérange, ce n'est pas pour une banale affaire de chapardage !

Llense exposa les raisons de leur présence, l'accident et le meurtre de Karine Amiel, puis demanda :

— Mademoiselle Amiel était de votre maison et a participé activement à l'organisation de votre rassemblement, que pensez-vous de tout ça ?

— Karine ne faisait plus partie du mouvement, elle en avait été exclue, répliqua Magnan.

— Pour quelle raison ? répliqua Llense.

— Oh, ce n'est pas un secret ! Elle avait commis une faute très grave. Elle avait détourné des fonds : vingt mille euros ! Une jolie somme n'est-ce pas ?

— Vingt mille euros ! Vous manipulez beaucoup d'argent ?

— Dans ce monde, pour exister, il faut de l'argent, c'est la règle universelle. En ce sens, nos adhérents cotisent et nous faisons fructifier leurs dons. Ainsi, nous pouvons aider nos frères et les recevoir dans des lieux tels que celui-ci. Tout est légal.

Llense se méfiait de ce type d'allégation dans la bouche d'un avocat. Il poursuivit :

— Mademoiselle Amiel faisait-elle office de trésorière ?

— Non, je cumule les fonctions de trésorier et de président. Dans le cadre de l'organisation de ce rassemblement, je lui avais confié le rôle de négociatrice. Pour convaincre les paysans propriétaires des terrains, je lui avais laissé du liquide. Les bouseux sont sensibles à ce genre d'argument : des liasses de billets bien palpables sur le coin d'une table, ça leur parle. En définitive, toutes les transactions se sont faites par voie bancaire et Karine ne nous a jamais rendu l'argent. Je l'ai virée.

— Vous saviez que Karine Amiel se trouvait toujours dans les parages ?

— Oui, elle persistait à essayer de capter les ondes positives générées par notre rassemblement. Elle vivait à quelques kilomètres d'ici, dans une grotte.

— C'est le lieu de son accident… ou plus exactement de la première tentative de meurtre sur sa personne. Le connaissiez-vous ? tenta de le coincer Llense.

— Oui. Nous l'avions localisée et je suis allé la voir à plusieurs reprises pour tenter de récupérer notre bien. Je ne vous cache pas que j'en suis même venu aux mains. Rien n'y a fait.

— C'est vous-même qui vous occupez des basses besognes ? le provoqua Llense.

— Inspecteur, nous sommes un mouvement pacifiste, mais en tant que responsable financier, je me devais de récupérer notre argent.

— Je vous remercie pour vos éclaircissements. Ils sont en accord avec les déclarations des témoins qui vous ont vu à Fontanès, appuya Llense pour mettre un peu de pression sur l'avocat. Une dernière question, le sept juin, vous vous trouviez où ?

— Bien, voyons, ici, au camp. Depuis quelque temps je ne le quitte jamais ; vous trouverez des centaines de témoins pour l'attester.

— Vous ne le quittez jamais, excepté pour aller demander des comptes à Karine Amiel, lui fit remarquer Llense. Ah ! Une dernière chose : elle a dû laisser des affaires dans le camp… Nous aimerions les récupérer.

— Nous vivons en collectivité, tous ses biens ont été redistribués après son départ.

— Cela signifie que nous ne pourrons rien retrouver ?

— J'en ai bien peur, mais vous pouvez toujours essayer… Fouillez le campement…

Les policiers n'insistèrent pas et leur visite se termina sur cette fin de non-recevoir.

De retour à la gendarmerie d'Axat, Jepe installa un tableau comme dans son bureau. Pas un véritable panneau de bois peint en noir, avec des craies comme il avait à Perpignan, mais un simple trépied avec des feuilles de papier volantes. Sur la première page, il inscrivit, en colonne et dans l'ordre de leur audition, le nom des quatre témoins : Auguste et Louis Siffre, Amaury de Niort, Édouard Magnan.

À côté, derrière une accolade, il écrivit : « 20 000 € ? »

Excepté Magnan, aucun des autres personnages ne lui avait parlé du magot en liquide. S'il remettait la main sur l'argent disparu, la solution serait proche !

La Mort de Jean-Jacque-Henri Boudet

Négligeant les recommandations de son confrère Boudet, l'abbé Béranger Saunière profita de l'or d'En Malo pour mener la grande vie. Certes, il restaura son église de Rennes-le-Château, mais l'essentiel de sa fortune, il le dépensa dans la construction d'une villa et en fêtes avec le grand monde. Contrairement aux prédictions funestes, aucune calamité ne vint troubler ses plaisirs terrestres ; si malédiction il y avait, elle s'abattait sur son voisin de Rennes-les-Bains. Chaque fois que Béranger procédait à une dépense extravagante, une crise de « mal au ventre » terrassait Boudet, le clouant temporairement au lit. À ces occasions, Saunière ne manquait jamais de le visiter et de réclamer :

— Jean-Jacques-Henri, vous devez me révéler les caches des autres trésors. La mort peut vous emporter d'un jour à l'autre. Vous savez que le Malin ne peut rien contre moi et que j'utilise son argent pour embellir la maison de Dieu. Confiez-vous à moi, insistait-il.

Boudet ne cédait à aucun de ses arguments.

— Je ne suis pas encore mort. Lorsque la grande faucheuse viendra, tu sauras, promettait-il invariablement pour éconduire le visiteur intéressé.

Mais ces promesses étaient mensongères. Sa véritable intention était de transmettre ses secrets à la manière de Lupo. L'or maudit, il le rendrait au Diable ! Imitant et relayant le mercenaire, il écrivit et fit éditer un ouvrage où toutes les indications étaient noyées dans un texte abscons sous forme d'énigmes. Le message était à la vue de tous, mais inintelligible pour ceux qui ne connaissaient pas la vie de Lupo di Bianca Forza !

Le monde bascula du XIXe au XXe siècle avec toutes les superstitions que véhiculent ces changements symboliques. Le mal de Boudet s'aggrava. Il se dépêcha alors de réaliser la dernière partie de son plan : semer des indices. Au cimetière de Rennes-les-Bains, il falsifia la date de décès de son prédécesseur, l'abbé Vié, et attribua deux sépultures à une seule et même personne. Il commanda sa propre pierre tombale en demandant à l'artisan de sculpter dans la pierre un livre bien particulier...

La Grande Guerre débuta alors qu'il en finissait avec ses dispositions. Dans les tranchées, des hécatombes décimaient les jeunes forces de la Haute-Vallée et de la France. L'abbé l'interpréta comme la réalisation de la prophétie du mercenaire maudit. En déterrant son parchemin, puis en violant ses secrets, il avait libéré le Diable et déclenché la fin du monde ! Le mal horrible tortura alors son ventre, sans jamais plus le lâcher. Il démissionna de sa cure de Rennes-les-Bains et se retirera à Axat.

Le soir du 30 mars 1915, Saunière quitta sa résidence de Rennes-le-Château à bord de son automobile, l'une des rares qui circulaient dans les cantons de la Haute-Vallée. Il venait d'apprendre que son ancien confrère était mourant et il se précipitait à son chevet.

Jean-Jacques-Henri Boudet le reçut dans sa chambre. Il était très affaibli. Ses cheveux blancs et sales pendaient, filasses, jusque sur ses épaules. Ses yeux avaient l'éclat hagard des bêtes traquées. Saunière comprit qu'il se préparait à mourir. Étrangement, la voix du curé malade avait gardé toute sa puissance, celle qui résonnait sous la voûte de l'église lors des sermons culpabilisants qu'il infligeait aux fidèles du haut de sa chaire. Il parlait lentement :

— Que viens-tu faire, Béranger ? J'ai déjà reçu l'extrême-onction. Laisse-moi en paix !

— Vous m'avez promis de me livrer vos secrets. Je suis là pour que vous teniez parole, répliqua le riche curé sans manifester la moindre compassion.

— Ne me tourmente plus avec ces trésors, tu as déjà fait assez de mal. Toutes les pièces d'or que tu as disséminées ont répandu la malédiction. Ne compte pas sur moi pour que je te donne les autres. À cause de toi, le Diable est en train de détruire ce monde…

— Arrête de divaguer, vieux fou, et parle, sinon… le menaça Saunière en le saisissant par les épaules et en le secouant.

— Le Diable te possède donc toi aussi, gémit Boudet en s'éteignant.

Sans demander son compte, Béranger Saunière quitta la maison, bredouille. La visite n'avait duré qu'une demi-heure.

Conformément à ses volontés, l'abbé Boudet fut enterré à Axat. Une tombe modeste abrite toujours ses restes. Sur sa pierre tombale, un livre est sculpté. Sa couverture porte un nombre énigmatique composé de chiffres arabes et romains: « 310XI ».

Écriture au Bézu

Au Bézu, tenu par la fièvre de l'écriture, Alan Amplaing alignait les phrases. Ses doigts frappaient en cadence rapide et régulière les touches de son ordinateur. Il tapait sans regarder l'écran ; les fautes, il les corrigerait après. Il devait d'abord saisir les idées au fur et à mesure qu'elles jaillissaient de son imagination. Elles se pressaient, interféraient, s'alimentaient. Une telle frénésie ne l'avait pas saisi depuis la mort de son ami Jérôme Arcy. L'apparition de Luce dans son existence avait providentiellement réveillé son inspiration.

Le dossier reçu par mail recelait tant d'anecdotes extraordinaires et de complots machiavéliques qu'il n'avait pas à forcer le cours de l'histoire pour transcender son nouveau roman du souffle de l'épopée. Le livre serait un best-seller, son nom s'afficherait à nouveau à la une des journaux littéraires ! Les aventures d'un loup, lâché par l'Inquisition sur les traces des agneaux cathares dans les paysages sauvages de la Haute-Vallée et ses forteresses en ruines, offraient des perspectives grandioses…

Luce l'avait rejoint dans la matinée. Ensemble, ils avaient réfléchi aux axes directeurs du roman. Ils avaient opté pour le concept d'un aventurier sans scrupules qui se transformerait en héros : après avoir traqué des innocents, acculé à son tour, il endosserait le rôle du vengeur et se retournerait contre les véritables bourreaux. Embrigadé dans les armées du pouvoir, Lupo, rustre sans éducation, obéirait par ignorance aux lois de l'intolérance et commettrait les pires exactions avant de réaliser qu'il n'était qu'un jouet manipulé par les Grands de son monde dans le but de satisfaire leur besoin de puissance. Ils renouaient ainsi avec le thème immortel du bandit repenti. Chaque lecteur se retrouverait dans le triomphe de la lumière sur l'ombre ! Avec à l'arrière-plan les mystères ésotériques du Moyen-Âge et des Cathares, le succès était assuré !

Alan jouait du clavier sans discontinuer. Son imagination se décuplait toujours lors des phases de ressenti positif et, ce matin, il croyait en lui, en la qualité et en la justesse de son travail. Il en profitait car il savait que plus tard viendrait le temps du doute et que le pessimisme briderait alors son élan. Par le passé, quand il était en panne d'inspiration, Jérôme savait réamorcer la pompe de la confiance. Luce pourrait-elle le remplacer ? Pour l'heure, il n'en éprouvait nul besoin. Les personnages naissaient sans effort : Lupo, le noir archevêque de Narbonne, le sanguinaire sénéchal de Carcassonne... Bientôt il s'identifierait et vivrait à travers eux !

Luce éprouvait un plaisir neuf et intense à collaborer avec Alan. Formée à l'analyse froide de l'Histoire à partir de faits et de contextes politiques et économiques, elle n'avait pas le don d'extraire les personnages de leur condition. Pour elle, Lupo n'était qu'un vulgaire mercenaire. La vitesse à laquelle Alan le rendait vivant et sympathique, élaborant des scénarios et structurant un destin imaginaire, la fascinait ! Constatant que l'écrivain s'enfonçait dans son monde jusqu'à l'oublier, elle se sentit de trop.

— Alan, je t'abandonne. Je vais visiter. Je peux ?

— Fais comme chez toi, ne te gêne pas, l'autorisa l'Américain.

Elle l'embrassa sur le front et quitta la bibliothèque. Dehors, elle respira longuement l'odeur des foins qui embaumaient le vallon, admira les formes apaisantes des collines vertes aux dômes arrondis, lorgna avec envie sur le Pech de Bugarach et finalement gagna la maison d'habitation.

Depuis que Llense avait évoqué la bisexualité d'Amplaing, elle voulait savoir. Comment ne percevait-on pas ces choses-là ? Comment avait-elle pu faire l'amour avec Alan sans le deviner ? Elle était assaillie par les préjugés de son éducation. Pourtant, elle ne pouvait nier l'harmonie spirituelle qui s'était instantanément établie entre eux, ni le plaisir physique qu'elle avait partagé dans son lit. Elle en écarta le souvenir et, mue par la curiosité, elle revisita la maison pour retrouver des traces de Jérôme Arcy. Elle constata que les deux chambres communiquaient par une salle de bains. Sur le bureau de celle où elle n'avait pas dormi, une photo représentait Alan Amplaing et Jérôme Arcy, face à face, les yeux dans les yeux. D'autres clichés du couple étaient coincés entre un sous-main de verre épais et le plateau de la table.

Luce réagit en amante incrédule. Les preuves étaient là, mais elle les déniait. Ce qu'elle voyait n'étaient que des images, des instants figés. Qu'y avait-il réellement derrière ?

Observant les portraits, elle essaya d'imaginer Jérôme Arcy. Légèrement plus petit qu'Alan, les épaules étroites, les traits fins, des lunettes sévères posées sur un nez droit, le teint pâle, des cheveux châtains coupés en brosse, avec ses tenues hyperclassiques il paraissait décalé avec son époque, vestige des instituteurs des années 50-60. Son regard perdu lui donnait un air d'intellectuel rêveur qui s'accommodait parfaitement à l'idée qu'elle se faisait d'un passionné de l'histoire des Cathares. Elle eut un pincement au cœur en pensant au drame qu'avait dû vivre cet homme d'apparence fragile face à la vindicte populaire et à l'acharnement mercantile des médias lorsqu'il avait été accusé de pédophilie.

Avait-il connu Alan avant ou après cette terrible épreuve ?

Machinalement, elle tira à elle le tiroir du meuble. Il vint sans résistance. Un nouveau livre de l'abbé Boudet apparut. Intriguée, elle s'en saisit et le feuilleta. Elle constata qu'il s'agissait d'une version différente de ceux de la bibliothèque et fut surprise par l'abondance des annotations. Des mots étaient soulignés, des chiffres inscrits dans les marges. Une photo servait de marque-page. Elle l'observa.

Pour la première fois, le sujet n'était ni Jérôme ni Alan. Il s'agissait du portrait d'un jeune homme. Ses cheveux blond foncé tombaient sur ses épaules, son regard clair était à la fois rempli de colère et de mélancolie ; un début de barbe tentait de vieillir et de rendre virils ses traits fins. Alors qu'elle remettait le livre à sa place, elle remarqua dans le tiroir une chemise cartonnée portant la mention *Châteaux cathares*. Elle la sortit. À l'intérieur, les forteresses étaient répertoriées et documentées : de Montségur, la plus célèbre, à Dournes, la plus oubliée. Tandis qu'elle survolait le dossier, elle entendit la porte principale de la maison s'ouvrir, puis des pas. La voix de l'Américain résonna dans la chambre voisine.

— Luce ? appela-t-il.

— Je suis ici ! répondit-elle.

Il la rejoignit en passant par la salle de bains. Elle interpréta cette pratique comme le signe d'une habitude de couple, et acquit par là même la conviction que Jérôme Arcy avait été son amant.

— Je suppose que c'est la chambre de Jérôme ? Là, c'est lui, à côté de toi ? demanda-t-elle en pointant le cadre.

— Effectivement, confirma-t-il en se saisissant de la photo comme s'il avait besoin de vérifier. Depuis l'accident, je ne suis rentré qu'une seule fois ici, pour mettre de l'ordre, et encore… Il était tellement soigneux !

Il persiste à parler d'accident, releva Luce.

— Il travaillait là ? s'enquit-elle en désignant le bureau.

— Rarement. Il bossait avec moi dans l'ancienne écurie… Tu sais, j'ai pas mal avancé, j'aimerais te montrer ce que j'ai déjà écrit.

— Mais, c'est juste le début…

— Justement, c'est au départ que tu crées l'atmosphère et que tu accroches le lecteur !

Elle rangea la chemise dans le tiroir et le suivit.

Durant une bonne heure, ils repassèrent les premières pages du futur roman. Luce reconnut qu'il démarrait « excellemment », le mot qu'elle employa. Alan s'en réjouit comme un enfant qui vient de recevoir un compliment de sa maîtresse.

— Tu vois, je te l'avais dit. Allez, on va fêter ça, je t'invite chez *Cartier* à Quillan.

Alan choisit parmi les spécialités de la table et les vins du terroir qui s'étaient imposés pour *Toques et Clochers*. Tout le long du repas, les conversations tournèrent autour du livre en projet. Ils rentrèrent au Bézu bien après minuit. Ils firent l'amour. Il se montra particulièrement attentif mais elle ne parvint pas à jouir et, pour abréger, simula. Il éjacula en râlant. Son plaisir dissipé, il enveloppa Luce de ses bras et la caressa, tentant d'infirmer la réputation des machos qui ignorent leur amante après l'orgasme.

Cela ne dura pas. Il s'affaissa sur le dos et s'endormit en ronflant, sans se rendre compte que son image de prince charmant prenait un coup.

Le sommeil ne venant pas, Luce se leva et sortit sur le perron. La lune éclairait le vallon. La fraîcheur nocturne intensifiait l'odeur des foins. Sur les orties qui poussaient au ras des murs de pierres, d'un vert menthe fluorescent, des dizaines de vers luisants s'accouplaient. Elle observa le ciel pour repérer la Grande Ourse dans le scintillement des étoiles. C'était une habitude qu'elle partageait avec José. Pourquoi pensait-elle à lui ?

Soudain, dans le sac qu'elle avait emporté machinalement avec elle, d'un bip de rappel, son portable l'avertit qu'elle avait un texto non lu en mémoire. Elle extirpa l'appareil de son fouillis et actionna les touches pour le lire. C'était Llense :

« Appelle ou passe à la gendarmerie. J'ai une mission pour toi. »

« Une mission » Le message était bien mystérieux mais, avec Jepe, c'était peut-être tout simplement la responsabilité du choix d'un restaurant !

Les Siffre

Au réveil, Llense pressentit une journée laborieuse : une de celles où il traînait une gueule de bois après une troisième mi-temps trop arrosée et où rien n'avançait, le corps et l'esprit tournant au ralenti ! L'enquête rentrait dans sa phase d'incubation. Les coupables potentiels étaient identifiés, mais il fallait que ça décante, que, par recoupements et accumulation de mensonges, l'assassin soit acculé à l'aveu. Revenir sans cesse à la charge pour piéger des meurtriers pervers demandait une concentration extrême et une constance sans faille. La simulation d'un accident et l'exécution éclair relevaient d'un esprit opportuniste et astucieux, les plus retors et difficiles à coincer. Si la clinique de Quillan avait été dotée de caméras de surveillance, comme dans tous les bons feuilletons télé, son travail serait déjà terminé ! Mais là, non, ce n'était pas du cinoche ; il devrait se taper des heures et des heures d'enquête, écouter des balivernes, remonter dans le temps et dans les vies jusqu'à ce que le déclic se produise au seul gré du hasard. Le hasard... Il savait que c'était lui le maître du jeu, et il n'était pas aussi doué que Trapero pour le tutoyer. En sollicitant Luce, c'est à son ami José qu'il avait pensé, à l'efficacité de leur association : lui, jouant le rôle du piqueur dans les bois et rabattant les coupables, et son compère, toujours posté sur le bon passage, interceptant le gros gibier.

Il se rasa devant la glace au tain moucheté par le temps et l'humidité. La rivière diffusait sa fraîcheur, mais ses bruissements le laissèrent indifférent. Ses pensées tournaient à la fixation : sur quoi s'appuyer pour débloquer son enquête ?

Bien sûr, l'argent : à la fois mobile et preuve. Le vieux Siffre ne lui en avait pas parlé, et pourtant c'est avec lui que Karine Amiel avait négocié. Il devait éclaircir ce point. Pour autant, le vol ne lui paraissait pas suffisant pour expliquer le meurtre. Karine Amiel avait été éliminée pour une raison plus grave ! Gênait-elle l'organisation *CircleWorld ?* ou plus simplement son responsable Édouard Magnan ? Avait-elle été sacrifiée à une cause supérieure par un illuminé comme Amaury de Niort ? Il n'arrivait pas à départager les suspects ! Il se prit à regretter les méthodes de Giudicelli, son ancien commissaire divisionnaire qui, à coups de torgnoles, déliait les langues.

Les joues frictionnées d'un après-rasage mentholé, Jepe sortit de l'hôtel et gagna la terrasse du café *Le Central*. Renouant avec ses habitudes du *Café de la Poste* à Perpignan, il commanda un double expresso. La dose de caféine l'extirpa de ses obsessions professionnelles et de sa léthargie. Il daigna enfin s'intéresser à la rivière. Ce matin-là, aucun pêcheur emmanché dans de hautes cuissardes ne taquinait la truite. Le créneau horaire était celui des sports aquatiques. Des navigateurs de tout poil profitaient du lâchage d'eau effectué par EDF. Accompagnés des cris des novices et des ordres des moniteurs, canoës, kayaks et autres raftings passaient à ses pieds, défiant l'écume et les courants. Les gilets de sauvetage et les casques aux couleurs vives apportaient une touche étonnamment moderne dans le cadre vieillot de la petite cité.

Comme s'il avait attendu qu'il émerge, son portable sonna. Luce répondait à son texto de la veille.

— C'était pas hyper-pressé, mais c'est sympa de me rappeler … Tu passes ? Ok … En fin de matinée, impec … Hier je t'ai appelée à ton hôtel de Gincla, j'avais le blues de bouffer seul…

Ce coup de fil lui redonna de l'allant. Il quitta le café et reprit sa marche. Le village d'Axat s'étirant le long de la rivière, il tarda dix bonnes minutes pour gagner la caserne. À l'intérieur, une effervescence bon enfant animait la brigade. Tous étaient ravis de collaborer à l'enquête, et on ne lisait plus sur les visages l'abrutissement des tâches ingrates et répétitives. C'était la première fois que Llense travaillait en si bonne entente avec des gendarmes. D'ordinaire, la guerre des chefs créait des dissensions et générait de l'inefficacité. Il salua les deux jeunes qui avaient recueilli les premiers résultats au campement du Boussadus. Favre se montra moins effacé qu'à l'ordinaire.

— Inspecteur, l'accueillit-il, on a reçu les renseignements sur Édouard Magnan. Ce gars a un passif !

— Apportez-moi ce que vous avez.

— C'est déjà sur votre bureau.

Édouard Magnan était fiché. Accusé par deux fois de détournement de mineures, il avait été acquitté car les plaignantes étaient juridiquement émancipées.

Avec CircleWorld, il a trouvé la bonne combine pour bouffer de la chair tendre, pensa-t-il en revoyant les deux ados dans son tipi, *peut-être que pour le fric aussi ; il suffit qu'il l'ait gardé pour lui et qu'il fasse porter le chapeau à Karine Amiel !*

Il rangea les infos dans un coin privilégié de sa mémoire.

— Ça vous dirait un canard chez Auguste Siffre ? proposa-t-il à l'adjudant.

— Vous voulez vérifier pour l'argent ? devina Favre.

— Ouais ! Il faut se méfier de ces « bouseux », pour reprendre l'expression de Magnan.

Favre conduisait. Il était habitué au tracé sinueux de la route, aux gorges où les camping-cars et les camions se déportent pour ne pas arracher leur cabine ; il connaissait les tournants traîtres et les passages où les pierres, ennemies mortelles des carters, s'embusquent.

— Cette départementale coûte un argent fou en entretien, commentait-il. C'est incroyable ce qui dégringole, et encore, les cantonniers passent tous les matins... Pour sécuriser, ils prévoient de purger tout ce qui ne tient plus et de poser des filets en acier.

Après l'embranchement de Fontanès, la voie devint plus étroite. Elle se faufila dans un défilé, traversa deux tunnels avant que, dans un repli de la montagne, les maisons du village n'apparaissent, leurs façades baignées par le soleil matinal.

— Tant de boulot pour desservir si peu de gens ! s'émerveilla Llense une nouvelle fois.

Comme lors de leur première visite, ils trouvèrent le vieil Auguste dans son jardin. Cette fois-ci, son fils était avec lui et passait le motoculteur.

— Je suis trop vieux pour ça, s'excusa l'ancien. Ça me démolit le dos. Louis me retourne la terre et me la laisse comme de la farine ; après, c'est plus facile pour moi à travailler. Vous venez pour causer ou bien pour boire un coup ? leur demanda-t-il en appuyant sa question d'un clin d'œil.

— Pour causer, Auguste. Monsieur l'inspecteur aurait besoin de quelques précisions supplémentaires, répondit Favre.

— Ce sera long ?

— Non, quelques minutes, le rassura Llense. C'est bien que Louis soit là aussi, il pourra aider. *Les interrogatoires croisés, c'est bon : les signes de tête, les hésitations et les contradictions, ça parle, et je compte bien en profiter*. Pour la petite prune, ce n'est pas de refus, ajouta-t-il pour mettre tous les atouts de son côté.

— Viens fils, ces messieurs veulent nous causer de quoi tu sais. On reprendra après.

Louis coupa les gaz de son engin dont les griffes

tressautaient sur la terre dure. Ses bras cessèrent de trembler en même temps que la pétarade du moteur.

Quand ils pénétrèrent dans la maison au tilleul, Llense ne perdit rien de l'ancienne étable à l'odeur intacte ni de l'authenticité de la pièce à vivre des années cinquante : la cuisinière à bois, la cheminée et ses obus, la comtoise qui tic-taquait lentement, le parquet, la table de ferme, la huche à pain, le buffet campagnard qui sentait la cire, le vieil évier avec le robinet qui gouttait et l'attrape-mouches criblé de victimes. Même la mère Siffre avec son tablier-robe à fleurs noires et blanches ne semblait pas avoir quitté son poste : dans son coin, silencieuse, elle préparait le repas pour ses hommes.

L'eau-de-vie de prune et le paquet de sucre Saint-Louis surgirent sur la table en guise de préliminaire incontournable. Auguste sortit lui-même les petits verres. Il les remplit à ras bord, un à un, et ensemble ils sirotèrent l'alcool, lentement, après avoir trempé et croqué leur canard.

Jepe respecta le cérémonial puis entama l'entretien :

— Monsieur Siffre, nous aurions besoin de précisions sur la façon dont la société *CircleWorld* s'est acquittée de la location de votre champ. Pour ne pas tourner autour du pot : avez-vous reçu des versements en liquide de la main à la main ?

— Vous croyez que j'ai fait du noir ?

— Nous ne vous accusons de rien. Nous voulons simplement savoir si quelqu'un vous a remis des billets.

— Non ! Tout s'est fait par chèque. Vous pouvez vérifier, j'ai rien dissimulé !

— Et vous ? demanda Llense en se tournant vers Louis.

— C'est mon père qui a négocié, je n'ai pas eu mon mot à dire, se retrancha-t-il.

— Vous avez quand même été en contact avec Karine Amiel, appuya Llense.

— Karine a simplement servi de relais.

— C'est comme ça que ça s'est passé, confirma Auguste. La fille est venue avec mon fils. Elle m'a fait l'offre. J'ai de suite été d'accord. Le chèque, c'est leur chef qui est venu me le remettre en mains propres.

— Donc pas de liquide, insista Llense en observant les Siffre qui, synchros, secouèrent négativement leur tête. Et, à part ce chèque, poursuivit-il à l'adresse du vieux Siffre, avez-vous eu d'autres contacts avec Magnan, le chef du camp ?

— Directement, jamais plus. Mais comme je vous ai dit, je l'ai aperçu plusieurs fois dans la grotte avec la fille… Un soir, même qu'il l'a tabassée !

D'un mouvement de tête, Jepe montra qu'il enregistrait, puis, s'adressant à Louis :

— Et vous, vous le connaissez ? Vous savez pourquoi il l'avait expulsée du camp ?

— Karine me l'avait présenté, mais je ne sais rien sur les raisons de leur brouille.

— Vous saviez qu'il l'avait frappée ?

Louis marqua une légère hésitation qui n'échappa pas à Llense.

— Elle s'en était plainte. J'ai tenté de mettre les choses au clair, mais il persistait.

— « Mettre les choses au clair », ça veut dire quoi ?

— Je l'ai averti que s'il continuait, il aurait affaire à moi.

— Vous aussi vous l'avez vu rôder par ici, alors ?

— Oui, et je lui ai fait comprendre de la laisser tranquille.

— C'est lui le coupable ! se manifesta Auguste. Ces étrangers, ils sont mauvais !

— Donc rien ne vous a été proposé en liquide ? répéta Jepe, revenant sur le mobile qui l'occupait.

— Tout par chèque, confirma Auguste.

— Vous recherchez des numéros de billets volés ? s'intéressa Louis.

— C'est un peu ça, oui. Merci pour tout, et gardez cette conversation pour vous. Ne vous étonnez de nous voir repasser. Peut-être même que nous aurons besoin d'une déposition officielle à Axat, les avertit Llense avant de prendre définitivement congé.

Sur le chemin du retour, Llense se réjouissait de leur visite chez les Siffre :

— C'est du tout bon ! Le gourou, vous me le convoquez à la gendarmerie dès cet après-midi. Quant au Louis, sa question sur les numéros l'a trahi. Il connaît l'existence du fric ! Vous me mettez les jeunes sur ses talons, qu'ils m'ont l'air *axurits*[11] !

11. *Axurit: terme catalan pour dégourdi et malin.*

La mission

À la caserne d'Axat, Luce attendait depuis une petite demi-heure.

— Déjà là ? s'étonna Llense. Deux minutes, je règle un détail et je suis à toi…

— … Alors, ça roule tes affaires avec le bel Américain ? la taquina-t-il une fois retranchés dans son bureau.

— Le projet est super intéressant ; je n'ai que quelques jours à lui consacrer et toi, tu me fais perdre mon temps ! Qu'est-ce que tu me veux ? C'est quoi cette mission ? réagit-elle faussement agressive.

— Oh, ça va, Madame l'Écrivain. Je ne te fais pas perdre ton temps ! Au contraire, tu vas me remercier : figure-toi que j'ai retrouvé un descendant de la famille de Niort, tu sais, celle dont tu m'as causé à Gincla…

Llense rapporta sa rencontre avec Amaury de Niort, décrivit le personnage comme un acharné de la défense de la mémoire cathare et révéla le constat des scientifiques : l'arme du crime remonterait à l'époque de la croisade des Albigeois.

— … D'où l'idée de ta mission, déclama-t-il en guise de conclusion. Tu vas rendre une petite visite à cet Amaury. Les flics, il les aime pas. Par contre, il a une haute opinion de toi. Il a assisté à plusieurs de tes conférences, tu l'as impressionné. Je suis certain qu'il t'ouvrira les portes de ses trésors et, j'espère… celles de son esprit. Le plan idéal pour se glisser dans l'intimité d'un suspect !

— Tu persistes à me faire jouer le rôle de José !

— Je l'avoue, mais c'est cette méthode qui marche. Tu pourras l'aborder en finesse et te rendre compte jusqu'à quel point il est en croisade contre les touristes pollueurs de lieux cathares. De vieilles armes doivent traîner dans son manoir, jettes-y un œil.

— En résumé, je deviens flic à mon tour.

— Pas du tout, tu restes une spécialiste qui va avoir accès, j'en suis sûr, à des informations historiques très captivantes. Elles te serviront même pour ton bouquin ! Allez, remets-toi ! On se tape d'abord une petite croûte, puis chacun sa mission : pour toi, le petit Cathare irascible, pour moi, le grand gourou de *CircleWorld*.

Il prit le temps de présenter le cas Édouard Magnan.

Luce remontait la vallée du Rebenty. Elle roulait lentement, appréciant la beauté des sites. Après les gorges de Joucou, la rivière s'encaissa. Les villages construits sur son cours manquaient de soleil et, implanté dans un goulet de la vallée, celui de Niort s'avéra des plus défavorisés.

La demeure des anciens maîtres du pays se réduisait à une grande bastide flanquée de deux tours trapues en forme de pigeonniers. Luce s'avança vers la monumentale porte de bois et donna du heurtoir en laiton qu'aucune sonnette électrique n'avait encore substitué. Le battant s'ouvrit : elle reconnut le personnage de la photo découverte dans le bureau de Jérôme Arcy !

— Madame Avérous, je suis ravi et flatté, la reçut-il. L'inspecteur m'avait dit que vous aimeriez me visiter, mais je ne l'ai cru que lorsque vous m'avez téléphoné. C'est un honneur pour moi d'accueillir une spécialiste telle que vous ; j'ai beaucoup apprécié vos conférences sur les Cathares.

— *C'est bizarre,* pensa Luce, *je ne l'ai pas remarqué dans l'assistance. Pourtant il a un look qui ne passe pas inaperçu, et les auditeurs ne se bousculaient pas* ! Je vous remercie de me recevoir, lui rendit-elle la politesse.

Il la précéda dans un long et large couloir avant de l'introduire dans la bibliothèque où elle repéra un coffre-fort.

— Nous travaillerons ici, proposa-t-il. J'ai rassemblé et classé tout ce que j'ai en ma possession : les archives de ma famille et les documents sur les Cathares. Sachez que j'apprécie la façon dont vous les présentez. Vous les évoquez comme des êtres humains, comme des victimes du pouvoir hégémonique des Français, de leur cupidité et de celle de l'Église. Tout l'inverse de la présentation qu'en font les auteurs de ces soi-disant livres de vulgarisation et de dépliants pour touristes qui les dépeignent comme des illuminés dans le simple but de rendre plus attractives et rentables les ruines des châteaux à dix euros l'entrée. Ce pays n'a plus l'orgueil de sa civilisation ! Ses habitants ne sont plus capables de proposer la moindre alternative de société ; ils sont tout juste bons à servir de larbins aux étrangers et à vendre le passé de cette terre sans seulement le comprendre ! Si je pouvais, plus un seul de ces voyeurs ne viendrait souiller ces lieux d'élévation et de souffrance !

La longue diatribe d'Amaury collait avec la description de Llense : Luce se trouvait en face d'un fanatique.

— Vous laisseriez ces documents à ma disposition ? demanda-t-elle.

— Si vous les consultez sur place, avec grand plaisir. Aujourd'hui même, si vous le souhaitez. Je les connais par cœur : ceux qui détaillent les ruses déployées par mon ancêtre Géraud de Niort pour échapper au pouvoir des Français et des Aragonais, ceux qui expliquent comment et pourquoi il a aidé les Parfaits… J'en ai même qui ont trait à ce mercenaire italien que vous avez évoqué à Axat !

— Vraiment ? Ce personnage m'intéresse tout particulièrement…

Le jeune homme sourit.

— C'est curieux, vous n'êtes pas la seule. L'an dernier, un autre spécialiste est venu me rencontrer à son sujet. Peut-être le connaissez-vous ? C'est une référence pour l'histoire de ce pays : Jérôme Arcy.

— Je ne le connais que de nom. C'est bien lui qui s'est suicidé, n'est-ce pas ?

— Ils l'ont suicidé ! Jérôme se rapprochait trop de la cause cathare ; j'étais en train de le convertir. Il serait devenu mon premier compagnon, s'exalta Amaury. Ils l'ont tué… Bientôt ce sera mon tour…

Mais ils ne m'auront pas facilement, foi de Niort !

— *Encore un parano, mieux vaut ne pas insister.* J'étais venue pour une simple prise de contact, mais vous m'avez mis l'eau à la bouche. Ces documents sur le mercenaire italien, je peux y jeter un coup d'œil ?

— Bien sûr. Vous avez là un dossier constitué par Jérôme, proposa-t-il en extrayant d'une étagère une serviette plastifiée. Ce ne sont pas les manuscrits d'origine écrits en vieux français mais une traduction commandée par mon trisaïeul. Les originaux sont en sûreté dans le coffre-fort. Je peux vous les montrer si vous le souhaitez.

— Ce ne sera pas la peine, cette version me sera beaucoup plus accessible.

— Installez-vous. Je vais nous préparer une boisson. Une préparation à base de thym, de sauge et de racines de réglisse. Une recette cathare qui favorise la concentration !

Rédigé en français moderne, le document était transcrit à la plume, d'une calligraphie parfaite où le traducteur avait décliné les pleins et les déliés dans une harmonie et une technique consommées. Des pages et des pages d'écriture sur un papier que le temps jaunissait peu à peu. Luce s'y plongea avec délectation : les démêlés de Lupo avec la dynastie des Niort défilèrent sous ses yeux. Les notes complétaient ce qu'elle avait appris dans les archives, et développaient sous un autre angle la mission de chasseur de têtes de di Bianca Forza en Pays de Sault. Elle entra dans les arcanes des complots qu'il avait ourdis pour précipiter la perte de Géraud de Niort et la revanche du vicomte au prieuré. Ainsi elle découvrit la fin de Lupo au cours d'une attaque-surprise dans son repaire d'Axat. Plutôt que de se rendre, il avait préféré se jeter dans le vide du haut des falaises de Saint-Georges, emportant avec lui le secret de ses trésors. Elle apprit également comment, quelques années plus tard, Géraud de Niort avait été tué lors d'un tournoi dans les lices du château comtal de Carcassonne. Son adversaire avait utilisé une lance truquée qui l'avait mortellement blessé. De l'inédit pour elle, et certainement une nouvelle source d'inspiration pour Alan…

Elle en terminait avec sa lecture lorsque, en bas de page, elle découvrit la signature et le nom du traducteur : Jean-Jacques-Henri Boudet, l'auteur du livre que Jérôme Arcy étudiait avant son suicide. Y avait-il une relation ?

Elle referma la chemise, la tête pleine des aventures de Lupo. Machinalement elle porta la tasse à ses lèvres. Elle était vide.

— Je vous en sers un peu plus ? lui proposa Amaury en interprétant son geste.

— Avec plaisir, c'est délicieux. Quant au dossier sur Lupo di Bianca Forza, il est absolument fascinant !

— Tous mes documents sont du même style. Si vous les lisez, vous aurez la sensation de vivre avec mes ancêtres.

Luce discuta encore une bonne heure avec Amaury. Il lui rapporta son parcours : des études supérieures d'Histoire, une thèse sur la croisade des Albigeois, le chômage, son choix de se consacrer à la conservation des biens de sa famille…

Le moment de quitter l'héritier des Niort approchait. Luce se rendit compte que, emportée par sa curiosité personnelle, elle n'avait pas entièrement rempli sa mission : elle n'avait pas vérifié si le château renfermait des armes anciennes.

— En tant que descendant d'une aussi noble et ancienne famille, n'auriez-vous pas une de ces galeries comme on en voit dans les demeures du Moyen-Âge ? se rattrapa-t-elle, avec des armures, des tableaux…

Amaury, ne se doutant pas des motivations de sa visiteuse, pensa qu'elle cherchait toujours à se documenter sur son aïeul.

— J'ai effectivement un portrait du vicomte Géraud de Niort.

— Puis-je le voir ? J'aimerais mettre un visage sur son nom.

L'aile ouest du château était aménagée en musée. Plusieurs salles se succédaient en enfilade, regorgeant de tapisseries, de peintures, de meubles. Des vitrines abritaient bijoux, vaisselle, vêtements d'époque... Des panoplies complètes présentaient : hauberts, heaumes, lances, épées, dagues...

Amaury de Niort jugea bon de donner des explications :

— Je voulais reproduire ce qui se fait dans les châteaux de la Loire. J'ai aménagé ces pièces pour organiser des visites. Je comptais en vivre. J'y ai renoncé en constatant le manque d'éducation du public.

— Vous avez eu tort, c'était une bonne idée ! Oubliez vos frustrations et votre rancœur ! Vos ancêtres vous ont suffisamment montré la voie : s'ils ont défendu des causes justes comme celle des Cathares, ils n'ont pas hésité à louvoyer dans leur monde. Pourquoi ne pas utiliser ces trésors pour sensibiliser les touristes à votre manière et prendre leur argent pour préserver ce qu'ils saccagent ?

— On m'a même volé des objets, et je n'ai pas les moyens d'installer des systèmes de surveillance. C'est un cercle vicieux.

Ils s'arrêtèrent devant une grande toile, un plan américain avant l'heure. Comme pour tous les vieux tableaux, les couleurs avaient foncé avec le temps, mais les traits de Géraud de Niort se distinguaient très bien : un guerrier viril au regard décidé. Luce ne retrouva aucune ressemblance avec Amaury, pâle ersatz du fringant vicomte.

— Il avait fière allure, n'est-ce pas ? La dynastie était à son apogée quand les Français sont venus voler nos biens !

— Il est impressionnant, acquiesça Luce qui reluquait aussi les armes. Je vous remercie infiniment pour votre accueil chaleureux. Malheureusement, tout a une fin, et je dois maintenant vous quitter.

Sur le pas de la porte, pour la énième fois, Amaury invita Luce à revenir consulter ses documents si elle le désirait. Cela en était presque devenu une prière.

Llense et Favre en décousaient avec Édouard Magnan. L'avocat s'avérait un adversaire de taille. L'évocation de son dossier ne le déstabilisait pas et il se réfugiait habilement derrière ses acquittements :

— Je n'ai rien à me reprocher ! D'ailleurs, la justice a toujours tranché en ma faveur ; les plaignantes ont toujours été clairement déboutées. Je n'ai rien à ajouter. Si vous voulez en savoir plus, consultez les greffes.

Quand Jepe évoqua les témoignages sur ses relations houleuses avec Karine Amiel, il ne nia pas son comportement violent :

— Avec tous les ennuis qu'elle m'a faits, j'étais dans mon droit ! Si je l'ai bousculée, c'est parce qu'elle m'avait mis hors de moi. Elle a volé l'argent de nos adhérents !

— Ce fric, a-t-il vraiment existé ? Votre loueur,

Auguste Siffre, n'en a jamais vu la couleur !

— Si vous vous fiez à ces culs-terreux, jamais vous ne parviendrez à boucler votre enquête ! Ce sont les pires menteurs. Je ne sais pas pourquoi on a toujours tendance à faire plus confiance aux paysans qu'aux hommes d'affaires comme moi ! Et son fils ? Vous l'avez interrogé ? Il ne les a jamais vus, lui, les billets ?

— Vous connaissez Louis Siffre ?

— Eh comment ! Cet abruti m'a menacé plusieurs fois pour que je laisse sa Karine tranquille. Je n'ai pas cédé. Un soir, il est passé aux actes, il m'a frappé.

— Quand ça ?

— Ça fait deux semaines. Vous m'auriez vu quelques jours plus tôt, j'avais encore la marque jaune du coquard. C'est pas un con de rugbyman pour rien !

— Qu'est-ce que vous avez contre les rugbymen ? s'insurgea Llense.

— Ce sont tous des brutes épaisses ! Je ne peux pas les sentir !

— Je crois qu'eux non plus ne saquent pas les mecs qui tabassent les nanas et qui violent des mineures !

— Je ne vous permets pas ! protesta Magnan.

Il était satisfait : en bon avocat, il avait fait sortir

l'inspecteur de ses gonds, la meilleure façon de remporter une plaidoirie.

Conscient de son erreur, Jepe mit un terme à l'entretien. Si le magistrat lui apparaissait toujours aussi antipathique, il n'avait pas réussi à le mettre en difficulté. Les seuls renseignements utiles à son enquête accusaient Louis Siffre ! Il avait eu raison de lancer les deux jeunes sur sa piste.

Magnan parti, Jepe ragea envers lui-même. Il tournait dans son bureau comme un fauve en cage, se vengeant sur les feuilles volantes du tableau, les tournant et retournant dans un bruit de papier froissé. Favre, qui l'avait laissé pour raccompagner l'avocat, le surprit dans sa colère mais n'en fit pas cas. Il brandissait un journal.

— Vous avez vu ? Notre ami Dumoulin devient une vedette de la télévision !

Jepe se saisit de la feuille de chou et la tint à bout de bras. Le journaliste était à l'honneur. La veille, dans une émission grand public, il avait repris plusieurs de ses articles et présenté les châteaux cathares et leurs mystères. Sa prestation était rapportée par la presse régionale comme un exploit.

— Dommage que j'aie pas vu l'émission ! regretta Llense. Vous l'avez vue, vous ?

— Tout Axat était au courant qu'il allait parler du pays. On était tous devant nos postes.

— Vous auriez pu m'avertir ! De quoi il a causé ?

— Il a d'abord joué à l'historien, puis au détective en déballant sa thèse sur la malédiction cathare. Enfin, tous les ingrédients pour captiver les gogos et faire monter l'audimat. Le cas de Jérôme Arcy et de son affaire de pédophilie lui ont même permis de déborder du sujet et de rebondir sur un thème sensible.

— Il ne manque pas de culot. Avec cette histoire de malédiction, il pousse le bouchon un peu loin…

— N'exagérons pas, ce n'est que du folklore.

— Le jeune Amaury de Niort ne doit pas trop apprécier ce genre de publicité. Enfin, si les auditeurs en redemandent, je comprends que Dumoulin ne crache pas dans la soupe ! Et puis, finalement, il a peut-être raison, on devrait s'intéresser à cet accident de Puilaurens. J'aimerais bien visiter le site. Si on y allait ? proposa Llense.

— C'est que, l'avertit Favre, il n'est pas facile d'accès…

La voiture de gendarmerie en finissait avec le col du Campérié et, dent blanche sur ciel d'azur, la cime de la Serre de la Quière se détacha, agressive.

— C'est pratiquement au sommet, expliqua Favre : un dénivelé de plus de six cents mètres, avec une progression de quatre cents mètres à l'heure, ça nous fait une bonne heure et demie de marche. Surtout qu'il y a de l'escalade, facile, de niveau quatre, mais quand on n'a pas l'habitude…

— Vous croyez que j'y arriverai pas ? réagit Llense brusquement susceptible.

Ils se garèrent dans le village de Lapradelle et franchirent la Boulzane par une passerelle piétonnière. Le début de l'ascension s'avéra aisé. Borné de cairns réguliers, un sentier entretenu pas les chasseurs s'élevait au milieu des chênes verts. Bientôt la végétation s'éclaircit et ils ne bénéficièrent d'aucune ombre. À cette heure de la journée, le soleil avait entamé sa descente et inondait la face de la montagne de sa lumière chaude. La marche commença à devenir pénible. Le pourcentage de la pente augmentait et, régulièrement, ils traversaient des éboulis de graviers où tous les trois pas, ils reculaient d'un. La trace du chemin avait disparu, ce n'était que succession de *rampaillous*[12] qu'ils franchissaient en s'accrochant aux arbres bonzaïs défiant l'aridité.

12. *Rampaillous : montées courtes et abruptes.*

Ils s'élevaient lentement, Llense suant à grosses gouttes, les souliers saupoudrés de la poussière blanche du calcaire.

— Vous êtes sûr de ne pas vous tromper ? s'inquiéta-t-il.

— C'est par-là. Simplement la voie n'est plus marquée, le rassura Favre.

— Vous auriez pu me dire que c'était aussi dur ! râla Jepe de mauvaise foi.

— J'ai essayé de vous avertir, mais vous étiez décidé. À cette heure-ci de la journée, avec le soleil qui tabasse, ce n'était pas une bonne idée. À la *fresque*[13], ça aurait été mieux…

Ils atteignirent un étage supérieur de la montagne où la roche vive se structurait en falaises et couloirs étroits. Ils s'aidèrent des mains sans que ce soit encore de la vraie escalade. Soudain, une immense dalle leur barra le passage.

— Ce coup-ci, ne me dites pas que vous ne vous êtes pas trompé ! protesta Llense.

— On est arrivé, c'est là que le corps a été retrouvé, répliqua Favre sans prêter attention à la saute d'humeur du Catalan. Arcy s'est jeté depuis là-haut, précisa-t-il en pointant son doigt au-dessus d'eux.

13. *Fresque : fraîcheur.*

Encore un petit effort et c'est terminé…

— Non, moi je m'arrête là ! Ça, je le grimpe pas !

— Ce n'est pas difficile. Prenez ce baudrier. Je monterai le premier ; je vous lancerai la corde ; vous l'attacherez avec le mousqueton.

Favre, d'une agilité et d'une assurance cultivées par l'entraînement, étira tous ses membres vers les appuis disséminés sur la roche et, en quelques minutes, atteignit le sommet. Assuré, Jepe n'eut guère plus de difficultés, tout était une affaire de confiance.

Le plateau supérieur de la dalle constituait une magnifique terrasse d'altitude. Oubliant sa mission et sa peur, Jepe contempla le paysage immense. Tout en contrebas, au fond d'un précipice ourlé d'une végétation plus dense et bordé de constructions, il devinait le lit de la Boulzane. Sur sa gauche, les massifs du Canigou et du Madres se dégageaient majestueusement. Face à lui, quillés sur un piton, les remparts du château de Puilaurens s'enchâssaient dans la roche, à la limite des falaises. En retrait et dominant, véritable toile de fond, le Plat d'Estable dressait son front de calcaire blanc strié des coulées de sapins vert foncé. Enfin, sur sa droite, le viaduc de Lapradelle s'arquait au-dessus des maisons et de la rivière tandis que, plus loin encore, le pic de Bugarach et sa forme avachie dominaient les Corbières.

— C'est beau ! On peut comprendre que certains aiment ça, s'émerveilla Favre.

— Pas mal ! reconnut Llense qui avait récupéré de ses émotions. C'est vrai que c'est pas en regardant la télé qu'on a ce type de sensation. Mais si votre gars est monté par là, pourquoi supposez-vous qu'il se soit donné la mort ? La thèse de l'accident me paraît tout aussi crédible !

— Le suicide a prévalu parce qu'on a retrouvé son sac, là, appuyé contre cette roche, expliqua l'adjudant. Il avait réussi son ascension. Il peut effectivement avoir glissé après… ou avoir perdu l'équilibre en s'approchant du bord… Mais comme il était dépressif et qu'il avait déjà fait plusieurs tentatives avec des barbituriques…

— Qui l'a découvert ?

— Nous, les gendarmes d'Axat. Son compagnon a donné l'alerte le lendemain de sa disparition. Arcy l'avait informé qu'il montait sur la Serre pour faire des photos du château de Puilaurens. Il n'avait même pas d'appareil !

— Son compagnon ? L'auteur américain, Alan Amplaing ?

— Oui, confirma Favre, surpris par les connaissances de l'inspecteur. On dit que…

— Je sais, cette commère de Dumoulin m'a expliqué. Et selon lui, ces morts seraient une malédiction des Cathares. C'est vrai que, les deux fois, il y a un château dans les parages !

Jepe observa la montagne qu'il venait de grimper. Quelques mètres plus haut, un trou noir retint son attention.

— C'est quoi, ce truc-là ?

— Une grotte. C'en est plein par ici. La grotte de l'Ours, qu'on l'appelle.

— Allons voir.

La grimpette jusqu'à la cavité ne posa aucun problème. La crête de la Serre s'amorçait et les difficultés des falaises se trouvaient derrière eux.

Ils entrèrent dans la caverne.

— Vous avez vu ça ? fit remarquer Jepe à Favre en remuant la terre de son pied. Le sol a été creusé, comme à Fontanès !

— Un sanglier sans doute, répliqua l'adjudant.

— Ce serait étonnant, je ne vois pas la moindre racine.

Ils explorèrent la caverne mais il faisait trop sombre pour un examen minutieux. Rien d'autre n'attira leur attention si ce n'est des pierres déplacées qui confirmaient les fouilles.

Rapport de mission

Pour Llense, Gincla se transformait en repaire gastronomique. En entrée, il avait opté pour des écrevisses pêchées dans la Boulzane, et en plat de résistance, pour un coq au vin élevé dans une ferme du Caunil, le tout arrosé d'un Corbières millésimé. Tentée, Luce avait suivi son choix. Au cours du repas, le Catalan s'étendit sur l'ascension de la Serre de la Quière :

— *Fava de déu*[14], quelle vue qu'on a de là-haut ! En plus, cette putain de montée m'avait refilé des poussées d'adrénaline, comme pendant les matchs. J'étais bien ; pour un peu, je me serais cru le roi du monde ! Je commence à comprendre pourquoi tu prends du plaisir à crapahuter. Si j'avais davantage de temps, je crois que je m'y mettrais.

14. *Fava de déu : littéralement 'Gland de Dieu', expression catalane pour indiquer ici l'admiration.*

— Ça m'étonnerait ! Toi, à part ton rugby.

Prolixe sur son enquête, Jepe en révéla les nouvelles avancées : le présumé détournement de fonds de Karine Amiel, ses altercations avec Édouard Magnan, les soupçons qui pesaient sur Louis Siffre, sans oublier la grotte de la Serre de la Quière avec son sol récemment fouillé pareillement qu'à Dournes.

Luce écoutait d'un air faussement attentif. Elle n'était pas, comme José, branchée police, et son rôle se résumait à celui d'une auditrice passive et polie.

— Je parle, je parle et j'oublie que c'est pour récolter les fruits de ta mission que je suis ici. Alors, comment ça s'est passé chez le fanatique ?

Luce réintégra l'échange :

— Laisse-moi tout d'abord te remercier. La visite a été très fructueuse, s'amusa Luce. J'ai découvert des documents rares.

— Je te l'avais dit. Sinon, pour les armes ?

— Son château, c'est un peu comme celui du capitaine Haddock à Moulinsart : les pièces regorgent d'armures et de ferraille d'époque ! Sinon, il a aussi un coffre dans sa bibliothèque. Voilà pour ce que j'ai glané à Niort. Ce n'est pas grand-chose, mais j'ai un petit détail croustillant à te mettre sous la dent : figure-toi qu'au Bézu, dans un livre d'Arcy, j'ai trouvé une photo d'Amaury de Niort !

— Intéressant ! Tu crois qu'il avait le béguin pour lui ?

— J'y ai pensé, mais je n'ai aucune certitude.

— Sinon, quelle impression il t'a fait notre rebelle ?

— Celle d'un frustré que notre société a laissé sur le bord de la route sans la moindre botte de foin, comme le chantent les Argentins dans un de leurs tangos. Il est très cultivé, il a fait des études supérieures en Histoire. Il n'a pas trouvé de travail dans la région et il a refusé de monter à Paris. Devant les errances notre société, les valeurs qui se perdent, la course à l'argent, il disjoncte. Il s'est réfugié dans un autre monde, celui de ses ancêtres, des Cathares... Et il le défend pour se sauver lui-même, sans quoi il sombre complètement.

— Whaou ! Ça, c'est une analyse ! Donc, pour toi, il est inoffensif ?

— Je ne sais pas. Il se peut qu'il en soit à un stade où, ayant une vision déformée des choses, il puisse passer à l'acte.

— Justement, à l'acte, il y est passé, et pas plus tard qu'aujourd'hui !

— Comment ? Il a tué quelqu'un ?

— Pas jusque-là, mais il a molesté un journaliste parce qu'il avait, à ses yeux, blasphémé contre les Cathares.

Llense rapporta l'émission télé à laquelle Serge Dumoulin avait participé.

— Niort l'a croisé à Quillan, par hasard ou intentionnellement. Il l'a insulté, puis ça a dégénéré.

— Effectivement, ça correspond à ce que tu appelles mon analyse.

— Les gendarmes de Quillan l'ont arrêté et m'ont averti. Juste avant de venir ici, je suis allé lui rendre une visite au poste. Il a justifié son agression contre Dumoulin en prétextant qu'il ne respectait pas la mémoire des Cathares, ni celle de Jérôme Arcy d'ailleurs. Sur le coup, j'ai pas compris ce que l'instit venait faire dans cette histoire ; maintenant, ma lanterne s'éclaire !

— Il est en prison ? s'inquiéta Luce qui avait pris le jeune homme en sympathie.

— Non, le journaliste a joué au grand seigneur et n'a pas porté plainte. Les Cathares, c'est sympathique, ça plaît au peuple ! Dumoulin, il a pas envie de passer pour un méchant mercantile. Au contraire, il a besoin de briller, le bougre !

Pour dessert, de concert, ils élirent des profiteroles au chocolat et, négligeant le café, commandèrent directement un pousse, un Armagnac hors d'âge, péché mignon de Luce et sur lequel Llense ne crachait pas. Ils en dégustaient le corps et la longueur lorsque le téléphone de Luce vibra dans son sac.

— Allô … Oui, ça va. Je suis avec Jepe … T'inquiète, je ne le laisse pas me manipuler … Tu as déjà effectué les recherches ? … Donc, il serait mort assassiné ! Marie, comment va-t-elle ? … Dans une semaine je serai là … Non, de toute façon j'ai mes cours à la fac, il faut que je rentre … Je t'embrasse.

— C'était José, expliqua Luce. À mon retour de Niort, je lui ai demandé d'aller à la bibliothèque de l'archevêché de Narbonne pour consulter des documents que j'avais étudiés à l'époque. Je voulais avoir confirmation de certaines infos que j'ai trouvées chez Amaury. Maintenant, je sais : le prélat de Narbonne et le sénéchal de Carcassonne ont péri de mort violente.

— José en rat de bibliothèque ! ricana Jepe, j'aurais aimé voir ça ! Tu voulais vérifier quoi au juste ?

— L'assassinat maquillé en accident de l'ancêtre d'Amaury. Comme il a eu, lui aussi, maille à partie avec le héros de mon roman…

Et Luce raconta l'histoire de Lupo di Bianca Forza.

— … Traqué par Géraud de Niort, le mercenaire s'est jeté du haut des falaises de Saint-Georges. Son corps n'a jamais été retrouvé et ses ennemis sont morts quelque temps après, finit-elle sur un ton plein de suspens.

— Tu soupçonnes ce Lupo d'avoir liquidé un à un ses ennemis ? Attends, s'il s'est jeté du haut de ces falaises, il n'avait aucune chance de s'en tirer. Les truites l'auront bouffé ; à cette époque, elles devaient être aussi voraces que des piranhas !

— Va savoir !

— En somme, tu mènes ta propre enquête !

— Si tu veux. Une affaire du genre *Cold Case*[15]... vieille de presque huit cents ans !

Avant de regagner leur chambre – Llense avait trouvé plus raisonnable de dormir sur place –, ils savourèrent une seconde tournée d'Armagnac !

15. *Cold Case : Titre d'une série télé américaine qui désigne des affaires non résolues et classées.*

Le trésor de la grotte de Dournes

Lupo courait sur l'arête. De deux coups d'estoc, il avait repoussé les soldats les plus proches et les avait temporairement immobilisés en lançant son épée sur Géraud de Niort. Il parvint à l'extrémité de l'éperon en surplomb des gorges alors que les soldats aidaient leur chef à se relever. Il entendit le vicomte ordonner de le capturer vivant. Il ne pouvait que succomber sous le nombre. Lorsque ses poursuivants apparurent au bord de la falaise, il se jeta dans le vide en poussant un cri que le gouffre absorba dans l'instant.

Dix mètres plus bas, un chêne vert avait patiemment incrusté ses vivaces racines dans une faille de la falaise. Lupo connaissait sa branche qui poussait vers la lumière. Il la saisit en plein vol. Le coup d'arrêt se répercuta dans ses épaules et ses reins avec une violence inouïe. Malgré le choc, il assura sa prise.

Tel un acrobate, lâchant une main après l'autre, il se déplaça et atteignit la base de l'arbre. Collé à la paroi, dissimulé par des avancées de roches, depuis le sommet il devint invisible.

Géraud de Niort et les soldats apparurent sur la crête.

— Vous l'avez vu ? Il a sauté ?

Les questions se succédèrent sans réponses. La lune éclairait le paysage. Ils se penchèrent dans le vide sans repérer la moindre forme suspecte. Tout en bas, la rivière grondait et ses remous percutaient la montagne en fracas assourdissants.

Pendant de longues minutes, Géraud de Niort rechercha une échappatoire que le fugitif aurait pu utiliser : l'éperon était un cul-de-sac entouré par le vide. La seule voie d'accès était occupée par ses hommes. Il se rendit à l'évidence :

— Ce maudit a préféré se donner la mort plutôt que de tomber entre nos mains et goûter au supplice ! déclara-t-il. Nous avons assez perdu de temps, retournons au prieuré. Bertrand, descends jusqu'à la rivière, ramène-moi son corps. Je veux brûler la dépouille de ce chien.

Lupo suivit leurs pas qui s'éloignaient. Quand tout redevint silencieux, toujours à la force de ses bras, il abandonna la branche et prit appui sur la fracture de la roche où le chêne avait trouvé refuge. Ses yeux de nyctalope le situèrent. Les surplombs et les dalles verticales rendaient impossible une remontée directe, mais la faille oblique qui courait par intermittence sur la falaise en s'éloignant vers l'amont de la rivière offrait une opportunité. En bout, Lupo devina une cheminée qui débouchait sur le plateau, bien plus à l'ouest que le prieuré. L'escalade relevait du suicide ; sans autre alternative, il s'y lança. Ses ressources et ses réflexes décuplés par la peur, il lutta contre la roche vive. La moindre saillie, la moindre dépression étaient une prise vitale où ses doigts saignaient et ses membres s'écorchaient. Tantôt collé comme une ventouse, tantôt presque à l'horizontale pour gagner en réaction, parfois en se jetant encore dans le vide pour atteindre une assise éloignée, il progressait.

Le temps lui parut long, mais au bout d'une heure il accéda à l'étroit couloir. Il avait réussi. Il prit le temps de récupérer et de relaxer ses muscles tétanisés. Ajoutant à l'épuisement, les blessures de son dos s'étaient rouvertes. La fièvre et l'effort physique avaient asséché son corps. De l'eau suintait sur le calcaire, il la lapa comme une bête.

Comparé à la longue et difficile vire, le goulet d'avalanche ne fut qu'une formalité. Quand il émergea sur la large crête, il se repéra et fila vers la rivière en suivant les sentes animales qui s'infiltraient dans la forêt. Alors qu'il débouchait sur un chemin, il tomba sur son cheval égaré dans la nature. Il était harnaché, avec selle et fontes.

Les soldats l'ont laissé s'échapper, devina-t-il.

Il sentit qu'il avait définitivement gagné. Par cette nuit de pleine lune, la chance ne l'avait jamais abandonné et son instinct de survie lui avait permis de réussir l'impossible !

La bête perdue reconnut son maître et s'approcha, docile. Il l'enfourcha et s'éloigna, le bruit des sabots amortis par la terre et l'herbe. Un plan germa instantanément dans sa tête. Il se dirigea vers Dournes et gagna la grotte située à l'écart des habitations. Comme à En Malo, une part de son trésor de guerre s'y trouvait caché. Aucun ours n'avait encore réinvesti l'ancienne tanière. De ses mains, il dégagea les coffrets remplis d'or et de bijoux dissimulés un an plus tôt.

Le tour était joué ! Profitant des dernières heures de la nuit, il s'enfuit vers les terres d'Espagne. La fortune qui battait sur les flancs de sa monture assurerait son indépendance. Il se réfugierait en Cerdagne. En se faisant passer pour un Cathare exilé, il savait que la population l'accepterait ; mieux, le protègerait !

Le mort d'Usson

Les trilles mélodieux d'un couple de rossignols sortirent Llense de sa nuit. Il se leva et tenta de les découvrir dans les arbres du parc. Seules de coquettes bergeronnettes sautillant dans l'allée, leur tête et leur longue queue toujours en mouvement, se laissèrent admirer. Il ouvrit la fenêtre et perçut le ruissellement discret de la Boulzane ; son cours, moins puissant que celui de l'Aude, ne l'avait pas bercé. Il étira ses bras en bâillant, satisfait d'avoir choisi de passer sa nuit à Gincla après son repas pantagruélique.

Quand il rejoignit Luce dans la salle du restaurant, elle avait terminé son petit-déjeuner et feuilletait le journal. L'horloge marquait neuf heures.

— Tu as fait la grasse matinée. Pas étonnant que ton enquête n'avance pas, le reçut-elle en continuant à lire.

— J'aurais aimé t'y voir, hier, à cavaler sur les rochers. Quand même, t'aurais pu m'attendre !

— Désolée, mais j'ai rendez-vous avec mon nouvel associé.

— Ton roman est si pressé ? douta Llense, s'installant à son côté.

Il se servit un bol de café et beurra généreusement de grandes tartines. Son téléphone sonna.

— Putain, ces portables, ça fait chier ! grommela-t-il. Allô ! … Non, je ne suis pas Axat … À Gincla … Non, je ne suis pas retourné à la Serre, je vous expliquerai … Un autre ? Je vous rejoins.

Il rangea son appareil, l'air soucieux.

— C'était Favre, expliqua-t-il à Luce. Un nouveau macchabée ! Apparemment un accident ! Mais les accidents, ça commence à bien faire !

— Où l'ont-ils trouvé ? Toujours dans les environs ?

— Près du château d'Usson… Encore une citadelle cathare ! La thèse de la malédiction, pour aussi irrationnelle qu'elle soit, semble se confirmer !

Jepe gara sa voiture sur le parking du village de Rouze et un gendarme qui l'attendait le conduisit au pas de course sur les lieux de la découverte : un bas-côté en à-pic dans une forêt de hêtres. À une portée de fusil, légèrement plus bas, au sud de l'itinéraire qu'ils avaient suivi, les ruines de la forteresse d'Usson les observaient.

— Un randonneur qui faisait la Route Vauban, commenta Favre. Une chute à cet endroit est inexplicable. Voyez, la voie est large, même carrossable.

— Dumoulin aurait-il raison ? émit Llense. Quelqu'un l'aurait volontairement poussé à cet endroit, à deux pas d'un château cathare ! Même scénario que pour Amiel et peut-être Arcy !

— C'est déconcertant, reconnut l'adjudant. Par analogie, j'ai aussitôt pensé à la grotte. J'ai exploré les environs : il n'y en a pas. D'après le toubib, la mort remonte à environ six heures du matin et…

— Vous avez trouvé des indices ? le coupa Llense.

— Aucun. Mais comme vous venez de le dire, on peut supposer que le randonneur marchait tranquillement et que quelqu'un l'a poussé dans le ravin !

— Ne dramatisons pas ! Pourquoi un assassin l'aurait-il attendu ici aux aurores ? Le gars a pu tout simplement faire un malaise. Attendons l'autopsie ! En tout cas, il nous faut son pedigree et savoir ce qu'il fabriquait par ici. S'il faut, il rejoignait le campement de *CircleWorld*.

— À mon avis, vu sa tenue, il n'appartient pas au mouvement de Magnan. Il avait ses papiers. Il s'appelle Jérémie Fournier. Pour le reste, il a passé la nuit dernière au gîte de Fontanès, il s'est levé à quatre heures du matin et il se rendait à Mont-Louis.

— Comment vous savez tout ça ? s'étonna Llense.

— Une initiative des jeunes. Ils ont pensé qu'il pouvait avoir dormi là-bas et ils sont allés se renseigner.

— *Ils pédalent vite ces gendarmes* ! reconnut intérieurement Jepe. Vous croyez que le fait qu'il soit parti de Fontanès soit en relation avec Dournes et que…

Il s'interrompit. Dans son champ de vision venait d'apparaître la silhouette sautillante de Serge Dumoulin. *Putain, il perd pas son temps celui-là !*

Aucun périmètre d'interdiction n'ayant été délimité, le journaliste avança jusqu'à eux.

— Alors inspecteur, votre diagnostic ? Accident ou meurtre ? Je me demande si vous avez bien fait de libérer Amaury de Niort, se permit-il.

— On peut pas garder en prison tous les gens qui se foutent sur la gueule ! Et puis vous n'avez même pas porté plainte ! répliqua sèchement Llense. Qu'est-ce que vous fabriquez ici ?

— La même chose que vous, j'enquête ! La presse a ses droits et ses devoirs, déclara Dumoulin qui ne voulait pas s'en laisser compter. Je me suis déjà expliqué avec vous, je fais mon boulot. Pour la prison, je ne vous reproche rien ; simplement, si Amaury était resté en taule, il aurait disparu de votre liste des suspects ! On est bien d'accord ?

— Bon, ça va, acquiesça indirectement Llense. Vous voulez une déclaration officielle, c'est ça ? abrégea-t-il.

— C'est exactement pour ça que je suis venu.

— Officiellement, c'est un accident ; mais une enquête est ouverte. Voilà, ça vous convient ?

— Parfaitement. J'ai déjà de quoi écrire un bon papier.

— Peut-être que vous allez également passer à la télé ?

— Pas de suite, mais si la thèse du crime se confirme, sûr que j'aurai mon émission ! La première a été un franc succès…

— Ah oui, l'audimat...

— C'est pas moi qui fais les règles et je ne vais pas laisser passer ma chance ! À bientôt inspecteur… N'oubliez pas, si je peux vous aider…

Dumoulin disparut du champ de vision de Llense aussi soudainement qu'il y était apparu.

— Il n'y est pour rien, l'excusa Favre. Il fait son boulot. La merde, c'est le système.

— Ouais, mais il me tape sur les nerfs !

Débarrassé du journaliste, Llense descendit en contrebas de la piste pour examiner le corps et tenter de comprendre sa mort. Le randonneur n'avait vraiment pas eu de chance, après une chute d'une dizaine de mètres, il s'était fracassé la tête sur le seul éperon rocheux qui affleurait.

Il remonta sur le chemin et s'enfonça dans le bois du talus supérieur. Il avait un besoin impérieux de vérifier par lui-même si, comme à Dournes et sur la Serre de la Quière, une grotte ne se trouvait pas à proximité. Le terrain était très différent : aucune strate calcaire propice à une caverne ; une couche de terre régulière recouvrait la roche du sous-sol, favorisant la multiplication des arbres. Il explora les clairières sans rien repérer de ressemblant à un autel de méditation. Le visage fermé et soucieux, il rejoignit Favre.

— Je vous l'avais dit, il n'y a pas de grotte, répéta l'adjudant qui avait deviné le but de ses recherches. Par contre, j'ai remarqué quelque chose de curieux, venez par ici !

Il le conduisit près d'un hêtre parmi les milliers de la forêt.

— Regardez, là.

À hauteur d'homme, de claires saignées griffaient l'écorce en profondeur.

— Et alors ? s'enquit Jepe.

— Un ours s'est fait les griffes sur cet arbre. C'est pas vieux.

— Ah, non ! Vous n'allez pas encore me sortir votre théorie vaseuse de l'ours !

— Pourquoi pas ? La bête peut avoir effrayé notre marcheur !

Jepe ignora.

— Pour l'instant, oublions ! Je préfèrerais qu'on refasse en sens inverse le circuit de ce pauvre malheureux. Peut-être découvrirons-nous quelque chose de plus rationnel. L'équipe scientifique ne va pas tarder et elle relèvera les indices mieux que nous. Laissons simplement vos hommes en faction… Qu'ils leur montrent quand même ça, se ravisa-t-il en désignant les blessures du hêtre.

Ombragée, la Route Vauban s'avéra bien plus agréable que la grimpée sur la Serre de la Quière. Jusqu'à Campagna, elle descendait en pente douce ; ensuite, grâce à de nombreux murs de soutènement, elle se maintenait sur la même courbe de niveau. Un véritable bonheur pour Llense ! Ils débouchèrent sur Fontanès par le tunnel de Dournes, deux heures après leur départ, juste le temps pris par le randonneur. Seul enseignement de la balade, l'endroit le plus favorable pour tendre une embuscade mortelle était celui où Jérémie Fournier avait chuté !

À la gendarmerie d'Axat, Llense contacta la famille Fournier. Après l'inévitable atterrement, il apprit que leur fils avait prévu de randonner depuis

La-Nouvelle jusqu'à Mont-Louis en enchaînant le Sentier cathare et la Route Vauban. Abandonnant les proches à leur peine, impuissant devant les injustices de la vie, Jepe écourta sa corvée.

— Favre, venez avec moi, sollicita-t-il l'adjudant, il faut qu'on récapitule tout ce merdier.

Les deux hommes se retirèrent dans le bureau qui dominait l'Aude. Llense tourna une page vierge du tableau de feuilles volantes et traça un tableau. Sur les deux premières colonnes, il nota les lieux des 'meurtres' et les noms des victimes, sur les trois suivantes, la cause du décès et l'existence d'un château et d'une grotte à proximité, enfin, sur la dernière, il porta le nom de ses premiers suspects.

Lieu	Victime	Cause mort	Château	Grotte	Suspects
Puilaurens	Jérôme Arcy	Suicide ?	Oui	Oui	?
Dournes + Quillan	Karine Amiel	Meurtre	Oui	Oui	Amaury de Niort Louis &Auguste Siffre Édouard Magnan ??
Usson	Jérémy Fournier	Meurtre ?	Oui	Non	?

Sa synthèse terminée, il analysa :

— Le meurtre en deux temps de Dournes-Quillan est le seul à être clair. C'est lui qui nous donne les premières pistes. Doit-on le relier aux victimes de Puilaurens et d'Usson ? Pas nécessairement : les trois morts sont peut-être totalement déconnectés : suicide pour Arcy, règlement de comptes pour Amiel et meurtre gratuit pour Fournier, victime d'un malade mental influencé par les articles de Dumoulin.

— La thèse du suicide pour Arcy me convient. Pour le reste, je préfèrerais un seul assassin, exprima Favre.

— Si l'on privilégie la thèse d'un tracassé qui procède à des sacrifices, Niort a le profil idéal. Je vais solliciter un mandat de perquisition : un informateur m'a appris qu'il a une collection d'armes d'époque. Sait-on jamais !

— On s'engage dans cette direction ?

— On ne fait qu'avancer un pion supplémentaire. Les autres pistes, on les oublie pas : vérification d'alibis, maintien de la surveillance de Louis Siffre, recherche de liens entre les victimes et tout le saint-frusquin.

— Dans l'hypothèse d'un psychopathe, ne devrait-on pas faire appel à des experts ?

— Ah non, surtout pas ! Avec leurs théories à la noix, ils compliquent, ils multiplient le boulot, souvent pour que dalle. On se débrouille parfaitement sans ces intellos bardés de diplômes en psycho pour tarés. Le seul vrai expert qui nous fera avancer, c'est le hasard. C'est lui qui détient toutes les clefs, c'est lui qu'il faut titiller !

— Pourtant, le hasard de l'ours qui se mettrait en travers du chemin de nos victimes, vous ne le retenez pas. Vous avez vu, sur l'arbre, le technicien de l'équipe scientifique a confirmé : ce sont des griffures d'ours !

— Favre, faut pas exagérer, l'ours n'est pas allé jusqu'à la clinique ! Bon sang, qu'est-ce que vous avez à me le resservir à chaque fois ?

— Ce ne serait pas la première fois que l'ours tuerait par ici. À Axat, voilà tout juste un siècle, un mâle a précipité une jeune fille depuis les falaises d'En Malo. Et sur le plateau, il y a plus de sept cents ans, le sénéchal de Carcassonne et son cheval sont tombés dans un aven au cours d'une battue !

— C'est quand même pas la même bête à chaque fois !… Un *Cold Case* version bestiaire maintenant ! s'irrita Jepe en pensant à sa discussion de la veille avec Luce.

— Pourquoi vous me dites ça ? s'étonna Favre.

— Pour rien ! Oubliez ! Occupez-vous des alibis de nos zigotos ; moi, je contacte le parquet.

L'aven d'En Malo

Chaque fois que ses tournées d'inspection le conduisaient à la limite du royaume, aux citadelles de Puilaurens, d'Usson et de Dournes, le sénéchal du roi, Hugues des Arcis en profitait pour séjourner quelques jours à Axat. Il adorait la chasse à l'ours et la place était idéale pour organiser des battues. Rustiques, loin de le rebuter, les conditions de logement lui rappelaient celles des campagnes militaires, du temps où il guerroyait et pourchassait les Cathares. Nostalgique, il aimait.

Dès qu'il prenait ses quartiers au château, la valetaille servile se mettait à sa disposition. Tous s'empressaient de satisfaire ses désirs dans l'espoir d'en tirer une récompense, d'une simple pièce d'or à la promesse d'un travail à Carcassonne !

Le chef de la garnison préparait la battue. Il convoquait les piqueurs et les veneurs les plus réputés et n'hésitait pas à faire appel à des braconniers.

L'essentiel était de satisfaire le sénéchal et d'éviter qu'il ne rentre bredouille.

En ce jour de fin d'automne, les candidats étaient rassemblés près du pont. Suffisant, le sénéchal les jaugeait du haut de son destrier ; en dernière instance, c'est lui qui formait l'équipe. Son critère de sélection était le même que celui du choix de ses soldats : un potentiel physique convaincant.

La traque de l'ours demandant une grande mobilité, la chasse s'organisait sur une base de douze à quinze rabatteurs rapides et résistants ; le succès de l'entreprise dépendait d'eux. Dans la multitude, il chercha le grand gaillard vêtu de noir au visage mangé par une barbe qui couvrait jusqu'à ses pommettes, lui donnant un air de loup-garou. Par deux fois déjà, celui-là l'avait mis sur les traces d'une proie et lui avait permis de conclure. Il le repéra, en retrait, assis à califourchon sur le parapet du pont. Il ne l'appela pas en premier. Au contraire, il le laissa s'impatienter et ne se tourna vers lui qu'en dernier, comme pour bien lui signifier que personne ne lui était indispensable et qu'il était le seul maître. D'une repoussante laideur, ce pauvre bougre ne pouvait que vivre isolé dans les bois. Le fait d'être remarqué et sollicité devait avoir pour lui valeur de trésor, il n'en serait que plus dévoué !

Sa petite troupe formée, le sénéchal la conduisit sur le plateau d'En Malo. Après trois heures de marche difficile dans les sous-bois, les chiens flairèrent une piste. Les rabatteurs se précipitèrent. Excité, le sénéchal éperonna sa monture. Comme il s'engageait derrière la meute, il remarqua que l'homme velu ne les suivait pas et décrochait sur le flanc. D'un coup de rênes, il détourna son cheval vers lui.

— Pourquoi vas-tu par-là ? lui reprocha-t-il.

— Les chiens ne suivent qu'un cerf. L'ours est dans cette direction. Je vais le rabattre.

— Comment le sais-tu ?

— Je l'ai vu hier, il a déjà choisi sa tanière pour l'hiver.

— Je viens avec toi, conduis-moi, ordonna le militaire.

S'isolant du reste de la battue, ils s'enfoncèrent dans les taillis. Le guide n'hésitait pas et courait devant. Brusquement, il s'arrêta.

— Là ! Regardez ! stoppa-t-il.

Appuyé contre un arbre, un ours énorme se tenait droit, semblant frotter sa fourrure contre l'écorce.

— Il est à moi ! hurla le sénéchal en pointant sa lance.

Il chargea, plantant ses étriers dans les flancs de son destrier pour le forcer à foncer vers la bête sauvage. L'animal se cabra puis bondit vers la proie étrangement immobile. Dans leur course, soudain, le sol céda. Cavalier et monture basculèrent en avant dans un craquement de bois. La terre les avala… Les bruits sourds de leurs corps heurtant les parois d'un gouffre accompagnèrent leur chute. Un fracas lointain y mit un terme sans que le moindre cri ou hennissement ne soit émis.

Depuis trois ans, Lupo se mêlait aux chasses du sénéchal. Patient, il avait attendu le moment favorable pour lui tendre un traquenard. Le représentant du Roi ne s'était pas méfié et le piège avait parfaitement fonctionné. L'ancien mercenaire dispersa les branchages qui cachaient l'aven et jeta la dépouille de l'ours qui avait servi d'appât dans le gouffre. Les traces de son forfait effacées, il s'enfuit.

Le chef de la garnison, accompagné du reste de la battue, arriva peu après et interpréta le drame comme un accident. Que le manant ait disparu ne le surprit pas : il aurait été tenu pour responsable de la mort du sénéchal et l'aurait payé de sa vie !

La flamme et la lettre

Après le départ précipité de Jepe, intriguée par les révélations de son ami, Luce décida de retarder son départ pour le Bézu et d'inspecter la falaise où Jérôme Arcy avait mis fin à ses jours. Entraînée, elle atteignit la plate-forme en moins d'une heure. Le site, tout aussi aérien que celui de Dournes, présentait des similitudes frappantes : le château voisin, le calcaire blanc, la végétation qui s'accrochait à la montagne. Dans le silence austère, tout comme à Fontanès, le mystère planait. Les esprits cathares hantaient-ils l'endroit ?

Elle avait emporté avec elle une puissante torche électrique pour visiter la grotte que Llense avait évoquée. Comme les policiers, elle constata la fouille du sol. Mieux équipée, elle put explorer la caverne. Les parois étaient sèches, sans le moindre suintement, mais des plaques se détachaient de la voûte.

Des visiteurs avaient gravé çà et là leurs noms et des dates. Elle s'approcha d'un tas de pierres, visiblement l'œuvre de l'homme. Le pinceau de sa lampe balaya la surface d'une dalle. Un graffiti ancien, une flamme grossière à trois volutes, presque effacée et invisible sans la lumière de sa lampe, attira son attention. Elle revint sur la zone creusée. Elle rappelait fortement celle de Dournes. Que signifiait cette similitude ? Soucieuse de ne pas effacer des indices, elle abandonna les lieux. Pour l'heure, il était temps de rejoindre Alan Amplaing.

L'Américain l'accueillit avec la chaleur franche et spontanée qui l'avait séduite dès leur première rencontre. Oubliant sa bisexualité, elle se laissa aller.

— Tu m'as manqué, la reçut-il en l'embrassant. Quand tu es partie, j'ai eu l'impression que tu étais un peu fâchée ; il me tardait de te serrer dans mes bras.

Il l'entraîna dans sa chambre et ils firent l'amour. Quand le plaisir vint, elle fut complètement rassurée. Elle avait surmonté les *a priori* de son éducation, peut-être même que la singularité de son amant allait réveiller en elle de nouveaux fantasmes…

Après leurs ébats, elle lui rapporta ce qu'elle avait découvert sur Lupo dans les archives des Niort.

— Pour moi, il a échappé à Géraud de Niort, puis il s'est vengé, conclut-elle.

— Cet Italien est extraordinaire ! J'hésite entre le garder tel quel, avec sa cruauté, ou bien effacer son côté obscur et ne m'inspirer que de ses exploits !

— Un héros noir et blanc, c'est ce qu'on a choisi !

— Allons au bureau consigner tout ça.

— Savais-tu que Jérôme avait consulté les archives privées du château de Niort ? le retint-elle.

Une onde floue troubla la clarté du regard d'Alan.

— Jérôme était un grand professionnel, il collectait des informations de partout, répondit-il d'un ton absent.

— Je me suis laissé dire que sa mort serait un suicide et non pas un accident.

— Je préfère la thèse de l'accident : pour moi, c'est plus facile à accepter. Viens, maintenant.

Dans l'ancienne écurie, chacun s'installa sur un ordinateur. Tandis qu'il se déchaînait sur *Word*, elle ouvrit *Google* et tapa : *Jean-Jacques-Henri Boudet*. Des portails d'entrée s'affichèrent en grand nombre. Elle en ouvrit plusieurs jusqu'à ce que l'un d'eux s'avère à la fois complet et synthétique. Elle imprima la page. L'article résumait la vie de l'ecclésiastique, confirmant son érudition et détaillant ses relations avec l'abbé Saunière, le sulfureux curé de Rennes-le-Château devenu immensément riche après la découverte d'un trésor dans son église. Il rapportait aussi certains agissements étranges de Boudet dans le cimetière de Rennes-les-Bains : ainsi il aurait falsifié la date de décès sur la tombe de son prédécesseur, l'abbé Jean Vié. Il évoquait l'existence de deux tombes pour une seule et même personne : le comte Paul-Urbain de Fleury, petit-fils de la marquise de Blanchefort…

Dans un flash, les neurones de Luce associèrent *Blanchefort* à *Bianca Forza*. L'abbé, qui avait tenu entre ses mains les documents sur le condottiere, avait-il voulu d'une façon détournée et codée attirer l'attention sur lui ?

Au centre de la page, une photo en noir et blanc reproduisait la pierre tombale du curé avec la couverture de son livre sculptée dans la pierre. Les commentaires sur cette œuvre tendaient là aussi à pointer du doigt des anomalies : les chiffres, 310XI, dont on ne savait à quoi la succession arabe et latine faisait référence; son titre intrigant : *La vraie langue celtique et le cromlech de Rennes-les-Bains* ; son texte bourré de paradoxes ; la publication de l'ouvrage postérieure à la fermeture de la maison d'édition ; l'existence de deux versions avec des cartes intérieures différentes… Étaient-ce là les raisons pour lesquelles Jérôme Arcy collectionnait les exemplaires du livre de Boudet ?

— Alan, ton ami travaillait beaucoup sur le livre de l'abbé Boudet, vous projetiez d'écrire quelque chose sur lui ?

— Non, c'est un personnage secondaire. Dans l'histoire de Rennes-le-Château, c'est l'abbé Saunière qui est le plus important !

— Sais-tu ce qu'il cherchait alors ?

— Non, et je ne partageais pas son engouement. Il avait d'autres recherches à faire plus porteuses : sur les Cathares, par exemple !

— Je peux consulter ses bouquins ?

— Vas-y, ne te gêne pas. Mais ce sont tous les mêmes !

Elle compulsa l'un des cinq exemplaires qui se côtoyaient sur une étagère. Tour à tour historien, linguiste, archéologue, ethnologue, l'abbé s'enfonçait dans le passé wisigoth de Rennes-le-Château en tentant de le relier à la culture celte. Sans réel fil conducteur, le texte était une succession d'analyses aux conclusions saugrenues. Quelle motivation avait conduit Jérôme Arcy à collectionner ce livre ? Pour en savoir plus, elle comprit qu'elle devait récupérer celui abondamment annoté qu'il conservait dans son bureau.

— Rien de bien captivant ici. Je vais jeter un coup d'œil dans sa chambre.

— Comme tu veux, tu connais la maison…

Dans la pièce de Jérôme Arcy, Luce commença par s'imprégner du décor qui l'entourait. Visiblement, Alan n'avait touché à rien depuis la mort de son compagnon ; tout semblait attendre le retour de son locataire. Le blanc des murs enduits mettait en valeur le bordeaux des barreaux du lit et des rideaux qui habillaient les fenêtres. Des reproductions de tableaux de Boticelli donnaient à la pièce un style Renaissance. Sur les tomettes rouge sombre, un tapis reproduisant une tapisserie de Bayeux s'accordait sur le même ton. L'équilibre raffiné de l'ensemble traduisait une grande sensibilité du maître des lieux. Le rangement parfait dénotait un esprit pointilleux, à moins qu'il n'ait été motivé par la préparation d'un départ sans retour !

Le survol de la pièce terminé, Luce s'approcha de la table en chêne aux lignes épurées et ouvrit le tiroir qu'elle avait déjà exploré. Elle se saisit du livre : c'était une version différente de ceux de la bibliothèque. En particulier la carte centrale qui reproduisait la région ne se limitait pas à Rennes-le-Château et à ses environs, mais couvrait aussi le Pays de Sault et la Vallée de l'Aude jusqu'aux limites de l'Ariège et de la Catalogne française. Plus surprenant, les trois forteresses de Lupo et le prieuré y étaient clairement positionnés. Sur certaines pages, des mots étaient soulignés : *loup*, *ours*, *grotte*, *nid*, *tour*... ; des chiffres étaient annotés dans les marges. Que signifiaient-ils ?

Elle referma le livre et poursuivit sa fouille. Dans une chemise cartonnée rouge, elle découvrit des feuilles remplies de calculs et de termes isolés. Certains étaient barrés, d'autres encadrés. Sur la dernière ligne, une étrange égalité semblait conclure :

Quatre sacrifices : ours, Bonshommes, innocents, traîtres = quatre trésors

Ne parvenant pas à comprendre, elle referma le dossier. Elle en saisit un autre. Elle y découvrit une page écrite sans doute de la main de Jérôme Arcy : une déclaration d'amour à l'adresse d'Amaury de Niort dans laquelle il exprimait aussi son désespoir et sa volonté d'en finir avec la vie. Alan l'avait-il lue ?

Jérôme Arcy

Jérôme Arcy était natif de la Haute-Vallée, de Sainte-Colombe-sur-Guette plus précisément. Il avait passé son enfance dans ce petit village où le Bénal distille les heures de soleil du haut de son sommet chauve.

Fils de cantonnier, il appartenait aux dernières générations de l'école communale que le vieil instituteur Charbonneau avait formées dans la classe unique. C'est cet homme à la fois sévère et généreux qui lui avait transmis le goût de l'éducation républicaine, et c'est pour suivre ses pas qu'il était devenu professeur des écoles.

Enseignant par vocation, il obtint un poste dans le canton de Couiza et s'adonna à son métier en tentant de reproduire l'encadrement dont il avait bénéficié. Toujours à la disposition de ses élèves, il ressuscita le système des études « pas chères » après les classes. Il en fut bien mal récompensé ! Les mœurs avaient changé. Des parents, loin de louer son engagement, trouvèrent au contraire ses motivations suspectes. Il suffit d'une émission télévisée sur la pédophilie pour qu'une famille tombe dans l'effet de mode. Le lendemain, elle déposa une plainte contre Jérôme Arcy sous prétexte qu'il avait aidé leur enfant à se reculotter à la sortie des toilettes. Dès lors, le cauchemar commença. Dans le village, une cabale se forma contre lui. Les gendarmes l'arrêtèrent sans preuves formelles, les journaux et la télévision s'emparèrent de son cas, mettant en avant son homosexualité...

Après de longs mois d'emprisonnement, justice fut rendue : en sa faveur, certes, mais psychologiquement, les dégâts étaient énormes.

Il démissionna de l'Éducation nationale et, soutenu par celui qui allait devenir son amant, Alan Amplaing, il tenta de se reconstruire. Passionné de l'histoire de la Haute-Vallée, il collabora avec l'écrivain américain. Le succès vint, apportant un confort financier qui lui permit de vivre coupé du monde extérieur. Il sembla retrouver un certain équilibre, mais ce n'était qu'un faux-semblant. Au fond de lui, la calomnie destructrice poursuivait son œuvre. Il s'isola de plus en plus, se réfugiant dans un imaginaire presque réel puisqu'il pouvait en fouler les traces dans les pays désertifiés qui l'entouraient : vestiges des châteaux, églises vides, villages abandonnés…

Lors de ses courses à travers le pays cathare, il rencontra Amaury de Niort. Pris à partie comme un quelconque touriste, mais loin d'être perturbé par l'agressivité du défenseur de la mémoire des Parfaits, son exaltation le séduisit. Contrairement à ses habitudes, au lieu de fuir, il discuta longuement avec lui. Du génocide des hérétiques à la barbarie du pouvoir français, leur culture commune et leur sensibilité les rapprochèrent.

Par la suite, même si jamais il ne partagea son fanatisme, Jérôme fréquenta assidûment Amaury. S'il ne le reçut jamais au Bézu, à l'inverse, les portes du manoir de son nouvel ami lui furent largement ouvertes. À loisir, il compulsa les archives de l'illustre famille Niort, et c'est ainsi qu'il découvrit les traductions de Jean-Jacques-Henri Boudet et l'histoire de Lupo di Bianca Forza.

Ses recherches sur Béranger Saunière et le mystère de Rennes-le-Château l'avaient amené à s'intéresser à ce curé érudit. En vain, il s'était escrimé à comprendre le sens de son livre loufoque. Et voilà que l'apparition du mercenaire italien éclairait ses écrits d'une manière troublante. Des mots incongrus qui truffaient son ouvrage : *loup*, *ours*, *or*… se retrouvaient dans le récit de la vie du condottiere. Il fit également le rapprochement avec les sépultures falsifiées par Boudet au cimetière de Rennes-les- Bains. Toutes les deux portaient le même nom : Blanchefort : « Blanche » comme Bianca et « fort » comme Forza. Était-ce un indice ? Une idée maîtresse jaillit : 310XI, les chiffres arabes et romains de la pierre tombale de Boudet, qu'on attribuait généralement à la page 310 du chapitre XI, pouvaient être un code !

Dès lors, il étudia avec acharnement le livre de l'ancien curé de Rennes-les-Bains. Ses recherches, il les conduisit seul, sans informer Alan Amplaing pas plus que son nouvel ami Amaury de Niort. Après plusieurs mois d'efforts, il pensa avoir trouvé la clef.

L'espoir d'avoir découvert les trésors du croisé italien le projeta dans un nouvel avenir. L'or, il l'offrirait à Amaury de Niort. Il était tombé amoureux de cet adolescent attardé et rêveur bien plus proche de lui qu'Alan Amplaing et son matérialisme qui transformaient, en aseptisant leur mystère, les légendes en succès commerciaux. Jusqu'alors, il n'avait pas pu lui avouer ses sentiments, mais s'il parvenait à lui offrir les moyens de restaurer le château de ses ancêtres, le courage lui viendrait.

Le décodage du livre de Boudet avait livré plusieurs caches. Un soir, muni d'une pioche, il investit l'une d'elles : la grotte de Dournes. Il l'avait à la fois choisie pour son isolement et sa proximité. Il la fouilla. À la vue de la roche blanche marquée de la flamme, son cœur battit dans sa poitrine : il ne s'était pas trompé ! Mais ses espoirs furent vite déçus : même s'il retrouva les vestiges d'une niche, il ne découvrit pas la moindre pièce. Quelqu'un avait-il percé le secret de Boudet avant lui ?

Une semaine plus tard, il renouvela son expérience sur la Serre de la Quière. Dissimulés dans la terre, des coffrets remplis de bijoux anciens et de sequins d'or l'attendaient !

Euphorique, plein de projets, il redescendait de la grotte de l'Ours et prenait pied sur le surplomb de la dalle d'escalade lorsque, alors qu'il se croyait seul, derrière lui, il entendit une sorte de grognement. Il se retourna…

La perquisition

Dans la vallée du Rebenty, Llense poursuivait son enquête.

— Eh bien, monsieur Niort, vous n'avez pas daigné m'inviter chez vous… m'y voici donc par la force des baïonnettes ! La République me mandate pour forcer non seulement vos portes, mais aussi vos tiroirs, pérorait-il dans le vestibule du châtelain.

— République ou monarchie, vos manières ne changent en rien de celles des soudards français qui sont venus nous coloniser, répliqua Amaury. Pourquoi cette intrusion ?

— Avec l'autorisation du parquet, je complète les investigations vous concernant.

Jepe exhiba le mandat délivré par le juge.

— Qu'espérez-vous trouver chez moi ? Je n'ai rien ! Passez, puisque je ne peux vous en empêcher, s'inclina le jeune homme.

Llense, Favre et quatre gendarmes se répandirent dans le manoir.

Conformément aux indications de Luce, l'aile ouest de la demeure regorgeait d'armures, d'épées et de lances. Ce n'était pas un poignard dissimulé que Jepe découvrait, mais une pléthore de lames dont l'acier remontait à plusieurs siècles !

— Que faites-vous avec toutes ces panoplies guerrières ? demanda Llense.

— C'est évident ! Je les conserve et les expose. Tant que mes moyens me le permettront, ces héritages de mes illustres ancêtres resteront ici, répliqua orgueilleusement Amaury.

— Savez-vous que Karine Amiel a été égorgée avec une dague semblable aux vôtres ?

— Cela fait-il de moi le coupable ? Vous plaisantez, inspecteur, de telles armes foisonnent dans tout le pays !

— Ne jouez pas au plus malin ; d'aussi vieilles ne foisonnent pas !

— Je n'aurais pas le droit de les avoir ? s'indigna Amaury.

— Pour sûr que vous l'avez ! Mais c'est facile de dissimuler une aiguille dans une boîte d'aiguilles !

— Que comptez-vous faire ? Me les confisquer ?

— Les gendarmes vont les photographier et en faire l'inventaire. À partir de maintenant ne les touchez plus ! Nous allons vous en emprunter une pour faire connaissance avec l'histoire de vos ancêtres. Peut-être découvrirons-nous des traces de sang ! Je souhaite pour vous que le meurtre remonte alors à quelques siècles…

En fouinant dans les couloirs, Jepe passa devant le portrait de Géraud de Niort – son nom était spécifié sur le cadre.

Voilà donc celui qui est mort assassiné par les Français, dixit Amaury, et par Lupo d'après Luce, synthétisa-t-il en lui-même.

Il tenta d'imaginer le crime déguisé, mais il lui était difficile de reconstituer le déroulement d'un tournoi du Moyen-Âge. La lance à l'embout ébréché, conservée en guise de relique dans une vitrine à côté, ne lui fut d'aucun secours. Ce *cold case* n'était pas le sien, il quitta le vestibule-musée pour la bibliothèque. Le coffre-fort signalé par Luce était bien là.

— Ouvrez-moi ça, réclama-t-il.

Obéissant à la requête, Amaury actionna les roues codées de la porte blindée qui ne dévoila aucune liasse de billets mais seulement des piles de documents anciens.

Sans doute ceux que Luce a consultés, spécula-t-il.

Il les feuilleta distraitement puis les reposa sans faire de commentaires. Niort le regardait en silence.

— Vous pouvez fermer, l'autorisa l'inspecteur.

— Que vous attendiez-vous à trouver ? De l'argent ? se moqua le jeune homme.

— Exactement, et il n'est pas dit que nous n'en trouvions encore.

Les propos de Llense furent immédiatement démentis par l'adjudant Favre qui les rejoignait avec ses hommes, la mine contrariée.

— Rien ! Nous n'avons mis la main sur aucun indice, informa-t-il l'inspecteur.

Jepe ne fut pas déçu pour autant. Il était surtout venu pour mettre la pression. Il saurait attendre que tout incube et que l'enquête provoque le hasard.

— Ce sera pour une prochaine fois, pronostiqua-t-il.

— Ah non, vous n'avez pas le droit de rentrer ici comme dans un moulin ! protesta Amaury.

— Si la loi m'y autorise, je ne me gênerai pas… Autre chose… ce matin, vous étiez où ?

Llense avait volontairement attendu pour lui demander son alibi, espérant que la fouille l'aurait fragilisé.

— Ici. Pourquoi ?

— Vous n'avez pas visité vos terres ? Vous n'avez lancé aucune expédition punitive contre quelque promeneur irrespectueux ?

— Vos pandores m'en empêchent alors que je ne fais rien de mal !

— Que vous dites ! Les tags… Les menaces… Je ne crois pas que tout cela soit bien légal. De plus, hier, vous nous avez fait une belle démonstration de votre incapacité à maîtriser vos pulsions. Monsieur Dumoulin s'est vraiment montré complaisant avec vous, vous méritiez une bonne nuit au frais ! D'ailleurs, dans votre intérêt, il aurait mieux valu !

— Dumoulin, c'est bien l'un des pires. Il la méritait sa correction. Non seulement il rabaisse l'histoire cathare à un vulgaire rite exotique mais, en plus, il n'hésite pas à salir la mémoire d'un innocent.

— Vous faites référence à monsieur Arcy ? saisit Llense. Il était de vos amis ?

— Jérôme était un être sensible, capable de se projeter dans l'univers des Parfaits ; pas un lourdaud de l'acabit de Dumoulin, répliqua Niort.

— Son accident, vous en pensez quoi ?

— Ce n'est pas un accident. Quelqu'un l'a poussé du haut de la falaise !

— Peut-être vous ?

— C'était mon ami !

— Justement, un ami, ça déçoit... ou bien ça peut devenir trop entreprenant !

— Vous ne valez pas mieux que Dumoulin ! se froissa Amaury.

Llense, décidé à déstabiliser son interlocuteur, poursuivit :

— Il se peut que votre ami, monsieur Arcy, vous ait, au cours d'une promenade sur vos terres de Puilaurens, ouvert son âme, et déclaré un peu trop chaleureusement sa flamme ! Un mouvement d'humeur de votre part et, hop, l'accident !

— Je ne répondrai pas à ce genre d'insinuation, s'offusqua Amaury.

— Un scénario analogue à celui que vous avez reproduit à Dournes, un soir où Karine Amiel refusait une nouvelle fois de débarrasser le plancher et continuait à blasphémer sur son autel.

— Arrêtez, vous n'avez aucune preuve !

— Certes ! Mais de fortes présomptions ! Pourquoi vous n'avez pas tiqué lorsque je vous ai dit tout à l'heure qu'il aurait mieux valu pour vous que vous passiez votre nuit en prison ?

— Je ne le méritais pas, et je ne vois pas ce que cela aurait pu m'apporter.

— Un alibi, monsieur de Niort, un alibi qui vous fait cruellement défaut aujourd'hui : un nouvel accident mortel s'est produit près du château d'Usson, presque dans les mêmes conditions qu'à Dournes et peut-être même qu'à Puilaurens !

— Vous m'accusez ?

— À ce jour, vous êtes le seul à connaître les deux premières victimes, et votre défense excessive des Cathares peut vous avoir mis sur le chemin du randonneur trouvé mort.

— Comment aurais-je pu ? Les randonneurs, je les respecte.

— Ce qui veut dire que vous ne respectez pas les autres ?

— Il suffit, je ne répondrai plus à vos questions, se fâcha Amaury de Niort.

— Ce n'est pas grave. J'en sais assez pour aujourd'hui. Le temps venu, vous serez bien obligé de parler. Je vous remercie de nous avoir reçus aussi aimablement.

— Je me demande comment le professeur Avérous peut vous compter parmi ses amis !

— Peut-être parce qu'elle aime bien les hommes, les vrais, le provoqua encore Llense en se retirant.

Alors qu'ils regagnaient la voiture, Favre, qui avait entendu les propos de Llense, manifesta une certaine réprobation :

— Vous n'y êtes pas allé de main morte. Pourquoi l'avez-vous malmené ? En définitive, on n'a rien contre lui…

— C'est toujours pareil, on n'a rien contre les assassins jusqu'au jour où on a tout. Il faut bien les faire douter, trouver leur point faible. Jérôme Arcy était homosexuel, moi, j'ai rien contre. Maintenant, s'ils s'assassinent entre eux, alors là c'est une autre histoire !

— Vous croyez vraiment ?

— Je ne crois rien, j'envisage tout.

Sur la place du village, un attroupement de curieux s'était formé. Ils observaient les policiers, arborant pour certains un sourire niais qui sollicitait une explication, et pour d'autres, un regard entendu sur tous les esclandres d'Amaury de Niort. Parmi les indiscrets, Jepe reconnut le fils Siffre.

— Qu'est-ce qu'il fout ici, celui-là ? s'étonna-t-il à l'adresse de Favre.

— Le Plateau de Sault, c'est tout petit. Niort, Aunat ou Fontanès, c'est chez lui !

— Vos hommes ne le quittent pas, j'espère !

— Non, il y en a toujours un derrière lui. Je l'ai vu, il est en retrait.

— Il va se faire repérer !

— Faites-lui confiance, le rassura le brigadier.

Le tournoi

Cette année-là, la pluie était tombée en mai, le soleil avait chauffé la terre, et *Le Cers* avait soufflé pour tuer les maladies sans coucher les épis : la moisson avait dépassé toutes les prévisions. De mémoire d'homme, les récoltes n'avaient jamais été aussi abondantes ! Les greniers regorgeaient de blé, de seigle, d'orge… écartant la famine.

L'Assomption se devait d'être fêtée dignement. Mêler les traditions religieuses et païennes constituait la meilleure recette pour satisfaire le peuple ! Ainsi, perpétuant la tradition des Trencavel, en ce quinze août, les Français, maîtres de Carcassonne depuis leur victoire sur les Albigeois, avaient organisé un grand tournoi pour célébrer ce bienfait de la nature et prolonger l'allégresse.

Flanquées de tribunes, les lices du château étaient parées de tentures et d'étendards. Des camelots, des jongleurs, des cracheurs de feu, des diseuses de bonne aventure, des ménestrels animaient la foule bariolée qui se pressait autour de l'aire de joute. Les meilleurs chevaliers du comté et des compétiteurs étrangers s'y étaient mesurés pendant trois jours. Le spectacle avait été total et le suspense de la partie. Les duels s'étaient succédé, rythmés par les roulements de tambours et égayés par les vivats de la foule qui se déchaînait lorsque l'un des deux combattants était désarçonné et que l'affrontement se poursuivait sur pied et à l'épée.

Le soir de la finale était arrivé. Exceptionnellement, aucun champion français n'était parvenu à ce stade ! Géraud de Niort allait être opposé à un chevalier venu du pays catalan. Le public était partagé entre le vicomte du Pays de Sault, représentant local dont il appréciait la bravoure et sa résistance à l'envahisseur, et l'inconnu dont personne n'avait vu le visage toujours masqué par son heaume. Ce mystère, la puissance de son cheval noir et la façon dont il avait fait mordre la poussière à ses adversaires dans les cinq premiers assauts lui conféraient une aura d'invincibilité qui séduisait. Mais quel que soit leur favori, la grande majorité des spectateurs partageait une satisfaction commune : la couleur du vainqueur ne serait pas française !

Les trompettes retentirent. À chacune des extrémités de l'aire, adoubés et harnachés de pied en cap, chevaliers et montures apparurent. Les armures les rendaient semblables, et seules leurs armoiries les désignaient : blasonnement d'or à la croix haussée de gueule[16] pour Géraud, blasonnement d'argent au loup de gueule pour l'inconnu. Le silence chassa les brouhahas. Le nouveau sénéchal de Carcassonne, qui succédait à Hugues des Arcis, mort accidentellement lors d'une chasse à l'ours, donna le signal du premier assaut. Les lances s'entrechoquèrent, les écus résonnèrent sous les impacts. Ébranlés, les jouteurs tremblèrent sur leur selle, mais aucun des deux ne tomba. Le choc avait été si violent que la course des chevaux semblait s'être figée l'espace d'un dixième de seconde. Un long murmure d'admiration parcourut la foule avant que le silence ne se rétablisse. Déjà, à l'autre bout du champ, les champions maîtrisaient leurs destriers, les obligeant à exécuter une volte. Le piétinement des sabots, les respirations puissantes et le bruit des armes accompagnaient l'étrange danse. Les charges se succédèrent, la victoire ne choisissait pas son camp ! Douze fois déjà les lances s'étaient croisées. Géraud de Niort avait surpassé tous les

16. *Code de couleur indiquant que le motif du blason est de couleur rouge.*

autres adversaires du Catalan, et ses partisans commençaient à croire à son possible triomphe.

Lors du dernier contact, l'étranger avait vu l'extrémité de sa lance éclater. C'est ce qu'il escomptait ! Avant la joute, il en avait saboté l'embout en le fragilisant d'un coup de scie maquillé. D'inoffensive, son arme était devenue mortelle !

Les trompettes annoncèrent la treizième charge. Le galop des chevaux tambourina sur la terre. Dans les derniers mètres, le Catalan accéléra. Le Vicomte, surpris par la manœuvre, ne put parer franchement l'attaque. La lance de son adversaire glissa sur son bouclier et se planta dans son œil ! Il lâcha ses rênes et tomba à la renverse en poussant un cri.

Une clameur de peur ébranla la foule. Le premier, l'écuyer de Géraud de Niort sauta la barrière et se précipita au secours de son maître. Le chevalier râlait, la pointe cassée fichée dans son œil. Le sang coulait, la mort gagnait.

— Au secours ! De l'aide ! Vite, vite…

Des brancardiers emportèrent le malheureux sous sa tente. Tout le camp était en émoi. Une heure plus tard les médecins annonçaient le trépas de Géraud de Niort. Dans l'affolement engendré par le drame, le page garda la tête froide et, suspicieux, récupéra la lance meurtrière. Il constata qu'elle avait été volontairement sabotée. Il voulut demander des comptes au champion arborant les armoiries du loup rouge. Trop tard, l'inconnu avait abandonné son équipage et avait disparu !

Trop heureux d'être débarrassé d'un ancien *faidit*, le sénéchal ne donna aucune suite à l'affaire et officialisa l'accident en dépit de la preuve flagrante du crime maquillé.

Coming out

Au Bézu, Luce orientait sa conversation avec Amplaing sur la relation entre Amaury de Niort et Jérôme Arcy :

— Hier, quand j'ai compulsé les documents chez lui, Amaury m'a confié que Jérôme les avait lui aussi étudiés, glissa-t-elle. Ils se connaissaient bien ?

— Jérôme était en train de s'en faire un ami. C'était la première fois qu'il se liait avec quelqu'un d'autre que moi depuis le procès. J'en étais ravi. De plus, dans ses archives, il avait dégotté des documents intéressants et inédits sur la prise de Montaillou. C'était le sujet de notre futur roman. Actuellement, l'engouement pour les Cathares est tel, que, même s'il est couru, le sujet reste porteur. Nous avions décidé de construire notre intrigue là-dessus.

Amaury ne devait pas apprécier. Transformer les Cathares en produit commercial, ce n'est pas dans sa philosophie, pensa Luce.

— Où en étiez-vous ? s'enquit-elle.

— Ça n'avançait pas. Jérôme se documentait toujours et encore, presque comme s'il reculait pour en abandonner l'idée ; mais moi, j'avais déjà signé chez l'éditeur. Il nous fallait ce livre ! Seule la mort de Jérôme a invalidé le contrat sans que j'aie à rembourser les avances ! Avec toi, dès que j'aurai fini le synopsis, je relancerai le projet. Je m'avance, mais avec ton Italien, je pense que c'est le succès qui nous attend !

— Je suis étonnée que, connaissant l'histoire de Lupo, il ne t'en ait pas parlé ?

— Il ne m'a jamais rien dit à son sujet. Peut-être parce que ça ne concernait pas notre livre… ou qu'il attendait que ça mûrisse. Pourquoi t'intéresses-tu autant à Jérôme ? C'est ton ami l'inspecteur qui t'envoie en mission commandée ? Il enquête sur sa mort ? l'interrogea à son tour Alan.

— Pas vraiment, mais il ne l'écarte pas du champ de ses analyses.

— Alors… c'est pour ça !

— « C'est pour ça », quoi ?

— Tu as forcément appris pour Jérôme et moi. Je l'ai compris la nuit où tu as simulé.

Le sang monta au visage de Luce ; microscopique, la sueur perla sur sa peau.

— Les meurtres, l'enquête, notre livre, mes recherches… Tout ça me dépasse un peu !

— Rajoute « ta bisexualité ». Je te rappelle que ces pratiques sont vieilles comme le monde. Les Templiers, pendant les croisades, s'aimaient comme des frères, et plus. Cela ne les empêchait pas de mener une vie qualifiée de normale lorsqu'ils revenaient dans leur fief.

— Jérôme et toi, vous vous preniez pour des chevaliers loin de leurs terres ? réagit Luce.

— Tu vois, tu es blessée. Pourquoi, vous, les femmes, le prenez-vous toujours ainsi ?

— Disons que c'est nouveau pour moi. Ces choses-là, c'est lorsque tu t'y trouves confronté que tu réalises tes limites. Laisse-moi le temps de m'y faire.

— Autrement dit ?

— Prenons du recul… Travaillons sur le bouquin… Laissons le temps au temps, quoi !

— Ok ! Tu es une femme exceptionnelle, belle, intelligente, cultivée et trempée d'une personnalité tellement limpide que je suis tombé amoureux de toi dès ta première conférence ! Le coup de foudre, lui avoua-t-il en lui prenant la main.

Elle se dégagea.

— Belle déclaration ! Je n'y suis pas insensible, mais tu as oublié quelque chose : je suis curieuse... Pour en finir avec mon enquête, dis-moi, comment les gendarmes ont-ils validé l'hypothèse du suicide de Jérôme ?

— Le suicide n'a jamais été clairement établi ; c'est pourquoi en parlant d'accident, je suis peut-être dans le vrai. Les gendarmes se sont exclusivement basés sur des tentatives antérieures. Ils m'ont demandé s'il avait laissé un message, des explications. Il ne m'avait rien adressé, et j'ai toujours respecté son intimité.

— Justement, en travaillant sur ses documents, j'ai trouvé une lettre explicite dans laquelle il s'épanche sur ses pulsions morbides. Veux-tu la lire ?

— Non, les choses doivent rester en l'état.

— Tu as peur de découvrir quelque chose ?

—Notre histoire s'est arrêtée là. À quoi bon la continuer ? La vie est imprévisible...

Un long silence s'installa. L'échange avait créé une gêne. La tension ne pouvait se désamorcer que par un rapprochement ou une séparation. Luce n'était pas prête pour la première alternative, elle choisit la seconde :

— Alan, je dois récupérer, me remettre de tout ça. Je vais rentrer à Gincla. Puis-je t'emprunter le livre de Boudet ? Je voudrais continuer à l'étudier.

— Comme tu veux ! Je ne comprends pas ce que vous avez tous avec ce bouquin !

— Boudet connaissait l'histoire de Lupo di Bianca Forza. Je pense qu'il l'a consignée de manière codée dans ses écrits. Jérôme lui aussi l'avait compris et il tentait de déchiffrer son message.

— Les Cathares, Lupo, l'abbé Boudet, les Templiers et le mystère de Rennes-le-Château, tout cela se rejoindrait ?

— Peut-être bien.

— Cela expliquerait pourquoi Jérôme tergiversait et perdait tant de temps... Il suivait une piste. Ce serait super que tout soit relié ! Notre livre deviendrait alors, à coup sûr, un grand best-seller ! s'enthousiasma Alan, recouvrant sa bonne humeur.

À l'auberge, Luce trouva le calme nécessaire pour poursuivre ses recherches sur l'énigme de Boudet. Elle reprit le feuillet qui résumait les tentatives de décodage de Jérôme Arcy. Plusieurs combinaisons tentaient de donner un sens au sigle « 310XI ». Rien ne ressortait. Suivait une liste de mots extraits du texte abscons du curé : *or, trésor, grotte, ours, roche, blanche, flamme, loup, tour, bûcher, sacrifice, rivière, gorges, Bonshommes, ennemis, traîtres, innocents, nids.*

En bas de page, en guise de conclusion, il avait écrit :

Le code est de sommes et de multiples
0 n'est qu'un séparateur
La charade livre le secret de quatre trésors :
3 + 1 = 4
Quatre sacrifices : ours, Bonshommes, innocents, traîtres = quatre trésors

Jérôme Arcy avait-il percé un mystère qui lui aurait coûté la vie ? Luce n'avait plus qu'un objectif : profiter de ses avancées pour percer à son tour le secret de Lupo di Bianca Forza et celui de Jean-Jacques-Henri Boudet. Elle chercha en vain pendant plusieurs heures. Parmi ces mots, un l'interpellait plus que tous les autres : *flamme* ! L'emblème de Lupo, le dessin qu'elle avait repéré sur la pierre dans la grotte de l'Ours : *grotte, ours, flamme,* autant de mots de la liste de l'abbé. Tout se tenait donc.

Flamme… Il fallait qu'elle commence par vérifier ce point !

Les vingt milles Euros

Louis Siffre sortit du hangar qui jouxtait l'étable. Un sac en corde sous le bras et une *rabassière*[17] sur l'épaule, il se dirigea vers le champ de pommes de terre qu'il cultivait à La Bigue, un tènement suffisamment proche pour s'y rendre à pied. Il le traversa à grandes enjambées, jetant un coup d'œil rapide sur les rangées qu'il avait butées quinze jours plus tôt. Elles étaient fournies et les pousses vigoureuses commençaient à s'orner de fleurs étoilées. C'était de la Mona Lisa. La semence était chère, mais le résultat ne le décevait jamais. Les paysans du plateau avaient réussi à faire classer leur production en AOC[18] et la récolte serait de bon rapport. Çà et là, il remarqua les larves de doryphores qui s'accrochaient aux tiges et

17. Rabassière : houe.

18. AOC : Appellation d'Origine Contrôlée.

aux feuilles. Il en écrasa quelques-unes de ses mains calleuses. Leur lymphe tacha ses doigts épais d'une couleur orangée. Il devrait bientôt sulfater. Arrivé au tertre qui séparait son champ de celui des Bourrel, il s'arrêta. Il posa son sac au sol et se mit à creuser à l'aide de sa *rabassière*. La terre, qu'il labourait avant les semis et après la récolte, était souple. En quelques minutes, il obtint un trou suffisant pour servir ses desseins. Après ce qu'il avait vu à Niort, il n'était plus tranquille. Une perquisition pouvait lui tomber dessus et il préférait mettre en lieu sûr ses petits secrets.

Derrière la haie de noisetiers, Claude Pech, l'un des deux gendarmes chargés de sa surveillance, l'espionnait. Il sortit de sa cachette quand le jeune agriculteur ouvrit sa besace.

— Alors Louis, tu ramasses déjà tes patates ? C'est des primeurs ?

Surpris, le fermier tenta de composer :

— Non, c'est des Mona Lisa. Je regarde la sortie.

— Et ce sac ?

— C'est pour l'herbe des lapins. Le père, il en a encore.

— Tu viens faire l'herbe jusqu'ici ? Avec tout ce que tu as à Fontanès ? Allez, fais-moi voir ce que tu as là-dedans !

Avec ses grandes paluches de seconde ligne, Jepe

Llense tournait et retournait les liasses de billets de 100 €. Il les avait comptés : 20 000 € en tout, le montant du détournement signalé par Édouard Magnan. L'avocat ne lui avait donc pas menti ! Après un très long silence, il s'adressa au nouveau suspect numéro un :

— Alors, monsieur Siffre, comment expliquez-vous ça ? L'argent détourné par Karine Amiel entre vos mains, alors que vous nous avez déclaré ne pas être au courant !

— J'ai tout expliqué à Pech. J'ai déconné !

— Vous appelez ça, « déconner ». Moi, je vais vous dire comment ça s'appelle : « dissimulation de preuves »… et ça peut vous coûter très cher...

Après un temps, il reprit :

— Comme ça, Karine Amiel vous aurait confié l'argent ?

— Quand elle est arrivée à Fontanès, elle l'avait avec elle. J'ai été étonné qu'elle ait une telle somme, surtout en liquide. Elle ne m'a pas donné d'explications et l'a planqué dans le hangar. Elle m'a dit que ça nous servirait à tous les deux.

— Et vous, vous avez pensé, qu'après tout, vous pourriez en profiter tout seul de cet argent… Et vous l'avez tuée… Première tentative à la grotte, et fin du travail à Quillan ! Revenir à la clinique et demander pour Karine, c'est un comportement classique de coupable : narguer la police pour montrer qu'on est le plus fort.

— Ce n'est pas moi. C'est vrai que je voulais garder l'argent parce que, Karine morte, il me semblait que j'avais le droit d'en profiter. Mon vieux, c'est pas la générosité qui l'étouffe !

— Et *CircleWorld* là-dedans, ça ne vous dérangeait pas trop ?

— Au départ, je ne savais pas ! J'ai compris lorsque vous en avez parlé chez mon père.

— Hier matin, vous vous trouviez où ?

— Je suis allé voir les bêtes aux estives de Paillères.

Une idée traversa l'esprit de Llense.

— Vous les avez conduites quand, les vaches, aux estives ? Et vous êtes passé par où ?

— C'est pas des vaches, c'est des chevaux. Je les ai amenés, voilà une semaine. J'ai pris par Rouzes et Mijanès. Une bonne journée de marche !

— Par la Route Vauban ! ... Vous savez qu'un randonneur y a été retrouvé mort ?

— Oui, Dumoulin en parle dans le journal.

— Est-ce qu'hier, vous n'auriez pas à nouveau emprunté cette piste et qu'en rencontrant le randonneur, l'idée ne vous soit pas venue de le balancer dans le vide ?

— Vous me soupçonnez aussi pour ça ? J'ai pas pris la Route Vauban ! J'avais pas de troupeau à conduire, j'allais pas me taper le chemin à pied ! Je suis monté au col avec le *C15*, puis j'ai cherché les bêtes. Avec les clarines, j'ai vite retrouvé les juments ; elles étaient du côté de l'étang du Rebenty, versant Ascout.

— Vos juments vont donc témoigner ! Les clarines aussi peut-être ? Monsieur Siffre, vous me mettez vraiment dans l'embarras. Vous rendez-vous compte que l'une des preuves à charge a été retrouvée entre vos mains, que vos alibis sont tous vaseux et que, de plus, vous vous trouviez à la clinique le jour de l'assassinat de Karine Amiel ! J'ai plus de données que nécessaire pour vous boucler !

Louis Siffre baissa la tête et répéta pour la ixième fois :

— J'ai déconné. Je pensais pouvoir garder le fric !

Jepe en avait fini avec lui. Il se leva, ouvrit la porte du bureau et sollicita le planton :

— Amenez-le et mettez-moi-le au frais !

— Et mes vaches ? s'alarma le paysan, il faut que je m'en occupe !

— Téléphonez à votre père !

— C'est que je voudrais le tenir en dehors de tout ça !

— On a peur de papa, hein, c'est ça ? Vous êtes grand, maintenant ! Il faudrait s'assumer ! Eh bien, je vais être sympa. Vous allez faire une petite promenade avec les gendarmes ; vous, vous réglerez l'indispensable, et eux, ils visiteront votre hangar et votre appartement. À votre retour, on avisera.

Les traits de Louis, tendus par la menace de l'incarcération, se relâchèrent.

— Merci, Monsieur l'inspecteur !

Le groupe parti, Llense s'approcha du tableau qu'il avait tracé sur la feuille volante. La dernière ligne concernait le randonneur d'Usson. Le médecin légiste avait certifié que Jérémy Fournier ne souffrait d'aucun trouble et n'avait pris aucune drogue. Sa chute était plus que troublante et le meurtre de plus en plus probable.

Avec la découverte des 20 000 €, l'agriculteur devenait le suspect numéro un. Toutefois, Jepe n'était pas convaincu. Alors qu'il avait pensé que cette preuve serait capitale, il estimait maintenant que le receleur identifié n'était pas forcément le coupable. Même s'il ne fallait pas l'absoudre, son histoire se tenait. Elle était cohérente. S'il bluffait, il n'avait pas encore trouvé la faille. La perquisition officieuse et volontaire pouvait lui apporter des indices plus nets, mais la tranquillité avec laquelle Louis avait suivi les gendarmes lui donnait peu d'espoir. En analysant le comportement de l'amant de Karine Amiel, il ne trouvait rien qui l'incite à l'accabler.

Il aurait préféré retrouver l'argent chez Amaury de Niort ! Emporté, fanatique, le châtelain avait le bon profil. De plus, de petits indices s'accumulaient en sa défaveur. L'analyse des experts avait confirmé que ses armes dataient de la même époque que les éclats métalliques retrouvés dans la blessure de Karine et il avait été en contact avec Jérôme Arcy qui, dans ses livres, exploitait commercialement les Cathares. Tout se tenait : premier meurtre, Amaury punit celui qui salit la mémoire des Parfaits ; deuxième, il reproduit l'acte pour des raisons moins graves mais dans un contexte semblable ; troisième, il bascule dans la folie ! L'escalade et la répétition correspondaient parfaitement aux schémas développés dans les cours de psychologie criminelle dont on le gavait.

Devait-il pour autant l'arrêter ? Ce n'était pas possible ; il ne se basait que sur des intuitions et, juridiquement, son dossier était vide.

Llense s'éloigna du tableau et se tourna vers la fenêtre. Sur la berge opposée de la rivière, sous le souffle du vent marin qui remontait jusqu'aux gorges de Saint-Georges, les marronniers géants agitaient leurs branches. Le créneau horaire laissait l'Aude à la disposition des pêcheurs. Un passionné avançait précautionneusement dans son lit glissant. Jepe détailla sa tenue : de pied en cap, rien ne clochait. Encore une fois, à force de publicité, la société de consommation avait imposé une panoplie incontournable. Il en était ainsi pour toutes les activités ! Conditionné, le pratiquant se déguisait, qui en cycliste, qui en fondeur, qui en randonneur…

Enfin, s'il pouvait encore déguster de bonnes truites sauvages… bien que là aussi, les réglementations…

Son téléphone sonna, interrompant ses divagations. C'était Luce, elle arrivait à Axat. Elle voulait faire un saut sur les sites des accidents à Dournes et à Usson et sollicitait une autorisation officielle pour ne pas se mettre hors-la-loi.

— Tu tombes à pic. Mes petites cellules grises ont besoin d'un peu d'oxygène. Je t'accompagne !

Les flammes dans les grottes

Dès son réveil, Luce avait repris le déchiffrage. Après deux heures d'acharnement infructueux à triturer les mots et les chiffres de Boudet, elle avait décidé de changer de méthode. Plutôt que de rechercher les trésors à partir de l'énigme, elle tint pour acquis que Dournes et Puilaurens abritaient des caches. Du temps de Lupo, les grottes des deux sites avaient certainement servi de refuge à des ours et elle avait clairement identifié le dessin d'une flamme dans celle de la Serre de la Quière. *Ours* et *flamme*, deux éléments mis en avant dans le livre de l'abbé ! Pour étayer son raisonnement, elle devait vérifier si le signe gravé ne se retrouvait pas également à Dournes. Lors de sa visite, il ne lui avait pas sauté aux yeux, mais un détail sur l'autel érigé par Karine Amiel lui était revenu en mémoire. Elle pousserait ensuite jusqu'à Usson. Un crime y avait été perpétré : *quatre sacrifices,* avait écrit Boudet, et déjà trois morts ! Se pouvait-il qu'une prophétie soit cachée dans l'égalité et qu'un esprit criminel soit en passe de la réaliser ? Elle laissa ses documents de travail étalés sur le bureau et partit pour son périple.

En chemin, pour s'assurer qu'elle n'enfreindrait pas la loi, elle appela Jepe. Sa proposition de l'accompagner la ravit ! Elle le récupéra à la gendarmerie et, pour la deuxième fois, ils prirent ensemble la route de Fontanès.

À la grotte de Dournes, temple de Karine Amiel, Jepe et Luce inspectèrent la dalle de calcaire qui avait servi d'autel. Luce observa minutieusement les décorations. Sur la gauche, le cercle composé d'arcs de couleurs différentes. Sur la droite, le soleil, non pas un disque auréolé de rayons inégaux comme sur les dessins d'enfants mais d'une ronde de flammes. Pour la majorité, les marques étaient récentes, mais sur la partie supérieure de l'astre, apparaissaient intégrés à la figure globale des traits plus anciens estompés par le temps. L'imagination de Luce reconnut les armes de Lupo !

— Regarde Jepe, là, une flamme !

— Qu'est-ce que tu racontes ? C'est un soleil !

— Certaines lignes sont plus vieilles que d'autres, et

là, je te dis que c'est une flamme.

— Un feu circulaire, si tu veux. Les Incas représentaient le soleil comme ça.

Il s'approcha pour mieux examiner.

— Ces traits-là, tu veux dire ? C'est pas très net !

— Pour moi, c'est clair ; il y a une relation entre ce dessin et celui de Puilaurens.

— Quel dessin de Puilaurens ?

— Une flamme gravée sur une dalle semblable à celle-là. D'après moi, c'est l'emblème de Lupo. Tu ne l'as pas vue ?

— Non ! Avec Favre, on a constaté que le sol avait été sondé, c'est tout. Il faisait trop noir pour bien voir et on n'avait pas de lampe… Et pourquoi l'emblème de Lupo ?

Luce revint sur ses recherches, les écrits mystérieux de l'abbé Boudet, et évoqua son idée de crime-sacrifice.

— Ne me bassine pas avec de telles conneries ! Garde-les pour ton Américain. Pour le trésor, sache qu'on a retrouvé le fric piqué à *CircleWorld* sur Louis Siffre. Pas des écus d'or, non, des euros tout neufs. Ça, c'est du concret, pas des élucubrations…

— Alors, c'est lui l'assassin ?

— Ne me fais pas dire ce que je n'ai pas dit ! J'en sais rien, j'ai aucune preuve pour les meurtres ! Je continue l'enquête, mais en me basant sur des éléments plus tangibles que tes indices codés et des flammes !

— Pense ce que tu veux. Moi, tant que rien ne sera définitivement élucidé, je suivrai mon idée, l'avertit-elle. Si je déniche les trésors, ce sera déjà ça. Maintenant, conduis-moi à l'endroit où a été découvert le randonneur. Si j'y découvre une grotte avec une troisième flamme, tu devras prendre mon hypothèse au sérieux.

— Partout c'est la forêt, on a déjà cherché et on n'a rien trouvé... Attends deux secondes… Par acquit de conscience, je photographie ce soleil, on sait jamais…

En surplomb des rochers sur lesquels Jérémy Fournier s'était fracassé, Jepe expliquait :

— Le gars, il avait une chance sur dix milliards de tomber accidentellement… Tu vois le problème ?

— Si on exclut une embuscade, la seule explication, c'est le suicide ; comme pour Jérôme Arcy ! avança Luce.

— Les suicides, je pense qu'il faut les oublier. Peut-être pour Arcy, et encore…

Tandis que Jepe traînait la patte, Luce sillonna la forêt environnante dans tous les sens. Comme

Llense et Favre deux jours plus tôt, elle constata l'absence de grotte, mais au bout d'une heure, au milieu des hêtres, elle eut la surprise de découvrir une pierre gravée plantée dans la terre. Sur l'une de ses faces verticales, trois lobes représentaient une sorte de flamme. La sculpture, taillée au ciseau, remontait à plusieurs siècles !

— Jepe, viens voir, j'ai trouvé un truc bizarre, appela-t-elle.

— Merde ! C'est quoi ça ? s'étonna le Catalan. Je ne l'avais pas repérée. Tu crois que c'est kif-kif avec le dessin de l'autel de Karine Amiel ? s'inquiéta-t-il.

— Ça n'a pas la même facture. Mais le moins qu'on puisse dire, c'est que ça y fait penser. En tout cas, c'est vieux… Ce n'est pas Karine qui l'a gravé.

Llense s'appliqua à prendre un nouveau cliché. Il commençait à s'inquiéter de la malédiction des Cathares, d'autant que si quelqu'un devait les venger, c'était bien Amaury de Niort, son suspect favori !

Encouragés par la découverte, Luce et Jepe passèrent au peigne fin les environs pendant encore une bonne heure. Sans succès.

De retour à Axat, Jepe connecta son appareil numérique au PC du bureau et afficha sur l'écran les photos qu'il avait prises. Ils isolèrent la flamme suspecte du soleil de l'autel et celle d'Usson. Ramenées à des dimensions comparables, ils cherchèrent à superposer les images. Elles ne correspondaient pas : si les lobes centraux avaient une forme semblable, les latéraux ne s'orientaient pas de la même façon ; pour Dournes, ils étaient ascendants, pour Usson tombants. De plus, les techniques de gravure et l'outil utilisé différaient complètement. Dans un cas l'artiste avait travaillé à la va-vite, dans l'autre il avait disposé de tout son temps pour réaliser son œuvre !

— Toutes les deux sont des marques anciennes, s'encouragea Luce qui ne voulait pas laisser tomber son hypothèse. Il nous faudrait celle de Puilaurens maintenant.

— Remonter là-haut !

— Je m'en charge si tu veux ! Je le fais demain.

— Attends. Là, on marche sur la tête ! On est en train de chercher les mobiles des crimes dans des sculptures du passé !

— Si tu en trouvais chez Amaury de Niort, ça ne te déplairait pas ! le contra-t-elle.

— Justement, ça ne nous a pas sauté aux yeux.

— Ce troisième mort... Juste à côté d'une de ces marques ! insista-t-elle encore.

Ils en étaient là lorsque Étienne Favre entra dans le bureau.

— Inspecteur, les hommes sont de retour. Ils n'ont rien trouvé et Louis a bien coopéré. Qu'est-ce qu'on fait de lui ? Si on le garde, il faut préparer la cellule. Depuis qu'elle n'a pas servi…

Llense hésita un instant. L'intime conviction de sa culpabilité ne l'avait pas pénétré mais son mensonge l'avait irrité !

— Enfermez-le, ça lui fera les pieds !

— Bon, je vais alors avertir le père, qu'il prenne ses dispositions pour les bêtes…

— Étienne, se permit Jepe, s'adressant au brigadier, je voudrais vous montrer quelque chose. Nous sommes allés à Usson et nous avons trouvé une pierre avec un signe bizarre qui rappelle celui de Dournes. Regardez !

Le gendarme s'approcha de l'écran et observa les images travaillées avec le logiciel.

— Nous pensons qu'il s'agit de motifs identiques : ici, une flamme isolée dans le soleil de l'autel, et là, une autre sur une sorte de borne trouvée dans la forêt.

— Pour le soleil je ne sais pas, mais pour la pierre, je vous arrête tout de suite. Il s'agit d'une borne royale ; elles délimitaient les forêts appartenant à la Couronne. Il en existe beaucoup par ici, elles sont même recensées ! Ça, c'est pas une flamme, mais une fleur de lys, affirma Favre, annihilant par sa certitude l'hypothèse extravagante de Luce.

Un grand silence ponctua le diagnostic définitif de l'adjudant. Jepe le cassa d'une voix moqueuse :

— Eh bien, dis donc, tu la fous mal pour une prof d'Histoire… et de la faculté en plus ! Prendre des lys royaux pour de vulgaires graffitis ! Celle-là, je te la ressortirai.

— Je suis nulle ! Cette maudite énigme me trouble, je ne suis même plus capable de raisonner ! râla Luce.

— Putain, tu m'as fait douter ; il est temps que je revienne à la réalité ! conclut Jepe.

L'appel à José

Luce laissa Jepe à son enquête pour revenir travailler à Gincla sur l'énigme de Boudet. En dépit de sa méprise sur la borne, le fil ténu qu'elle avait imaginé entre les mots retenus par Arcy et le mystère du trésor de di Bianca Forza semblait se confirmer : des *flammes* dans les maisons des *ours,* pourquoi pas des *nids* ? Les termes répétés par l'abbé s'agenceraient-ils ? Elle revint sur l'égalité prophétique :

Quatre sacrifices : ours, Bonshommes, innocents, traîtres = quatre trésors

Une allusion aux morts du vicomte Géraud de Niort, du sénéchal de Carcassonne, de l'archevêque de Narbonne et de Lupo lui-même ? Les trois premiers avaient été cités dans le livre du curé ; elle s'en souvenait. Elle compulsa à nouveau l'ouvrage à leur recherche. Elle retrouva les noms noyés dans le texte. Sur chacune des pages où ils figuraient, apparaissaient aussi les termes *sacrifice* et *ours* ! Lupo di Bianca Forza n'était pas explicitement cité, mais Boudet le désignait par *le loup*. Des sous-entendus évoquaient même l'abbé. Estimait-il être la quatrième victime ?

Quatre trésors ! La solution était évidente ! Sur la carte du livre, quatre tours représentaient des possessions de Lupo : les châteaux d'Usson, de Dournes et de Puilaurens, plus le prieuré d'Axat. Pour deux sites, elle avait déjà retrouvé la flamme !

Un éclair lui permit de donner une nouvelle interprétation au code chiffré : 310XI.

L'association du 3 et du 1 lui parut claire : le 3 désignait les trois forteresses cathares et les trois contemporains de Lupo ; le 1 leur rajoutait le prieuré qui n'était pas une vraie citadelle, et l'abbé qui n'était pas du siècle des Albigeois !

Bien que tirée par les cheveux, cette approche lui parut un premier pas. La solution n'était pas loin ! Jérôme Arcy l'avait trouvée et, bénéficiant de son travail, elle y parviendrait également. La tour symbolisée sur la carte des sites lui livrait un autre indice : *tour* figurait dans la liste sélectionnée par Arcy ! Excitée, elle allait l'éplucher à nouveau lorsque le téléphone intérieur sonna. Elle décrocha ; la réception l'informa que quelqu'un la demandait à l'entrée.

Souriant, élégant dans sa veste en tweed, un foulard de soie imprimée passé dans l'entrebâillement du col de sa chemise, Alan Amplaing l'attendait. Elle n'avait absolument pas pensé à lui depuis son départ du Bézu !

— J'ai fait un saut au château de Puilaurens pour m'imprégner des lieux ; j'ai poussé jusqu'ici, se justifia-t-il.

Habillé comme tu es, tu avais prévu ton coup, interpréta Luce.

— Pour le roman ? lui demanda-t-elle.

— Pour le roman, oui. Il m'habite complètement. Je commence à planter les décors. Je m'oblige à sortir, sinon je passerais mes journées devant l'ordi. J'espère que je ne te dérange pas. J'ai essayé de te contacter sur ton portable, impossible !

Luce se souvint du coup de fil donné à Llense.

— Je l'ai oublié dans ma voiture… Si on cherche à me joindre… Attends deux secondes, je vais le chercher…

Le soleil illuminait la vallée encaissée. Ils s'installèrent dans le salon de jardin, sous la glycine luxuriante qui ombrageait la tonnelle. Autour d'eux, le parc bruissait des chants des oiseaux et un vent chaud soufflait dans les ramures à larges feuilles.

Cette quiétude naturelle les unit. Alan raconta sa journée. Outre la mise en forme des aventures de Lupo di Bianca Forza, le matin, il avait reçu la visite de Serge Dumoulin.

— Il m'a tenu presque une heure. Il a prétexté la préparation d'un article sur mes romans mais, très vite, il a basculé sur Jérôme. Il a même osé me poser des questions sur notre liaison ! De véritables charognards ces journalistes…

— Tu vas faire la une de la presse people…

— S'il touche à ma vie privée, je l'attaque en justice. Je l'ai averti.

Pour sa part, Luce rapporta son périple avec Llense et surtout ses recherches sur le texte de Boudet.

— Super intéressant ! Ça fera l'objet d'un autre bouquin, une suite. Pour celui-là, on en a assez, inutile d'en rajouter, estima Amplaing après l'avoir écoutée.

Ils discutèrent jusqu'à l'heure du repas et dînèrent sur la terrasse. La lumière qui diffusait à travers les carreaux du restaurant et celle d'un lampadaire solaire dressé à quelques mètres dans le parc créaient une ambiance feutrée de repas aux chandelles. Le vent s'était posé, les stridulations des grillons avaient envahi le parc et, en fond, les gargouillis de la Boulzane accompagnaient les bruits de la nuit. Tout était réuni pour la reprise de leur romance. Gentleman jusqu'au bout, Alan Amplaing ne tenta sa chance à aucun moment, laissant à Luce le soin de renouer leur relation.

Elle percevait la pression de ses regards et cette tension qui s'installe lorsque deux êtres désirent se rapprocher et se toucher. Mais quelque chose en elle n'était pas prêt. Elle ne donna pas le signal invisible qu'il attendait.

Peu à peu, la fraîcheur de la rivière envahit l'espace, les chassant de la terrasse. C'était la fin de leur soirée.

Seule dans sa chambre, Luce regretta un temps le départ d'Alan. Une chaleur humaine, des étreintes, le sexe l'auraient débarrassée de ses obsessions, auraient desserré cette angoisse anormale qui s'installait en elle. Les meurtres et l'histoire de Lupo di Bianca Forza lui semblaient étroitement liés : quelqu'un reproduisait les sacrifices du condottiere. Elle avait la prémonition d'un quatrième assassinat !

Elle prit son portable et composa le numéro de sa maison. À cette heure-ci, José avait couché leur fille et, coincé par sa mission de nounou, devait tourner en rond. Brusquement, il devenait un recours pour raisonner son inquiétude.

— Luce ! Tu téléphones trop tard, Marie est déjà au lit. Elle doit s'endormir maintenant. Je viens de finir de lui raconter son histoire du soir.

— Laquelle ?

— Barbe Bleue. Ça l'attire, mais ça l'effraye un peu !

— Et toi, ça te plaît de la mettre en difficulté !

— Si tu m'appelles pour me critiquer, c'est pas la peine…

— Non, j'avais besoin de te parler. Il y a eu un autre crime…

— Je te sens tracassée. Qu'est-ce qu'il y a au juste ? la pressa José.

— Mes recherches… On dirait qu'elles convergent vers les meurtres…

Elle résuma ses études sur le livre de Boudet et ses découvertes des flammes.

— Demain, j'irai vérifier sur le site du premier accident et je prendrai des photos pour convaincre Jepe.

— Captivant, tout ça ! Mais Jepe à raison : les deux affaires sont complètement dissociées, plusieurs siècles les séparent. Ton roman t'envahit !

— Peut-être. N'empêche que j'ai un mauvais pressentiment. Tu pourrais confier Marie à tes parents et me rejoindre. Il ne me reste plus qu'une paire de jours à passer ici. Ça nous ferait des vacances à tous les deux, et tu verrais Jepe. Tu vas trouver ça drôle, mais il me joint régulièrement pour me parler de son enquête. Je te remplace en somme.

— Si Jepe se sert de toi pour trouver son inspiration, je comprends pourquoi tu t'embrouilles ! Et qu'est-ce que je vais faire, moi, si tu travailles sur ton bouquin ?

— Pour l'instant, ma contribution est terminée. Je reste pour faire un peu de rando comme je l'avais initialement prévu. Cette énigme *m'attisse*[19] ! Je vais profiter des balades pour vérifier quelques points qui m'intriguent.

— Ta collaboration avec l'Amerloque va se poursuivre ? retint José qui faisait une fixation.

— Si ce livre a du succès, pourquoi pas ?

— Bon, j'appelle Facundo et Louise, ils seront ravis d'avoir Marie. J'arriverai demain en début d'après-midi. File-moi ton adresse et explique-moi comment y aller, parce que ça a l'air paumé ton coin…

19. *M'attisse : m'énerve, m'accapare, m'intrigue. Du langage courant occitan.*

Le décodage final

Luce transpirait dans ses draps. Plus puissante que le sommeil, l'énigme de Boudet perturbait son esprit. Lorsqu'un problème la préoccupait, c'était toujours ainsi : toutes ses forces se concentraient pour le résoudre le plus rapidement possible jusqu'à l'empêcher de dormir ! À six heures du matin, le soleil de juin l'autorisa enfin à se lancer dans l'action. Elle enfila ses vêtements de randonnée, prit son appareil photo et partit pour la Serre de la Quière.

La fraîcheur matinale et l'ombre favorisèrent sa progression. En short et en débardeur, une simple gourde d'eau à la ceinture, elle atteignit la grotte de l'Ours en moins d'une heure. Pour l'avoir déjà localisée, elle retrouva immédiatement la flamme. Aucun doute n'était possible : le dessin intégré dans le soleil de Dournes et celui-ci étaient de la même main. Leur fonction était identique : repérer un endroit bien précis. *Flamme, grotte, blanche, pierre*, autant de mots de Boudet qui s'associaient presque naturellement. La résolution de l'énigme était à sa portée ! Elle prit plusieurs clichés à l'attention de Llense et sortit de l'excavation.

Elle s'apprêtait à redescendre lorsque, en contrebas, elle aperçut une silhouette dressée sur le surplomb de la dalle. Elle reconnut Amaury de Niort. Elle recula pour échapper à sa vision. Le jeune homme était concentré dans une posture figée. Tourné vers le château qui émergeait dans un halo solaire au milieu de la vallée, il inclinait sa tête de temps à autre. Son rituel dura un bon quart d'heure. Luce l'interpréta comme un recueillement. À la mémoire des Cathares ? À celle de Jérôme Arcy ? Le meurtrier revenait-il sur les lieux du crime ?

Amaury cessa ses prières silencieuses. Sans s'attarder plus longtemps, expert en désescalade, il effaça la difficulté du plan vertical puis disparut dans les chênes verts.

Luce prit la précaution d'attendre une dizaine de minutes avant de descendre à son tour. Parvenue à sa voiture, elle téléphona à Llense :

— Jepe, je viens de la grotte de l'Ours… Un truc bizarre : j'ai surpris Amaury de Niort sur les lieux du crime, se pressa-t-elle de l'informer.

— Je sais, depuis hier on le surveille jour et nuit, répliqua le Catalan sur un ton suffisant. Et toi, qu'est-ce que t'es allée faire là-haut ?

— Les photos que tu n'as pas daigné faire ! J'avais raison, j'ai retrouvé la flamme de Lupo ! Niort, tu sais ce qu'il trafiquait là-haut ?

— Je sais pas. Je me demande s'il ne te file pas.

— Qu'est-ce qui te fait dire ça ?

— C'est qu'en ce moment même, il t'épie, ma grande !

— Comment ça ? Maintenant ?

— Oui. Il s'est planqué et a attendu que tu le passes.

— Mais pourquoi ?

— Il doit croire que tu as percé son secret !

— Quel secret ?

— Il a le choix : soit celui des trésors de Lupo, soit celui des meurtres.

— Arrête, tu me fais peur !

— Tu ne risques rien, on ne le lâche pas ! Qu'il te touche, et il est cuit !

— Tu m'utilises comme appât maintenant ?

— Pas du tout, ce sont les circonstances.

— J'ai demandé à José de me rejoindre, changea-t-elle de sujet. Il sera là cet après-midi.

— Je te le laisse pour toi toute seule ou je viens

perturber vos retrouvailles ? la taquina-t-il.

— Avec José, ce n'est pas moi qui décide. Va savoir dans quel état il sera !

— S'il vient ! … Tu crois qu'il se méfie de l'écrivain ? glissa-t-il, perfide.

— Tu as vraiment la connerie ! Je préfère te laisser ; je ne te rappelle que si ton comparse se languit du Grand Inspecteur du Languedoc-Roussillon !

Avant de remonter dans sa voiture, Luce passa un coup de fil à Alan. Suite à la remarque de Llense, elle voulait se garantir d'une visite impromptue. Après une introduction sur son investigation dans la grotte et son sentiment d'approcher du but dans la résolution de l'énigme, elle lui glissa l'arrivée de son compagnon. Alan Amplaing l'assura de sa discrétion :

— Écoute, le reste, on l'oublie si tu veux. Ce qu'il faut, c'est préserver nos contacts pour les bouquins. Tu devrais l'amener ici.

— On verra, Alan. Pour l'instant, gérons à vue, d'accord ? Je te laisse.

Elle grimpa dans sa *Golf* en jetant discrètement un coup d'œil autour d'elle. Elle ne repéra personne : pas plus Niort que les flics.

Caché derrière un buisson, Amaury suivit des yeux la voiture qui filait vers Gincla. Il savait que

Luce y logeait et que, s'il ne s'attardait pas trop, il la retrouverait facilement. Son problème immédiat était de se débarrasser au plus vite des deux pingouins accrochés à ses basques. Il allait d'abord les semer, puis il reviendrait s'occuper d'elle. Il l'avait introduite chez lui sans se méfier ; et maintenant, il le regrettait ! Que faisait-elle dans la grotte de l'Ours ?

Dans sa chambre d'hôtel, Luce agençait les mots de Jérôme Arcy, les sélectionnant à partir de ceux qui lui étaient venus à l'esprit dans la grotte : *loup, grotte, roche* et *blanche*. Peu à peu, reliant les substantifs à l'aide d'articles, de prépositions, d'adverbes... elle parvint à un arrangement qui prit un sens :

« L'*or* du *loup* dans les *grottes* du *nid* de l'*ours* sous la *roche blanche* marquée de la *flamme* du *loup* près de la *tour* du *loup*. »

La phrase contenait onze mots : XI ! L'un d'entre eux, *loup*, était répété trois fois : 3. Les autres n'apparaissaient qu'une fois : 1. Le code de l'abbé était une combinaison de sommes et de multiples !

Pour Usson, elle réalisa qu'avec Jepe ils avaient commis une grave erreur en limitant leurs recherches aux alentours du lieu de la découverte du corps du randonneur. Il fallait l'étendre tout autour du château ! Elle se saisit de sa carte IGN au 1/25 000. Des grottes étaient répertoriées sur la berge sud de l'Aude dans les falaises calcaires creusées par la rivière. Impatiente de vérifier sa théorie, elle se rua vers sa voiture.

Polarisée par son objectif, elle ne remarqua pas qu'elle était suivie.

Élisa

Depuis que la télévision avait fait appel à lui, Serge Dumoulin n'avait eu de cesse d'étoffer ses dossiers en vue d'éventuelles nouvelles émissions. Le volet homosexuel n'étant pas à négliger, au saut du lit, c'est-à-dire pour lui vers les neuf heures du matin, il avait rendu visite au romancier américain, l'ancien amant de Jérôme Arcy. Amplaing l'avait rapidement éconduit et même menacé de poursuites s'il osait étaler sa vie privée sur la place publique. C'est en revenant du Bézu, peu avant midi, que le correspondant de *l'Indép* pour le Pays de Sault lui avait téléphoné et que la piste de Magnan s'était indirectement dessinée. Tout excité, le journaliste local l'avait informé de la descente des gendarmes :

— Les flics viennent d'interpeller le fils Siffre. Ils sont allés dans sa grange puis dans son appartement. Ils ont dû perquisitionner. Tu devrais y fourrer ton nez…

Dumoulin avait bondi sur ce nouvel aspect de l'affaire et, plutôt que de contacter Llense, avait préféré se rendre à Fontanès. Pour avoir par le passé réalisé un reportage sur lui, il connaissait bien les manies du père Siffre et savait qu'avec quelques canards et des petits verres d'alcool, il serait plus causant que l'inspecteur.

— Ah mais, c'est notre journaliste ! l'accueillit le robuste sexagénaire. Quel bon vent vous amène ? Encore un article ?

— Pas du tout. Ça ! répondit Dumoulin en brandissant une bouteille. Je vous avais promis une poire d'Alsace, je vous l'apporte !

— Je m'en souviens pas, mais si vous le dites… Un cadeau, ça se refuse pas !

Ils s'attablèrent devant l'eau-de-vie et l'inévitable boîte de sucre et, sous le regard mécontent de Félicie, dégustèrent l'alcool parfumé en causant de tout et de rien. Dumoulin travailla en douceur. Dès les premiers échanges, il comprit que l'ancien n'était pas au courant des soucis de son fils, mais ce que l'autre lui racontait était suffisamment intéressant pour ne pas l'interrompre ni le perturber.

— Les gendarmes sont venus deux fois ici. À cause de cette fille qui a été assassinée. La première fois, ils se sont montrés corrects, mais la seconde, presque ils nous arrêtent à Louis et à moi ! C'est pas croyable ! Je leur ai pourtant dit que le coupable c'est ce Magnan, cet avocat qui s'occupe de ce ramassis de *peluts* !

Dumoulin tendit l'oreille :

Tiens, tiens, « Magnan », un homme de loi, comme l'avocat qui a défendu Jérôme Arcy. Serait-ce la même personne ? Ça alors, ce serait extraordinaire ! Les deux affaires seraient reliées... Du pain béni pour mes dossiers !

Il devait vérifier rapidement ! Il laissa mourir la conversation.

— Bien, Auguste. Ça a été un plaisir de vous revoir. Excusez-moi, mais je dois partir. Mettez la poire de côté, je repasserai, promit-il sans l'informer de l'infortune de son fils.

En quittant Fontanès, Dumoulin n'avait plus qu'une idée en tête : voir la tronche du responsable de *CircleWorld* au Boussadus. Il gagna la forêt des Hares. La décontraction et le laisser-aller qui régnaient au campement des *peluts* lui permirent d'évoluer en toute liberté, du moins en apparence. Il repéra le tipi directorial et se posta en planque. Après trois heures d'attente, il ne l'avait toujours pas vu. Prenant des risques, il rôda autour de la tente, s'en approchant en jetant des regards furtifs par les entrebâillements des toiles. Il passait pour la énième fois devant l'abri, lorsqu'un malabar râblé, botté et en bras de chemise, l'interpella agressivement :

— Eh toi, là ! À quel jeu tu joues ? Qu'est-ce que tu cherches ?

— Rien, je me promène, bredouilla le journaliste surpris.

Malgré son habitude des situations délicates, dans ce milieu de marginaux, il n'était pas à son aise. Le balaise, mal rasé et cradingue, n'avait rien de rassurant.

— Tu te promènes en boucle ? Qu'est-ce que tu fouines ? Si tu fais partie des parasites installés autour du camp, tu n'as rien à faire ici, l'avertit-il. On vous tolère, mais à l'extérieur.

— C'est que je voulais entrer en relation avec le responsable, chercha-t-il à se justifier.

— Avec le chef ? Tu veux adhérer au mouvement ?

Dumoulin saisit le prétexte :

— C'est ça, je ne sais pas comment m'y prendre.

— Tu es au bon endroit. C'est lui qui recrute, je vais t'introduire, lui proposa le vigile banalisé en oubliant sa suspicion dans l'instant.

Dès qu'il pénétra dans le grand tipi, Dumoulin reconnut l'avocat de Jérôme Arcy. Malgré la tunique indienne qui le changeait du costar-cravate, il gardait le port de l'homme d'affaires : rasé de frais, impeccablement coiffé, le regard arrogant ; c'était bien le défenseur qui avait cloué le bec à ces parents d'élèves irresponsables. À l'époque, il l'avait trouvé remarquable pour avoir sauvé un innocent.

Après quelques conciliabules avec le garde, Magnan entama la conversation :

— Ainsi vous souhaitez nous rejoindre… ? Qu'est-ce qui vous attire dans notre association… ?

Dumoulin navigua :

— Votre mode de vie… Votre philosophie… Je suis venu aujourd'hui spécialement…

Les questions bateau, les réponses évasives ne servirent qu'à meubler. En définitive, tout se résuma à une question de gros sous.

— Monsieur Dumoulin, vous avez tout pour faire un excellent membre. Toutefois, l'adhésion est payante. Le mouvement doit s'autofinancer !

— Bien sûr. Je comprends.

— Si vous voulez profiter de notre formation, ce que je vous conseille vu que nous nous trouvons sur place, il vous en coûtera trois mille euros. Pour la cotisation, nous verrons.

— Je vais réfléchir à votre proposition, tergiversa Dumoulin.

— Acquittez-vous immédiatement de cette somme, cela évitera tout type de malentendu, lui conseilla Magnan en jetant un coup d'œil au gaillard en retrait.

Devinant le message de l'avocat, Dumoulin choisit de ne pas jouer au plus malin.

— Je peux vous faire un chèque ?

— Mais évidemment, cher ami.

Le journaliste sortit son carnet et s'exécuta.

— Merci et bienvenue parmi nous. Ce soir, vous êtes le convive de *CircleWorld*. Nous vous prenons complètement en charge : logement, nourriture… l'invita Magnan qui avait retrouvé ses manières polies.

— C'est que je dois rentrer, je passais juste… tenta de se défiler Dumoulin qui ne pensait qu'à déguerpir pour faire opposition.

— Vous allez rester avec nous. Je ne suis pas un racketteur, et votre cotisation vous place au niveau quatre de notre association. Vous bénéficiez d'une nuit initiatique, autant en profiter tout de suite. Armelle, viens s'il te plaît, appela-t-il en se retournant.

Deux filles se tenaient en retrait. L'une s'avança, l'autre fit mine de la suivre.

— Pas toi, Élisa, l'arrêta Magnan sur un ton cassant. Toi, tu restes ici !

Armelle accompagna Dumoulin sous un tipi légèrement à l'écart. De taille plus modeste que celui du chef, son aménagement était plus douillet. Le sol était couvert d'épais tapis. La fille se montra rapidement très entreprenante. Le journaliste comprit que, sans rancune, Magnan avait voulu lui démontrer les avantages d'être membre de *CircleWorld* et qu'il venait de se payer une call-girl à 3 000 euros !

Au matin, quand il se réveilla, Armelle dormait encore. Soucieux de quitter le camp au plus tôt, il sortit de la tente. Le soleil pointait à peine et déjà quelques illuminés méditaient ! Comme il cherchait la façon de s'éclipser discrètement, il reconnut Élisa, la jeune que Magnan avait rabrouée la veille. Il la suivit. Elle se dirigea vers le torrent. L'air pensif, elle s'assit sur la berge. Il s'approcha.

— Bonjour Élisa, l'aborda-t-il.

Elle sursauta et se reprit en le reconnaissant :

— Bonjour. Vous n'êtes pas avec Armelle ? s'étonna-t-elle.

— Elle dort.

— Vous ne devriez pas être seul.

— Pourquoi ?

— C'est ainsi. C'est la règle. Un novice ne doit pas rester seul.

— Je suis avec vous, cela doit suffire.

— Je ne crois pas. Je n'ai plus la confiance du maître.

Dans sa remarque, Dumoulin perçut une opportunité d'en apprendre plus sur l'avocat.

— Pourquoi vous a-t-il rembarrée hier au soir ?

Elle ne répondit pas. Suivant son intuition, il tenta un coup :

— Je suis ici pour enquêter sur Karine Amiel. La connaissiez-vous ?

L'attention et la méfiance durcirent les traits et le regard de la fille.

— C'était mon amie. Pourquoi enquêtez-vous sur elle ?

— À moi aussi, bluffa-t-il. Elle m'avait confié avoir des problèmes avec Magnan. Je voudrais savoir lesquels.

— C'est ce salaud qui l'a chassée d'ici, ragea-t-elle tandis que ses yeux se remplissaient de larmes.

— Pourquoi l'a-t-il chassée ? reprit-il.

Elle hésita, observant autour d'elle.

— N'ayez crainte, tout ce que vous me direz restera entre nous.

— Vous êtes vraiment son ami ? Je ne vous connais pas.

— Comment saurais-je tout ça ? Je veux que son crime soit puni ! C'est la raison pour laquelle je suis ici. Si vous savez quelque chose, vous devez me le confier.

Elle se livra :

— Karine s'était aperçue que Magnan magouillait. Elle avait rassemblé des preuves et voulait le dénoncer.

— Pourquoi ne l'a-t-elle pas fait ? Rien ne l'en empêchait puisqu'il l'avait virée…

— Avant, elle voulait me sortir de là.

— Qu'est-ce que vous me chantez là ?

— Il est difficile de quitter le mouvement. Il existe des tas de pressions : le fric, la drogue, la force, le chantage, le harcèlement psychologique… Magnan les exerce pleinement à mon encontre, il ne veut pas que je m'en aille. L'évasion est le seul moyen. Karine avait tout organisé pour ça, mais au dernier moment, Armelle nous a dénoncées. Monsieur Magnan s'est débarrassé de Karine et m'a coincée…

— Et les preuves ?

— Je ne sais pas !

— *Putain,* pensa Dumoulin. *J'ai touché le gros lot. Magnan est le lien.*

Sa rencontre avec Élisa était un formidable coup de bol. Ces infos contenaient sans doute les mobiles de l'assassinat de Karine Amiel. S'il avait connu la théorie de Trapero, il aurait su que le hasard était entré dans la partie depuis le moment où il s'était fait surprendre devant le tipi de l'avocat.

— Je peux vous amener avec moi si vous le souhaitez, décida-t-il.

— Je suis surveillée !

— Il doit bien y avoir des moments favorables !

Élisa réfléchit. Elle ne pouvait pas laisser passer une telle occasion.

— La corvée des poubelles… Avec Armelle, on doit descendre au chemin tout à l'heure.

— Excellent, j'y ai ma voiture.

— Retournez vite auprès d'elle avant qu'elle ne se réveille. Faudrait pas attirer l'attention, lui conseilla Élisa, des gardes surveillent... À tout à l'heure !

Deux heures plus tard, Dumoulin accompagnait les deux filles vers la piste des Hares. Une fois arrivés, ce fut pour lui un jeu d'enfant que de laisser Armelle en plan sur le bord du chemin et de s'enfuir avec Élisa dans sa voiture. Il fila sur Axat. S'il voulait éviter les ennuis, il était grand temps de collaborer avec la police ! Il était conscient qu'une grosse partie venait de se jouer, et qu'il en était au centre. Un méga scoop en perspective !

Le tuyau en or

Auguste Siffre assiégeait la gendarmerie d'Axat depuis la première heure. À cor et à cri, il réclamait la remise en liberté de son fils. Le soin des bêtes et le ramassage des foins nécessitaient impérativement sa présence : il ne maîtrisait pas les nouveaux outils mécaniques, et quand bien même, il était trop âgé pour faire face !

Llense l'écouta longuement, plus pour étudier ses réactions et tenter d'y déceler des incohérences que pour tenir compte de sa plaidoirie. Sa décision, il l'avait déjà prise, il relâcherait Louis : une nuit en prison suffisait pour le punir de son mensonge. Pour le reste, il n'avait aucune preuve. Il prit plaisir à jeter le trouble chez Auguste en lui révélant la découverte de l'argent volé :

— Votre fils avait les vingt mille euros de Karine Amiel. Nous l'avons pris en flagrant délit en train de les cacher dans un champ de patates !

Le montagnard resta stupéfait :

— Je comprends pas ! Avec tout ce qu'on a ! réagit-il après un long silence.

— Que, « vous », vous avez ! Lui, il n'a rien ! rectifia Llense.

— Tout ce que j'ai sera un jour à lui ! Vous pensez qu'il a tué pour l'argent ?

— Pour vingt mille euros, c'est possible, y en a d'autres qui tuent pour bien moins que ça !

— Je vous dis que c'est pas lui qui a fait le coup ! C'est celui de *CircleWorld* !

—En attendant, c'est Louis le voleur !

— C'est pas possible ! Mon fils n'est pas un voleur, encore moins un assassin !

— Les biftons, c'est lui qui les avait ! Allez, vos vaches ont du bol : pour le crime j'ai pas de preuves… enfin, pour le moment. Je vous le rends votre Louis ! Mais attention, simple liberté provisoire ! À la moindre entourloupe, à la moindre cachotterie, je le coffre à nouveau !

— Je vous ai tout dit, protesta l'ancien, je vous ai rien caché !

De la fenêtre de son bureau, Llense regarda les Siffre quitter la gendarmerie. Il doutait de pouvoir déguster à nouveau un canard dans la cuisine de Fontanès. Les paysans ont la rancune tenace. Quand ils disparurent, mangés par le virage, Jepe se tourna vers la montagne. Il réfléchissait sur ce que pouvait bien vouloir Amaury de Niort à Luce, lorsque Serge Dumoulin déboula avec son témoin surprise.

Fier de lui, le journaliste rapporta ses exploits avec emphase : son infiltration dans le campement de *CircleWorld*, son entrevue avec Édouard Magnan, sa rencontre avec Élisa et surtout l'information majeure : la volonté affichée de Karine Amiel de faire plonger l'avocat ! Il termina par une conclusion toute personnelle :

— Le grand chef a découvert son complot et l'a foutue dehors ! La suite est facile à deviner : comme elle présentait un danger pour lui, il l'a éliminée !

— Pourquoi n'a-t-elle pas porté plainte ? rétorqua l'inspecteur.

— Ce salopard avait sans doute récupéré les preuves. Ça ne lui a pas suffi et il l'a butée.

— Elle est prête à témoigner ? demanda Llense en désignant la jeune fille de la tête.

— Je ferai tout pour qu'il paye, s'engagea spontanément Élisa.

Le mobile paraît évident, du moins pour le meurtre de Karine, reconnut intérieurement Llense. Le doute s'était installé en lui : entre Amaury de Niort et Édouard Magnan, il ne savait plus sur lequel miser ! Comme s'il l'avait senti, Dumoulin ajouta :

— J'ai encore une info qui va vous intéresser : Magnan a été l'avocat de Jérôme Arcy !

— Quoi ? C'est quoi ça ?

— C'est pour cela que je me suis rendu au camp, pour vérifier…

Le journaliste relata le procès de l'instituteur accusé de pédophilie et, dans son élan, resservit sa théorie de la malédiction cathare.

— Vous tenez vraiment à tout relier ! s'emporta Llense. Je comprends que ça vous arrange pour vos articles et vos émissions à scandale ; mais moi, Monsieur, c'est la vérité que je cherche… La vérité avec un grand V… Pas des fictions pour faire péter l'audimat ! Pourquoi vous me sortez cette histoire seulement aujourd'hui ?

— Je ne savais pas que Magnan était mêlé à ces affaires ! J'ai dû tout trouver par moi-même, parce que vos tuyaux, merci, je les attends encore ! s'irrita le journaliste.

S'être fait doubler défrisait Llense.

— Et vous ? Vous n'avez pas tilté ? agressa-t-il Favre.

— À l'époque, je n'étais pas encore nommé à

Axat et c'est Couiza qui menait l'enquête. Les fichiers de Magnan sont vides et, à part de connaître l'affaire par cœur comme Dumoulin, je ne vois pas comment j'aurais pu faire le rapprochement, répliqua sèchement le brigadier.

— Bon, allons coincer cet avocat de mes deux, cessa de râler le Catalan.

Ils préparaient la descente à *CircleWorld* lorsque le planton fit irruption :

— Chef, Pech vient de téléphoner. Niort leur a faussé compagnie !

— Les cons, il ne manquait plus que ça ! s'emporta Llense, retrouvant sa mauvaise humeur. Partageons-nous ! Je monte au Boussadus avec deux hommes. Favre, vous organisez les recherches pour retrouver Niort. S'il nous a filé entre les doigts, c'est qu'il n'a pas la conscience tranquille, et donc…

Llense, les gendarmes et Dumoulin sur ses talons, déboula dans la grande clairière à marche forcée. Au passage de la petite troupe, suspendant leurs occupations indolentes, les adeptes lançaient des regards réprobateurs. Toutefois, personne ne s'opposa à la progression militaire et, seule manifestation de protestation, un attroupement se forma près de la *capi-*

telle[20]. Les policiers investirent le tipi du grand chef, mais trop tard : l'oiseau s'était envolé.

— Il a compris qu'Élisa allait le griller et il s'est cassé, avança Dumoulin.

— Putain, ils nous jouent tous la fille de l'air. La frontière n'est pas loin, il faut les choper avant qu'ils la franchissent, réagit Llense, fortement contrarié.

L'enquête s'emballait, et il n'avait pas la main.

— Vous, Dumoulin, vous me la fermez sur tout ça ! Pas d'articles ni d'émissions cathodiques !

— C'est dégueulasse ! Je vous refile un tuyau en or, et je n'ai rien en contrepartie…

— Je vous ai autorisé à nous suivre, il me semble ! Pour l'instant, c'est largement suffisant !

20. *Capitelle : terme occitan pour abri de pierre.*

L'entrée en jeu de José Trapero

La *Dauphine Gordini* bleu pâle de José pétaradait de joie. Des courses aussi longues et aussi loin des routes des plages étaient exceptionnelles pour son vieux moteur. En découvrant les paysages montagnards de la Haute-Vallée, ses phares s'ébahissaient de toute leur rondeur. À la vue des parois vertigineuses de la Pierre Lys et des remparts perchés de la forteresse verrou de Puilaurens, les yeux de José en firent tout autant. Le caractère sauvage de ces contreforts pyrénéens aux confins des Corbières et à deux pas du littoral surpeuplé l'étonnait et l'impressionnait.

Il arriva à l'auberge de Gincla vers quatorze heures. Il demanda Luce.

— Elle est sortie en tenue de montagne, elle n'est pas revenue, l'informa le réceptionniste.

Elle doit randonner, traduisit-il. *Elle sera là vers le milieu ou en fin d'après-midi.*

Il tenta de la joindre sur son portable, l'appel bascula sur le répondeur. Il se rabattit sur son second contact : Llense.

— Déjà là ? Luce t'attendait plus tard !

— Elle n'est pas avec toi ?

— Avec moi ? Non. Madame doit se balader à la recherche de quelque grotte. Elle mène sa propre enquête sur des crimes vieux de plusieurs siècles ! Elle t'a peut-être déjà oublié. Tu es où ?

— À son hôtel.

— Rejoins-moi à Axat que je profite de tes lumières. On redescendra ensemble, j'aime bien grailler à l'auberge, c'est fou ce qu'on y bouffe bien ! proposa Llense doublement intéressé.

À la gendarmerie, sous les yeux ébahis de Favre, le tandem Llense-Trapero se reforma instantanément. Entre l'inspecteur en charge d'une affaire délicate et le policier défroqué – Jepe l'avait présenté ainsi – s'établit une extraordinaire complicité. S'aidant des éléments consignés sur son tableau, le Catalan résuma les évènements, présenta les meurtres avérés et les accidents douteux, développa ses analyses…

— J'ai deux suspects. Édouard Magnan a le profil le plus classique. Son mobile est clair : la fille était sur le point de le dénoncer. En plus, elle lui avait piqué du fric. Amaury de Niort, lui, est plus atypique : il s'est fixé pour mission de punir les êtres impurs qui souillent les terres cathares ! Pour aussi saugrenue qu'elle paraisse, cette thèse offre l'avantage de couvrir toutes les morts.

José intervint :

— Sur ton papelard, tu as aussi noté les deux Siffre mais pas Dumoulin. Pourtant, ce mec-là, il est fourré partout ! Pourquoi tu l'écartes ?

— Ce n'est qu'un journaliste qui fouine. Je ne le vois pas en assassin.

— On en a vu d'autres ! Ton hypothèse du serial killer cathare, c'est gros ! douta José en revenant sur les analyses de son ami.

— Un mec qui débloque, qui sombre petit à petit vers une folie meurtrière, c'est possible. Regarde, toutes les attaques sont similaires, même en incluant le suicide de Jérôme Arcy : à chaque fois la victime est précipitée dans le vide… La chute de Lucifer dans La Légende des Siècles.

— T'as des références littéraires, toi, maintenant ? Ça, c'est nouveau ! se moqua José.

— Toutes ces morts ont lieu dans les parages d'un château cathare, poursuivit Jepe sans relever. Ça interpelle… Ça ressemble à un langage symbolique !

— Qui désigne Amaury de Niort, c'est bien ça ?

— Exactement. Ce mec, c'est un fanatique !

— Écoute, j'y crois pas trop à tes analyses psycho-machin-truc-chose. Je préfère ton premier scénario, celui du fric et des abus à *Circleworld*. Le meurtre de Fontanès-Quillan est le centre de l'affaire. Il est complet, avec ses mobiles et ses suspects. Je dis « ses suspects » car il ne faut pas écarter le paysan qui a piqué le fric.

— Il l'avait pas vraiment piqué... Il l'avait gardé sans rien dire.

— La différence est minime. Laisse-moi terminer. Que l'instit se soit suicidé, vu le contexte, c'est logique. Quant au randonneur, l'assassin a tout simplement décidé de brouiller les pistes en se calquant sur les élucubrations du journaliste. Un meurtre pas complètement gratuit.

— L'assassin cherche à nous égarer ?

— C'est ce que je pense. Oublie les malédictions. Tout est froidement calculé.

— Et ton coupable, c'est qui alors ?

— Difficile à dire, je ne connais aucun de tes suspects, c'est un handicap. Aussi, pour l'instant, je les garde tous, même le châtelain... Et je rajoute le journaliste avec un penchant pour l'avocat.

— En attendant, je suis dans la panade ; j'ai deux zèbres qui courent dans la nature.

— Ils ont disparu en même temps ! Ils sont peut-être complices ?

— « Complices » ? Merde ! J'y avais pas pensé !

Favre était fasciné par le numéro que venaient d'exécuter les deux amis. C'était comme si devant ses yeux, leurs cerveaux s'étaient connectés.

Après ce brainstorming improvisé, Jepe et José, renouant avec une autre de leurs habitudes, laissèrent la permanence aux bons soins du brigadier et descendirent à pied jusqu'au centre du village pour s'abreuver d'une bonne bière au *Central*.

Oubliant l'enquête, ils causèrent de Luce.

— Je me demande ce qu'elle fout, elle aurait pu m'attendre ! Je me suis tapé trois heures de bagnole, râla José.

— D'après moi, répéta Jepe, elle traîne dans une grotte de la région, près d'un château cathare. Elle est obsédée par l'histoire d'un Croisé qui a sévi dans la région !

— Je suis au courant… Et de son rôle de conseillère historique auprès de l'écrivain américain aussi, rajouta-t-il.

— Elle pense avoir retrouvé ses armoiries gravées sur des pierres, poursuivit Llense qui ne souhaitait pas s'embarquer sur le terrain délicat des relations de

Luce avec Amplaing. Ce matin, de très bonne heure, elle s'est rendue à une grotte pour étudier le dessin d'une flamme. D'ailleurs, curieusement, Amaury de Niort l'a pistée. C'est juste après qu'il a faussé compagnie à mes hommes.

— Putain, mais si c'est lui l'assassin…

— Ah, voilà que tu crois maintenant à la thèse du fanatique ! T'inquiète ! Les gendarmes le recherchent et tu retrouveras ta dulcinée dès qu'elle sera rentrée !

— Tout ça ne sent pas bon ! Tu ne sais vraiment pas dans quel coin elle se trouve ? insista José.

— Je ne vois pas. Peut-être au Bézu, chez l'Américain ?

— Tu le connais ce gus ?

— Non, pas vraiment, je l'ai croisé une fois. Un bellâtre intellectuel. Si tu veux on rentre à la gendarmerie et je lui bigophone.

— Il habite loin d'ici ?

— Une demi-heure de bagnole, à peu près.

— C'est pas loin, alors. J'y vais d'un saut, l'action me calmera. Tu m'accompagnes ?

— Non. Je dois rester ici pour coordonner les recherches des deux fugitifs.

— Le premier qui a du nouveau appelle l'autre. On se retrouve ce soir à Gincla.

Trapero atteignit la ferme de Bézu alors que le

soleil déclinait. Favorablement orienté, le vallon captait les derniers rayons. Il se gara dans la cour et, aimanté, son regard se perdit dans les formes douces des collines qui se soudaient les unes aux autres. Dans les champs, un tracteur et son bras articulé chargeaient les meules géantes sur une remorque. Un seul homme suffisait pour un travail qui, dans son enfance, nécessitait une nuée de *brassiers*[21]. Il se souvint des fenaisons à Caraman lorsque son père Facundo fauchait les foins dans la Montagne Noire et l'amenait en vacances avec lui. Il avait connu l'herbe en vrac entassée sur les charrettes tirées par des paires de vaches, puis les balles parallélépipédiques empilées sur les remorques des tracteurs. Il avait admiré l'élégance des ouvriers qui soulevaient les charges au bout de leurs longues fourches et leur synchronisme d'équilibriste, lorsque bien en appui sur leurs jambes écartées, forts de la puissance de leurs reins et de leurs bras, ils propulsaient les kilos tout en haut du chargement. Ses préoccupations du moment chassèrent les souvenirs. Il remarqua une lumière dans une bâtisse séparée de l'habitation principale. Avant de s'y diriger, il tenta une nouvelle fois de joindre Luce. Son appel passa, mais il n'eut

21. *Brassiers : ouvriers agricoles chargés des travaux manuels.*

que le répondeur.

Il frappa à la porte et quelques secondes après Amplaing apparut dans l'embrasure. José ne put s'empêcher de le comparer à lui. Plus grand, plus svelte, plus souriant, plus… Il devait plaire à Luce !

— Bonjour, formula-t-il sobrement. Je cherche madame Luce Avérous. L'inspecteur Llense m'a dit que je pourrais la trouver chez vous, continua-t-il sans se présenter.

— Prenez la peine d'entrer, nous serons mieux à l'intérieur, l'invita poliment Amplaing, frappé par le trouble de son visiteur et soucieux de le mettre à l'aise. Il est vrai que madame Avérous passe régulièrement ici, mais je ne l'ai pas vue depuis hier soir. Aujourd'hui, elle avait rendez-vous avec son compagnon. C'est vous, n'est-ce pas ? devina-t-il.

— C'est ça, je devais la retrouver à l'auberge de Gincla mais elle ne s'y trouve pas ! répondit José, un instant distrait par le décor de l'écurie transformée en bureau-bibliothèque.

— Et on vous a dit qu'elle travaillait avec moi, poursuivit l'Américain à la place de son interlocuteur. Effectivement, ces derniers temps elle vient souvent. Nous travaillons sur un roman. Vous êtes au courant puisque vous m'avez fait parvenir un dossier par mail. Actuellement elle ne vient plus au bureau, elle est sur le terrain : elle est obsédée par la recherche de lieux liés à l'un de nos personnages, expliqua-t-il sans ambages. Elle…

Dans la discussion, Alan Amplaing confirma les infos de Llense : Luce sillonnait la région à la recherche de grottes situées près des châteaux cathares. José écoutait discrètement, ne cessant d'observer la pièce comme s'il pouvait percer la relation qui existait entre Luce et l'Américain. Ce dernier ne tarissait pas d'éloges sur les qualités et les connaissances de Luce. José n'avait que faire de ses boniments et, d'un seul coup, une irritation insupportable le saisit. Il coupa court à l'entretien d'une manière aussi inconvenante que lorsqu'il s'était présenté.

— Je ne vous dérange pas davantage. J'étais venu pour Luce, elle n'est pas là. Je vais l'attendre à son auberge.

— À bientôt j'espère, monsieur Trapero, s'exprima aimablement Amplaing sur le pas de la porte. Si votre compagne continue à écrire avec moi, nous serons amenés à nous revoir. Nous allons avoir beaucoup de succès, je nous le prédis. Nous formons un beau couple, elle l'historienne et moi le romancier.

Alors qu'il arrivait à Gincla, des paroles de l'Américain résonnaient encore dans la tête de José :

« Nous allons avoir beaucoup de succès. Nous formons un beau couple ! » Pendant tout le trajet, il s'en était voulu : s'il s'était déplacé au Bézu, c'était surtout pour voir la tronche de l'écrivain. Il avait réagi en mari jaloux, curieux de connaître son rival, et il s'était servi de l'absence de Luce comme d'un prétexte ! Il l'avait oubliée alors qu'il la pressentait en danger ! Un sentiment de culpabilité l'envahit. Quand il se gara sous les marronniers du parking, son regard balaya l'aire de stationnement. Pas de *Golf* ! Il grimpa le perron de l'hôtel quatre à quatre dans l'espoir de trouver un message à la loge. Rien ! La nuit approchait et le retard de Luce l'inquiétait vraiment. Comme il retournait dans le parc, son téléphone sonna. Luce ? Non, Llense !

— José, rapplique vite ! Y a du nouveau. On a retrouvé les voitures d'Amaury et de Luce côte à côte… Mais aucune trace ni de l'un ni de l'autre !

La grotte d'Usson

Tout le long du trajet, José pesta contre sa *Dauphine*. Dans les lignes droites, elle manquait de puissance et, à chaque tournant serré, sa tenue de route le mettait en danger. La nostalgie ne s'accordait pas avec la vitesse et jamais il n'avait été aussi pressé !

À la gendarmerie, un mini-convoi était déjà formé. Le *Land* des gendarmes arborait orgueilleusement le sigle des brigades de montagne et une dizaine de pompiers volontaires en tenues bleu marine aux bandes fluos argentées s'impatientaient devant leurs véhicules rouge rutilant. Les hommes se demandaient pourquoi l'inspecteur attendait pour lancer les opérations. Lorsque la voiture de collection se gara à cheval sur le trottoir et qu'un civil en sortit l'air affolé, ils comprirent encore moins.

— T'en as mis du temps ! l'accueillit Jepe sur un ton de reproche.

— Avec ces routes, tu peux pas rouler bien vite, et en plus, avec ma bagnole...

— On y va ! lança le Catalan en guise d'ordre de départ. Toi, monte avec nous, invita-t-il Trapero en désignant Favre installé au volant d'une berline.

— Les gendarmes ont localisé la *4L* de de Niort sur la route d'Escouloubre-les-Bains. Juste à côté, il y avait la *Golf* de Luce. C'est plutôt l'inverse : vu leur disposition, c'est elle qui est arrivée en premier. Ce malade a dû continuer à la suivre après nous avoir filé entre les pattes !

— Qu'est-ce qu'elle est venue foutre là ? ne comprenait pas Trapero.

— C'est évident, elle suivait son idée de grotte et de flamme. Avec Favre, on a regardé une carte : juste au-dessus, dans la falaise, il y a une caverne face au château d'Usson !

Sans qu'il l'ait évoquée, José saisissait parfaitement la crainte de Llense : Luce avait-elle subi la vindicte de l'assassin fou ? Avait-elle été immolée, précipitée dans la falaise qui les dominait ? Entre chien et loup, l'ombre de la nuit envahissait l'air d'un bleu crépusculaire. Le fantôme de Lupo di Bianca Forza rôdait-il ?

Les gendarmes et les pompiers se lancèrent à

l'assaut de la montagne. Les spots des torches électriques égratignaient son flanc de minuscules faisceaux baladeurs. Faute de chemins, ils empruntèrent les sentes animales au milieu des buissons. Dans l'obscurité grandissante, ils progressaient lentement. Après s'être éloignées, leurs trajectoires convergèrent vers la grotte.

Ignorant les griffures des épineux, José devançait les hommes d'une bonne vingtaine de mètres. Il atteignit le premier l'excavation. Sa lampe éclaira la bouche noire. Bien qu'il n'ait pas vu les autres, il comprit qu'elle aussi avait été pareillement visitée. Derrière lui, l'exclamation de Jepe le confirma :

— *Peste de los demonis* ! Ici aussi on a creusé le sol !

Aidé de son pinceau lumineux, il étudia les grandes pierres qui gisaient tout autour.

— Et sur cette pierre… cette foutue flamme ! Luce avait donc raison !

— C'est pas vieux, jugea Favre qui expertisait le tas de terre et de cailloux dégagés. Regardez, c'est encore humide…

— Là, des empreintes de pas toutes fraîches. Sortons, ne salopons pas ! ordonna Llense. Les scientifiques viendront analyser.

Les hommes s'étaient regroupés. La nuit était maintenant là.

— C'est terminé pour ce soir ! estima Llense. On n'y voit plus assez clair.

— Faut pas abandonner, protesta José. Leurs voitures sont là, ils ne sont pas bien loin ; continuons !

— T'es dingue ! C'est trop dangereux ! Nos torches sont insuffisantes; il nous faudrait des projecteurs, et ça, on n'a pas.

— Si on a, le contredit José qui ne désarmait pas. Regarde là-haut.

Face à eux, jeux d'ombres et de lumière, le château d'Usson surgissait de la nuit, dominant la vallée d'une prestance ressuscitée par de puissants éclairages.

Deux heures plus tard, après une réquisition sauvage d'artisans électriciens et d'agents EDF, des faisceaux parallèles dignes des meilleures défenses antiaériennes perçaient les ténèbres depuis la route, au niveau des voitures garées, jusqu'à hauteur de la grotte. Les recherches pouvaient reprendre !

Dans la lumière artificielle, gendarmes et pompiers se déployèrent en éventail : leur objectif n'était plus la grotte mais la falaise entière ! Malgré les rochers et les failles, ils quadrillèrent le terrain, le passant au peigne fin. Au fur et à mesure de leur progression, les éclairagistes improvisés décalaient les halos jaunes.

— Un corps ! Ici ! Dans le trou ! s'écria un pompier.

Comme des enfants s'agglutinant à la poursuite d'un ballon, les chercheurs se regroupèrent autour du lieu de la découverte.

Llense reconnut immédiatement Amaury de Niort. Il gisait sur le flanc, la tête tournée vers le sol. Du sang inondait son visage. Jepe posa sa main sur la carotide et sentit battre le pouls. Bien que mal en point, l'homme vivait ! Une intervention rapide pouvait peut-être le sauver de la mort !

— On en a trouvé un ! clama-t-il pour encourager les hommes, c'est Niort. Que quatre d'entre vous s'occupent de l'évacuer et que les autres reprennent la formation !

José le premier s'activa à nouveau. Frénétiquement et méthodiquement, il arpentait le terrain dans tous les sens. Luce gisait-elle comme le jeune défenseur des Cathares, les membres démantelés après avoir ricoché sur les rochers ? Il avait à la fois hâte et peur de la retrouver !

Il essayait de comprendre : Niort, victime, ça ne collait pas avec les hypothèses de Llense ! Que s'était-il passé ? Qui l'avait poussé dans le vide ? Luce pour se défendre ? Quelqu'un d'autre ? Mille questions se bousculaient dans sa tête.

Les recherches ne donnèrent plus rien. Quand ils eurent exploré toute la falaise, malgré l'opposition de son ami Trapero, Llense décida de mettre un terme à l'opération :

— C'est bon pour aujourd'hui. Demain, nous reviendrons avec les maîtres-chiens de Carcassonne. Pour ma part, je crois qu'il n'y a personne ici ! affirma-t-il en regardant José dans les yeux !

L'Audi Noire

— T'aurais pas dû arrêter les recherches ! râlait encore José dans le bureau de Llense.

— Sans les chiens et rien qu'avec les projecteurs, c'était impossible ! De toute façon, je suis certain qu'elle n'est pas là ! On l'aurait retrouvée !

— Mais où est-elle alors? Sa *Golf* est toujours garée en bas ; la *4L* aussi !

— Pour moi, elle est partie avec l'Audi noire !

— Quelle Audi noire ?

— Une Audi noire est restée garée un bon moment dans l'après-midi sur un chemin au-dessus. C'est un Hollandais qui vit dans une ferme restaurée qui l'a signalé aux gendarmes lors de l'enquête de voisinage. Elle gênait le passage pour aller chez lui.

— Pourquoi elle serait partie avec l'Audi ?

— Magnan a une Audi… noire. Tu comprends ?

— Un enlèvement ?

— Si cette caisse a quelque chose à voir dans tout ça, peut-être bien… En tout cas, Niort disparaît de la liste des suspects !

— Pas sûr ! Imagine que Luce se soit défendue et qu'elle ait éliminé l'un de ses agresseurs, suggéra José.

— Ton hypothèse de deux complices ? Niort et Magnan ?

— Je ne sais plus… Avec cette Audi, maintenant… Dorénavant, il faut intégrer cette histoire de grotte, on ne peut plus l'ignorer ! déclara José.

— Ouais, c'est clair ! approuva Llense. J'y ai pensé. S'il faut, Luce est dans le vrai : le document qu'elle étudie est un jeu de piste codé par le curé. Arcy avait résolu l'énigme. L'assassin l'a zigouillé et a récupéré son plan !

— Les trésors cachés dans des grottes deviennent les mobiles des crimes à répétition !

— N'oublions pas les magouilles de Magnan, rappela Llense.

— Celui-là, il joue sur les deux tableaux.

Le téléphone sonna, Étienne Favre décrocha. Llense et Trapero suspendirent leur dialogue dans l'espoir qu'il s'agissait de Luce. Il n'en était rien !

— C'était l'hosto, rendit compte l'adjudant. Niort est dans un état critique. Notre intervention l'a momentanément sauvé, une heure plus tard et c'était fichu. Il a perdu beaucoup de sang et la température de son corps a dangereusement baissé. Faudra attendre pour l'interroger… S'il meurt pas avant !

— Il ne mourra pas. Et même s'il faut attendre, il détient la vérité. Favre, mettez-moi en place un dispositif de surveillance sérieux. Pas question que l'assassin nous rejoue le coup de Karine Amiel !

— Une heure de plus et il y passait, et nous, nous avons laissé tomber Luce, retint José.

— Ne reviens pas là-dessus, on n'avait pas assez de moyens ! Luce n'est pas dans la zone où on a cherché ! Elle est partie avec l'Audi ; ou alors elle a fui et se cache plus loin dans la montagne, avança Jepe désireux d'écarter l'enlèvement.

— Avec le bordel qu'on a foutu, elle aurait rappliqué !

— Tu sais, en deux ou trois heures, tu en fais du chemin, surtout Luce. Qui te dit qu'elle n'est pas paumée quelque part ? Puis c'est bon pour le moment, basta des supputations : entre les trésors de Boudet, l'enlèvement de Magnan, les Cathares et *CircleWorld*, je suis perdu, poursuivit Jepe. Il est temps de se reposer !

— On ne va pas dormir alors que Luce est en

danger, protesta José.

— On verra demain avec les chiens. Une paire d'heures de récupération, c'est indispensable si on veut être performants. Tu viens avec moi ; je te fais une petite place dans ma chambre.

Sitôt allongé dans son lit, Jepe ronfla avec la sérénité satisfaisante du travail accompli. À ses côtés, sommairement installé sur un lit de camp, José, incapable de dormir, subissait sa respiration bruyante. Il essayait de se rappeler ce que lui avait dit Luce au téléphone au sujet de Lupo di Bianca Forza. Ce mercenaire, ce livre de l'abbé Boudet, cette énigme inscrite en filigrane dans les pages d'un livre étaient-ils les véritables raisons des crimes ? Comment et pourquoi ? Il connaissait la façon de travailler de Luce. Elle devait avoir pris des notes, il se promit de les retrouver au plus tôt et de les regarder de près !

Les recherches

Après avoir flairé des vêtements récupérés dans sa voiture, les deux bergers allemands s'élancèrent sur les traces de Luce. Le museau rasant le sol, ils se dirigèrent vers la grotte. Au passage, ils s'attardèrent en surplomb de l'anfractuosité où le corps d'Amaury de Niort avait été trouvé. Leur course s'arrêta à la caverne, et leurs maîtres eurent beau insister, ils piétinèrent. Au retour, ils se détournèrent jusqu'au chemin situé plus haut et reniflèrent avec obstination l'espace où, d'après le témoin, l'Audi avait été garée. L'hypothèse d'une fuite salvatrice de Luce dans la montagne s'écroula, celle de l'enlèvement se précisa.

— Ils ne peuvent pas se tromper, affirmèrent les spécialistes. Les pistes sont fraîches et il n'y a pas eu de rosée pour les diluer. Aucun corps ne se trouve ici, vous pouvez faire confiance à nos chiens, leur flair est sûr !

José hésitait à se fier à des animaux. Avaient-ils

réellement la faculté de capter infailliblement les molécules émises par un être humain des heures auparavant ? Il ne pouvait accepter que l'odorat d'un berger allemand détruise son espoir. Llense, en policier rationnel, n'avait pas ce genre d'état d'âme.

— Putain, ça c'est pas bon ! S'il nous faut attendre que Niort refasse surface, ce serial killer va encore frapper ! Allez les mecs, au boulot, il faut resserrer tous les boulons et reprendre toutes nos pistes sans exception. Que deux gendarmes reviennent à ce foutu camp de *CircleWorld* et tentent de dégotter quelque chose sur Magnan ! Nous, on passe à Fontanès pour voir du côté des Siffre, on sait jamais !

À la maison du tilleul, Félicie Siffre, dans son tablier imprimé de fleurs blanches sur fond noir, fut seule pour les recevoir :

— Hier soir, mes hommes sont montés aux estives. On dirait que c'est fait exprès ! Quand Louis a été arrêté, les bêtes se sont échappées ! Le berger nous a avertis.

— Votre fils était assigné à résidence, il ne devait pas partir, s'énerva Llense.

— Les bêtes, c'est notre gagne-pain, Monsieur ! Il faut s'en occuper ! Et qui va le faire si Louis il peut pas ? Vous, peut-être ? s'emporta Félicie, sortant de son rôle de femme soumise.

— Où sont vos hommes en ce moment ? tempéra Favre.

— Entre Paillères et Ascout, par là-bas !

— Bien ! S'ils sont de retour avant que nous ayons pu les joindre, dites-leur d'appeler immédiatement la gendarmerie, recommanda l'adjudant qui avait pris les choses en main et amorçait le repli.

— Ces Siffre, tu crois qu'ils peuvent avoir fait le coup ? s'inquiéta Trapero alors que le trio avait regagné la base de la gendarmerie.

— Je sais plus moi, ils étaient pas en première ligne. Maintenant, à la façon où tout part en couilles, faut voir ! En tout cas, ils n'ont pas d'Audi noire, précisa Llense.

— Une voiture, ça se trouve facilement, s'insurgea José.

— Pour moi, ils n'y sont pour rien, osa Favre. Mais enfin, vérifions...

— Et vite, la vie de Luce en dépend ! Pour quelles raisons, nom de Dieu, ce malade l'aurait-il emmenée avec lui ?

— Ce ou ces malades, reprit Llense. À tout prendre, le mieux serait effectivement qu'elle ait été enlevée et qu'on nous réclame une rançon ! estima-t-il.

Un silence suivit sa phrase. Personne n'y croyait...

— Espérons que le hasard nous vienne en aide, reprit le Catalan en regardant José dans les yeux. On pourrait contacter l'Américain, il sait peut-être quelque chose.

— J'y suis passé hier, rappela José. Il est au courant des recherches de Luce, mais il n'en connaît pas vraiment les détails.

— Oui, mais hier elle n'avait pas encore disparu ! Il faut le relancer !

— Et le journaliste ? Tu le laisses tomber ? Fie-toi au dicton : « La première poule qui chante, c'est celle qui a pondu ! » La malédiction cathare se concrétise... De là à ce que notre reporter n'ait fait qu'annoncer ses exploits...

José terminait sa phrase quand Serge Dumoulin entra dans la gendarmerie. Fort de son coup d'éclat au Boussadus, il s'introduisit dans le bureau de Llense à la manière d'un habitué.

— Inspecteur, entama-t-il, je viens aux nouvelles. Niort se trouve à la clinique de Quillan dans un état grave et vos hommes montent la garde. Que se passe-t-il ?

Influencé par les propos de Trapero, Llense le reçut sur un ton agressif.

— Tu pourrais t'annoncer avant d'entrer ! Et tu

le sais peut-être mieux que nous, ce qui se passe ! Hier après-midi, qu'est-ce que t'as fait ?

— Mais …

— T'as un alibi ?

— Un alibi ? J'ai bossé chez moi, je prépare une nouvelle émission télé.

— Des témoins pour attester ?

— Non ! C'est quoi ça ? Vous me soupçonnez ? De quoi ?

— Amaury de Niort a été balancé dans le vide à proximité d'une grotte près du château d'Usson, l'informa Llense d'un trait.

— Il a récidivé ! s'enthousiasma Dumoulin, oubliant que l'inspecteur venait de le mettre en cause. Vous auriez pu m'avertir. On collabore, non ?

— Fais pas le malin, Dumoulin. Nous, on travaille pas pour les médias. On n'est pas des marchands de pub !

— Je n'en reviens pas : deux morts à Usson !

— N'enterre pas Niort, il n'est pas mort. Tu préfèrerais ?

— Qu'est-ce qu'il ne faut pas entendre... après toutes les infos que je vous ai filées sur Magnan… Dire que comme un con, je venais encore vous tuyauter !

— T'as du nouveau ? s'intéressa Llense, changeant de ton.

— Magnan n'est pas venu ici par hasard. Il a insisté auprès des instances de *CircleWorld* pour s'installer au Boussadus. La région l'intéresse, c'est un accro des Cathares !

— Comment t'as appris tout ça, toi ?

— En me bougeant le cul. Je continue à me renseigner sur lui. Hier, j'ai contacté ses collègues parisiens. Ils ne se sont pas fait prier pour cracher un peu sur lui : ses histoires avec les ados font tache, et ils n'apprécient pas : ça nuit à l'image de l'association.

— File-nous les noms de tes contacts chez *CircleWorld*. En contrepartie, je te livre un scoop : une spécialiste de l'histoire cathare a disparu.

— La nana qui fait les conférences ? saisit instantanément Dumoulin.

— Celle-là même.

— Deux accros des Cathares agressés simultanément. Là, c'est pas mal !

— Pour l'instant, tu ne fais que prendre de l'avance sur tes autres collègues. Ok ? Rien de tout ça sur ta feuille de chou ni à la télé, c'est notre marché. Je te prouve que je collabore honnêtement, à toi de faire de même !

Une fois Dumoulin sorti du bureau, persuadé que le coupable était définitivement identifié, Llense sollicita José qui observait la rue depuis la fenêtre :

— Alors, qu'est-ce que t'en penses ? Le Magnan, on dirait qu'il a *quiné*[22] : primo, il s'intéresse aux Cathares ; deusio, il connaît Arcy ; tercio, il a des embrouilles avec Amiel ; quarto, il a une Audi noire ; quinto, il s'est carapaté avec…

— Justement, t'as vu la bagnole du journaliste ? l'interrompit brusquement José.

— Non, qu'est-ce qu'elle a ?

— C'est une Audi noire.

— Merde, tu crois…

— Je crois rien du tout. On a dit : « Pas d'impasses ! », il faut lui filer le train !

22. Quiner : gagner une partie de loto (jeu très pratiqué dans le sud de la France) en alignant cinq nombres tirés au sort dans une liste de 90 numéros.

Les quatre sacrifices

Quatre trésors = quatre sacrifices

L'or du loup dans les grottes du nid de l'ours sous la roche blanche marquée de la flamme du loup près de la tour du loup.

Trapero avait laissé Llense et Favre pour se rendre à Gincla. Dans la chambre de Luce, il relisait pour la énième fois les lignes écrites de la main de sa compagne. La feuille marquait la page d'une carte locale où les sites d'Usson, de Puilaurens, de Dournes et d'Axat étaient soulignés en rouge. La signification des notes était évidente. Des trésors avaient été enfouis dans d'anciennes tanières d'ours, près des citadelles cathares. Luce en avait trouvé les caches, et les fouilles à l'intérieur indiquaient qu'elle n'était pas la seule. Qui d'autre ? L'assassin à coup sûr !

L'égalité ressemblait à un marché ; un marché

entre qui et qui ? Un marché pour quoi ? Que voulait dire Luce ? Les sacrifices étaient-ils les meurtres commis à proximité des grottes ? Et les trésors, les récompenses ?

José saisit son portable et appela Llense :

— Luce a décodé l'énigme de l'abbé Boudet, lui annonça-t-il. Ça me paraît coller avec les meurtres. Écoute, je te lis ses notes…

Après avoir livré le texte décodé, il reprit.

— Pour moi, l'assassin a appliqué l'égalité à la lettre. Les meurtres sont les sacrifices offerts en échange des trésors. Un marché avec quelqu'un de l'au-delà !

— C'est une putain de version de la thèse cathare que tu nous sors là, José. Si c'est vraiment ça, on a affaire à un dingue de la pire espèce. Mais ce serait bon signe.

— Comment ça, « bon signe » ?

— Les quatre sacrifices, on les a déjà : Arcy, Amiel, Fournier et Niort.

— Vu comme ça, en effet… Mais alors, pourquoi Luce a disparu ? Et vous, de votre côté, vous avez quelque chose ? enchaîna José, rejetant la question angoissante.

— Les flics parisiens ont confirmé les infos de Dumoulin. Magnan, outre ses penchants pour la chair tendre, se passionne pour l'ésotérisme. Les Templiers, les Cathares et leurs secrets le fascinent. De plus, en perquisitionnant à son domicile, ils sont tombés sur une correspondance suivie avec Niort et Arcy.

— Donc, ce serait lui !

— Ça en a tout l'air. Les Siffre déclarent avoir passé la nuit à la recherche de leurs chevaux et, bien qu'ils n'aient pas de témoins, cela semble très vraisemblable. Quant à Dumoulin, même s'il n'est pas encore localisé, pour moi il n'y est pour rien. *The serial killer*, c'est Magnan. Mais où le choper ?

— L'énigme résolue par Luce nous donne un indice, avança José.

— Qu'entends-tu par-là ?

— Après Puilaurens, Dournes et Usson, il faut s'intéresser à la quatrième forteresse, au quatrième nid d'ours. Selon le message de Boudet, la grotte du quatrième sacrifice se trouve dans les environs d'Axat !

— Pas con ! … Je vais étudier la carte IGN avec Favre. Tu nous rejoins ?

— Pas de suite. Je vais soumettre le texte de Luce à l'Américain, il a travaillé avec elle, peut-être que ça lui parlera. Mettons toutes les chances de notre côté !

Au bruit de la voiture qui se garait, Alan Amplaing sortit précipitamment de la grande maison d'habitation.

— Ah, c'est vous, accueillit-il José sur un ton déçu. J'avais espoir que ce soit Luce. Vous avez de ses nouvelles ?

— Oui et non. C'est pour cela que je suis ici ; on a de sérieux problèmes.

— Qu'est-ce qu'il se passe ? s'alarma l'Américain sans prendre le temps de l'inviter à entrer.

José rapporta les recherches effectuées par la police.

— … Je suis inquiet, très inquiet. Surtout depuis que les gendarmes ont découvert le corps d'Amaury de Niort dans la falaise… Précipité, comme ceux de la fille et du randonneur.

— Luce est menacée ?

— L'assassin est fou, il l'a certainement enlevée.

— Que faisait-elle dans cette grotte ?

José sortit la feuille de papier.

— Tenez, lisez.

Alan Amplaing s'empara fébrilement du document, le lut et le relut avec une grande concentration, manifestant son incompréhension par des hochements de tête négatifs.

— C'est son écriture, je la reconnais, finit-il par

murmurer en guise de seul renseignement, les yeux rivés sur l'énigme. Je n'y comprends rien. Qu'est-ce que tout cela signifie ?

— Qu'elle s'est rendue à Usson à la recherche d'une ancienne tanière d'ours et de la flamme de Lupo di Bianca Forza, comme à Dournes et à Puilaurens. Vraiment, ces phrases ne vous disent rien ?

José les prononça à haute voix : « Quatre trésors égalent quatre sacrifices. L'or du loup dans les grottes du nid de l'ours sous la roche blanche marquée de la flamme du loup près de la tour du loup. » Ça ne vous inspire pas ?

— Absolument pas, vous m'en voyez navré ! Je sais simplement qu'elle travaillait sur le livre de Boudet. D'après elle, il pouvait exister une relation entre Lupo di Bianca Forza, le héros de notre roman, et le mystère du trésor de Saunière. Du moins, c'est ce que j'en ai retenu. Ça me semblait un excellent sujet pour un prochain roman. Vous croyez que ces phrases sont en relation avec sa disparition ?

— En déchiffrant l'énigme, Luce a découvert le secret de l'assassin ! Elle est en danger. Il va vouloir la sacrifier dans une grotte, près d'une tour de Lupo. Ces tours, vous devez bien les connaître, ce sont les anciennes possessions du condottiere : les châteaux d'Usson, de Dournes, d'Axat et de Puilaurens.

— Je comprends maintenant. C'est à proximité de forteresses qu'on a découvert des cadavres !

— Exactement ! Ce qui nous laisse supposer qu'à chaque scène de meurtre correspond un trésor ! D'après Luce, Jérôme Arcy a travaillé sur cette énigme. Il ne vous en a jamais rien dit ?

— Non, il gardait pour lui ses recherches sur le livre de Boudet. Elles n'étaient pas en relation avec nos projets du moment. Tout ce que je sais sur Lupo et l'énigme, c'est ce que Luce m'en a révélé. Mais de ces phrases, elle ne m'en a jamais soufflé mot.

— Voyez-vous quelqu'un qui pourrait les connaître ?

Amplaing réfléchit.

— Amaury de Niort… Mais il n'est certainement pas le seul, ces mystères intéressent tant de monde…

— Édouard Magnan, ce nom vous dit-il quelque chose ?

— C'est celui de l'avocat de Jérôme. Il s'intéressait aussi aux Cathares et s'est documenté auprès de mon ami.

— Vous le connaissez ?

— Je l'ai croisé, c'est tout. À l'époque du procès, je ne connaissais pas encore Jérôme ; c'est plus tard que nous avons collaboré.

— Vous ne savez pas où il pourrait se trouver ?

— Je n'en ai pas la moindre idée. Pourquoi cette question ? Vous êtes policier vous aussi ?

— En quelque sorte. Magnan est soupçonné. Bien, je vous remercie ; si vous n'en savez pas plus, je vous laisse.

— Mais qu'attendiez-vous de moi au juste ? le retint encore Amplaing.

— Des informations. J'ai l'intime conviction que la disparition de Luce est en relation étroite avec cette énigme. Vous ne savez vraiment rien ?

— Non, rien, je regrette. Est-ce que je peux faire quelque chose pour vous aider à retrouver Luce ? Vous accompagner ?

— Ça ne servirait à rien. Les gendarmes sont déjà en alerte et c'est leur métier. Et puis, il vaut mieux que vous restiez ici. Si elle passe…

— Je sais ce que je vais faire. Je vais fouiller dans les dossiers de Jérôme, je ne l'ai jamais fait. Peut-être que je trouverai quelque chose… Tenez-moi au courant, s'il vous plaît, moi aussi je suis très inquiet maintenant.

Bien que bredouille, José rentrait sur Axat avec le sentiment de se trouver sur la bonne voie : la piste de Lupo devait le conduire à l'assassin. Son subconscient fonctionnait à plein régime. Une remarque de Dumoulin revint à son esprit : « Deux meurtres à Usson ! »

Ça ne collait pas avec l'égalité prophétique : *Quatre trésors = quatre sacrifices.*

L'un des crimes n'était-il qu'une bavure ? À Usson, un était en trop ! Celui de Jérémy Fournier ou bien celui d'Amaury de Niort ? Probablement le second. La thèse de la complicité était sérieuse. Le défenseur de l'âme cathare en cheville avec le manitou de *CircleWorld*, ça tenait la route : Luce, en état de légitime défense, précipitait le premier dans le vide avant d'être pourchassée par son compère ! Contrairement à ce que pensait Llense, seuls trois sacrifices avaient été commis, le quatrième restait à venir ! Il fallait trouver la grotte dans les plus brefs délais ! Mais peut-être était-il déjà trop tard !

Au tréfonds de lui, sans parvenir à atteindre le niveau de sa conscience, un autre détail d'importance tentait de forcer les portes de sa mémoire, en vain.

Trapero traversa Quillan. Après La Forge, il suivait les méandres de l'Aude. Impatient de retrouver Llense, il appuyait sur le champignon, oubliant qu'il roulait en *Dauphine*. Dans un virage, la force centripète le lui rappela, mais trop tard ! La voiture bascula sur le flanc puis sur le toit. Elle glissa sur la terre herbeuse et atterrit dans les jardins en contrebas ! José se retrouva tête en bas, les genoux coincés contre le volant, ridiculement tassé sur ses épaules. Heureusement, l'habitacle avait parfaitement résisté au tonneau. Il ouvrit la portière et sortit. L'auto semblait simplement posée à l'envers, les quatre roues en l'air. Déjà des conducteurs s'arrêtaient au bord de la route.

— Ça va ? Rien de cassé ? s'inquiétèrent-ils.

— Plus de peur que de mal, les rassura-t-il.

Un automobiliste lui donna le numéro d'un garagiste et il organisa son dépannage sur-le-champ.

Rongeant son frein, Trapero attendait impatiemment lorsque son portable chanta : Llense.

— José, proclama-t-il d'une voix réjouie, on a trouvé la quatrième grotte, avec la flamme sur la pierre. Le sol a été fouillé, la dalle n'est pas en place, mais c'est vieux, très vieux !

— Notre assassin ne l'a donc pas encore visitée, comprit José.

— Exact. Sur ce coup, on le devance ! Si c'est vraiment un jeu de piste, on n'a plus qu'à se planquer et à attendre pour le cueillir.

— Vous avez inspecté les alentours ?

— Oui, nous n'avons trouvé aucun corps mais c'est touffu et accidenté. J'hésite à faire venir les chiens… Trop de trafic risque d'alerter notre homme…

— Peu importe ! Sauver Luce est prioritaire. Regarde pour Amiel et Niort, parfois c'est une question de minutes. De toute façon, en un quart d'heure, on saura.

— Bon, je les fais venir. Et toi, du nouveau avec l'Amerloque ?

— Non. Il ne sait rien pour nous aider à retrouver Luce. Il m'a confirmé qu'Arcy et Magnan se connaissaient, c'est tout.

— Tu nous rejoins. Je t'explique, l'accès est facile, une piste carrossable au-dessus de Sainte-Colombe…

Llense se lançait dans une longue tirade, Trapero l'arrêta.

— Je ne peux pas venir tout de suite, j'ai un problème…

Il rapporta sa sortie de route et l'attente du dépannage.

— Ça te reste bien de rouler avec un vieux tacot ! J'aurais aimé voir ça, se moqua le Catalan. Bon, je te tiens au courant, et tu m'avertis quand tu démarres.

Le dernier sacrifice

Il avait obtenu d'elle tout ce qu'il voulait. La garder plus longtemps devenait trop risqué ! Le dernier acte de la prophétie allait s'accomplir : quatre sacrifices ; quatre trésors ! Elle serait la dernière victime immolée pour Lupo di Bianca Forza ! Depuis plusieurs mois maintenant, l'âme du mercenaire l'habitait. Dans ce pays d'Oc où Wisigoths, Templiers et Cathares avaient vécu leurs dernières heures, l'esprit de Lupo l'avait investi, peu à peu, irrésistiblement, irrémédiablement, jusqu'à le conduire au crime.

La première fois, au bas de la grotte de Puilaurens, quand il avait surpris Jérôme Arcy sa cassette sous le bras, il avait pensé que seule une pulsion de convoitise et de violence venue du fin fond de son inconscient avait dicté son geste mortel. Mais il était déjà, sans le savoir, la main de la Force Blanche. Jérôme était un descendant du sénéchal de Carcassonne, Hugues des Arcis, qui avait condamné le condottiere. Il avait payé ! Par la suite, si l'or des Cathares l'avait obsédé, ce n'avait été que pour le conduire sur la voie de la vengeance de Lupo !

Il avait trouvé l'énigme de Jérôme sans parvenir à la décoder. L'existence de quatre trésors était sa seule certitude. À Dournes, pour y avoir, à maintes reprises, épié Arcy, il cherchait avec obstination une deuxième cache. Un soir, alors qu'il s'était attardé à l'intérieur de la caverne, la fille l'avait surpris. Le cri de Jérôme basculant dans le vide avait alors résonné dans sa tête, à le rendre fou. Une nouvelle pulsion l'avait poussé au deuxième sacrifice. Il avait manqué de chance, la prof l'avait sauvée et pour ne pas être reconnu, il avait pris beaucoup de risques à la clinique de Quillan. En l'égorgeant, il ignorait que Karine descendait de l'archevêque de Narbonne, Pierre Amiel, le pourfendeur de tant de Parfaits ! Lupo le manipulait au-delà des siècles.

Le randonneur, il l'avait rencontré par hasard sur le Chemin Cathare en provenance de Bugarach. Ils avaient discuté de son projet d'enchaîner avec la Route Vauban et de dormir à Fontanès pour repartir au petit jour. Quand il lui avait dit son nom, Jérémie Fournier, sans qu'il sache pourquoi, l'envie de le tuer était montée en lui comme une fièvre soudaine. Il avait pensé au crime gratuit qui égarerait la police. La malédiction des Cathares avait des adeptes. Pour l'entretenir et brouiller les pistes, il suffisait de commettre un meurtre à proximité d'une ancienne forteresse des hérétiques et le tour était joué. Le marcheur matinal fut une proie idéale. Une nouvelle fois, le plaisir de tuer, d'entendre ce hurlement dans le vide, lui avait donné une sensation de jouissance.

Puis, la prof d'histoire l'avait remis sur la piste des trésors cathares. Quand, filée par Niort, elle était venue se garer sur la route d'Escouloubre, il était accroché à ses basques. Dans la falaise, elle les avait conduits à la grotte, face au squelette du château d'Usson. Lorsqu'elle s'était introduite dans la caverne, il en avait profité pour supprimer Niort, le propulsant dans le précipice. Alertée par le bruit de la brève lutte, Luce Avérous était sortie de la caverne et il l'avait assommée.

Dans l'antre de l'ours, sous la pierre marquée par la flamme, cinq caissettes pleines d'or et de bijoux l'attendaient depuis des siècles !

Le lieu était désert et la route peu fréquentée. Il en avait profité pour transporter discrètement le corps inanimé et les trésors jusqu'à l'Audi. De retour dans son repaire, il avait enfermé sa prisonnière et l'avait interrogée jusqu'à ce qu'elle crache tout ce qu'elle savait… En définitive tous ses actes lui étaient dictés.

Maintenant, il allait terminer son œuvre en sacrifiant sa quatrième victime dans la grotte au-dessus des gorges de Saint-Georges qu'il traversait en ce moment même. L'étroit goulet franchi, il prit la direction de Sainte-Colombe. Il s'approchait du village lorsque, dans un virage au-dessus de lui, il reconnut le cul d'une fourgonnette de gendarmerie qui roulait lentement. Derrière la vitre arrière, il discerna les têtes de deux bergers allemands. Il ralentit pour rester à distance. Dans la traversée du hameau, avant le pont sur l'Ayguette, le véhicule tourna à gauche sur la voie qu'il comptait emprunter. Il abandonna son plan et, tout heureux de ne pas avoir été repéré, fila tout droit. Il poursuivit jusqu'à retrouver la route de la vallée, dix kilomètres plus haut, au niveau d'Escouloubre-les-Bains. Là seulement, il se sentit en sécurité et redescendit vers Axat.

Il réfléchissait. Se pouvait-il que les gendarmes soient sur sa trace ? Où se rendaient-ils ? Connaissaient-ils la grotte ? Il n'avait pas le temps de chercher les réponses à ses questions, il devait au plus tôt en terminer avec la prof. Où la sacrifier sans se faire prendre ? L'idée jaillit alors qu'il s'approchait d'Axat. Il la sacrifierait au Prieuré ! Peu fréquenté, l'endroit était idéal pour accomplir la dernière volonté posthume de Lupo di Bianca Forza.

Au bout de la ligne droite, il enjamba le pont sur l'Aude et, juste après, s'engagea sur la gauche par la piste qui monte en direction des gorges. Il allait disparaître dans la perspective d'un replat lorsqu'un 4x4 apparut dans son rétroviseur. Était-il suivi ? Non, il s'en était assuré tout au long du chemin et la voiture arrivait dans le sens opposé à sa descente depuis Escouloubre-les-Bains ! Dans l'habitacle, il distingua la silhouette du chauffeur. L'homme était seul, sans doute un chasseur qui venait aménager un poste ou entretenir un égrainoir pour sangliers.

Les gorges de Saint-Georges

Le garagiste ne tarda guère. Une demi-heure après l'avoir appelé, la dépanneuse s'approcha de la *Dauphine* vautrée dans le jardin. Habile, à l'aide de son treuil, il la redressa en un tour de main puis la déposa sur ses quatre roues. José s'inquiéta immédiatement de son état de marche. Le moteur démarra à la première tentative mais, quand il tourna le volant, la direction ne répondit pas.

Le mécano diagnostiqua une rupture de la crémaillère :

— C'est pas forcément grave : une simple biellette qui a sauté sous le choc. Je vais la remorquer jusqu'à mes ateliers et je vous ferai un diagnostic. C'est une *Dauphine Gordini*, une belle pièce de collection ! Ça vaut le coup de la réparer.

— C'est que j'ai un rendez-vous très urgent, et je suis déjà très en retard !

— Parfois, en voulant gagner du temps, on en perd ; ces bagnoles ne tiennent pas la route, le sanctionna le garagiste. Je peux vous en laisser une si ça vous arrange, proposa-t-il.

— Là, vous me dépanneriez vraiment ! déclara José, soulagé.

— Allez, montez avec moi ; dans ce virage, on est mal placé, il ne faudrait pas causer un autre accident.

Comme convenu, avant de reprendre la route, Trapero appela Llense.

— Les chiens cherchent depuis une bonne demi-heure, l'informa le Catalan. Ils tournent, mais d'après leur maître Luce n'est pas là.

— Tu crois que c'est bon signe ?

— Franchement, je sais pas. Magnan reste introuvable et l'état de Niort s'aggrave. Je ne vois pas comment tout ça va se décanter !

— Vous allez plier ?

— Dès que les chiens auront fini !

— Attends-moi, je voudrais voir quand même !

José passait sous l'arche du viaduc au volant d'un vieux 4x4 prêté par le garagiste, lorsqu'il aperçut une Audi noire s'enfilant par la piste entre les bâtisses de l'ancienne scierie. Une intuition le poussa à la suivre. Elle disparut dans un faux plat, mais il la retrouva au niveau du bassin de la conduite forcée, en surplomb de l'usine électrique de Saint-Georges. Elle était garée dans un espace aménagé à la lisière de la forêt. Il s'y rangea à son tour.

Coupant le contact, il sortit de l'habitacle et étudia les lieux. La piste continuait en virant ; une *tire* grimpait en direction des falaises. Il choisit la voie de débardage et s'éleva rapidement. Comme il approchait de la crête, il repéra un balisage orange. Il le suivit entre de grands blocs de calcaire. La végétation s'avérait plus clairsemée et il évoluait pratiquement à plat.

Devant lui, un énorme rocher bouchait la voie ; en son milieu, une ouverture offrait le passage pour un seul homme à la fois.

Naturelle ou artificielle ? s'interrogea-t-il en la franchissant.

Un formidable coup de bâton le jeta à terre, mettant un terme à sa réflexion.

Malgré le 4x4 qui s'était engagé derrière lui, l'homme n'avait pas voulu changer son plan. Il s'était simplement dépêché de sortir de l'Audi et d'en extraire sa prisonnière pour s'engager sous les chênes verts. Si le gêneur persistait à le suivre, il l'éliminerait ! Il traînait la prof. Il avait dénoué les liens de ses jambes et la tirait par une corde attachée à ses poignets. Une bande de gros sparadrap bâillonnait sa bouche. Sur la pente sévère, il la frappa pour la faire avancer plus vite.

Attentif aux bruits, il sut rapidement que l'importun était toujours derrière eux. Venait-il admirer le point de vue ? Visiter les ruines du prieuré ? Était-ce un randonneur ? Un chasseur ? Il ne pouvait pas prendre le moindre risque, il devait agir. Le porche creusé dans le rocher lui offrit un poste d'embuscade idéal. Le passage franchi, il récupéra une grosse branche et attendit.

Quand l'homme passa sa tête, il arma son bras avec la volonté de fracasser son crâne et de le laisser pour mort.

Luce comprit qu'ils étaient suivis. Sans trop se soucier d'elle, le ravisseur l'avait sommairement attachée à un tronc d'arbre. Il n'avait pas remarqué qu'au cours de la difficile montée, à force de tractions, les nœuds s'étaient serrés sur eux-mêmes, donnant du mou aux liens. Il avait relâché sa surveillance ; elle devait profiter de la situation. Ses dents bloquées par l'autocollant ne pouvaient l'aider mais, en frottant ses poignets, elle parvint à dégager ses mains. Elle vit le gourdin se dresser. Libérée, elle se jeta sur son agresseur et le déséquilibra. Bien que violent, le coup s'avéra imparfait, et la frappe, qui se voulait mortelle, ne fit que projeter au sol l'homme qui débouchait.

Son ravisseur se tourna vers elle. Déjà, elle courait pour lui échapper. Il lui jeta son bâton entre les jambes. Elle trébucha mais, seulement déséquilibrée, se rétablit et reprit sa course de plus belle. Il se lança à ses trousses. Sans le savoir, elle s'engagea sur la voie du point de vue : un cul-de-sac. Quand elle se rendit compte du piège, il était trop tard : son poursuivant lui barrait déjà le chemin. Elle arracha le sparadrap qui la bâillonnait encore :

— Arrête, le somma-t-elle. Tu es fichu. Tu as assez tué !

Il ricana et s'approcha. Le précipice était à leurs pieds. Le moindre faux mouvement et c'était la chute. Luce se préparait à défendre chèrement sa peau lorsque, dans le dos de son agresseur, elle aperçut José.

— José ! s'écria-t-elle.

Le ravisseur profita de ce moment de déconcentration pour porter une attaque et la pousser. Déséquilibrée, elle glissa dans le vide. D'un réflexe salvateur, elle réussit à s'agripper in extremis au bord de la falaise. Mais ce n'était que partie remise : l'agresseur martelait déjà ses doigts de violents coups de pied.

Bien qu'à demi aveuglé par le sang qui coulait de son front, José saisit le drame.

— Non, pas ça ! rugit-il en se lançant sur l'homme de dos.

Trop tard ! L'abîme engloutit Luce.

Emporté par son élan, José bouscula l'assassin qui, surpris, bascula à son tour. José se retrouva au sol, la tête au-dessus du précipice. L'assassin tomba en tournoyant comme l'ange déchu. Son cri s'éloigna en échos et se perdit dans l'espace.

— Luce, Luce, râla Trapero désespéré.

— José, aide-moi ! entendit-il au-dessous de lui.

Il écarquilla ses yeux, essuyant le sang qui brouillait sa vue. Là, sous lui, telle une trapéziste de haute voltige au-dessus du vide, suspendue à la branche torturée d'un chêne semblable à celui qui avait sauvé Lupo di Bianca Forza huit siècles plus tôt, Luce se balançait, les mains fermement agrippées !

— Luce, Luce ! répéta-t-il, incrédule et soulagé.

— José, je ne tiendrai pas longtemps. Cours aux ruines, récupère la corde avec laquelle il m'avait attachée. Vite, elle est à côté de la roche percée.

Affolé, José chercha autour du bloc. Il lui fallut une bonne minute qui lui parut une éternité avant de tomber sur la longe. C'est alors seulement qu'il recouvra ses esprits. Les chocs physique et émotionnel cessèrent de le dominer. Son sang-froid retrouvé, il dénoua l'attache de l'arbre, revint vers le point de vue et lança le bout. La chance était définitivement avec eux, sa longueur était suffisante ! Avant que Luce ne l'agrippe, il s'assura, calant son dos et ses pieds sur des rochers.

— Tu peux y aller, l'autorisa-t-il, une fois bien en place.

Luce lâcha la branche et se suspendit à la corde qui oscilla, la ramenant contre la falaise. Elle s'aida de ses jambes et, hissée par son sauveur, reprit pied en quelques secondes.

— José, pleura-t-elle, libérant sa tension et tombant dans les bras de son compagnon.

Il la serra contre lui, caressant son dos du plat de sa main. Elle resta enfouie contre sa poitrine, agitée de frissons nerveux. Le sang des blessures de José continuait à couler, imprégnant les cheveux de Luce. Elle se dégagea de l'étreinte.

— Tu saignes !

— Il m'a fait éclater l'arcade… Luce, qui était-ce ?

Le dénouement

Sept points ornaient le front de José et un plâtre enveloppait son nez fracturé.

« Plus spectaculaire que grave » avait estimé le médecin. « Vous ne serez pas défiguré ! Les arcades, ça cicatrice bien… Peut-être une petite marque, une ride de plus, quoi ! »

Jepe les rejoignit. Pour la seconde fois, en la complétant d'une analyse personnelle, Luce raconta son histoire :

— À force de s'immerger dans les mondes fantastiques et irréels de ses romans, Alan Amplaing a fini par perdre le fil de la réalité. Quand il évoquait les Croisés, il s'exaltait. Il pensait que lui et Jérôme Arcy en perpétuaient l'image, qu'ils étaient au-dessus du monde qui les entourait et que rien ne les séparerait jamais. Lorsqu'il a compris que Jérôme tombait amoureux d'Amaury de Niort, il ne l'a pas accepté. Il l'a espionné en amant jaloux. C'est ainsi qu'il l'a suivi sur la piste de Lupo di Bianca Forza : à Dournes, où Jérôme n'a rien trouvé, puis à Puilaurens, lorsqu'il a mis la main sur le premier trésor. Ce jour-là, quand Jérôme est descendu de la grotte de l'Ours avec les caissettes pleines d'or, Alan espérait qu'ils partageraient la découverte comme ils avaient toujours tout partagé jusqu'alors. Déterminé, Jérôme a refusé : cette nouvelle aventure n'appartenait qu'à Amaury et à lui. Fou de rage, Alan l'a précipité du haut de la dalle. Il a ensuite effacé toutes les traces de son passage puis est rentré au Bézu avec le magot. Dès lors, il n'a eu de cesse de retrouver les trésors de Lupo di Bianca Forza. Mais Jérôme n'avait pas retranscrit l'énigme de Boudet, il l'avait gardée dans sa mémoire. Alan n'avait que les notes que j'ai découvertes dans le livre de Boudet avec l'équation prophétique :

Quatre sacrifices : ours, Bonshommes, innocents, traîtres = quatre trésors.

— Ça y est… l'interrompit José. Je sais maintenant ce qui clochait et dont je n'arrivais pas à me rappeler. Alan Amplaing avait consulté aux archives de Narbonne. J'ai vu son nom sur la liste des emprunteurs lorsque tu m'as envoyé à l'archevêché.

Contrairement à ce qu'il t'avait affirmé, il avait mené ses propres investigations et il connaissait l'histoire de Lupo !

— Exactement. Il savait pour le condottiere, mais il n'avait pas les connaissances requises pour résoudre à son tour le rébus que Boudet avait caché dans son livre. Il revenait donc régulièrement et avec obstination à Fontanès pour tenter de trouver ce que cherchait Jérôme. C'est comme ça qu'il est tombé sur Karine Amiel. Surpris dans ses fouilles, il l'a précipitée dans le vide. Son coup n'a pas réussi complètement et il a dû s'y reprendre à la clinique. Avec Dournes et Puilaurens, Alan exploitait ce que la filature de son amant lui avait révélé ; mais il avait compris qu'il restait au moins deux autres caches. Quand il m'a rencontrée, il m'a utilisée. Sous prétexte de collaboration, il a discrètement mis entre mes mains les documents de Jérôme Arcy. Ça a marché, j'ai mordu à l'hameçon…

Luce marqua une pause pour boire une gorgée d'eau. Llense et Trapero étaient suspendus à ses lèvres. Elle reprit :

— La double personnalité d'Alan s'est développée. Alors qu'une part de lui continuait à jouer le rôle de l'écrivain, l'autre s'enfonçait dans la folie meurtrière. En lisant les articles de Serge Dumoulin, il a imaginé le crime gratuit d'Usson pour égarer la police. Pour ma part, aidée par les notes d'Arcy et la flamme de Lupo découverte sur les pierres des grottes, j'ai commencé à comprendre le message codé de Boudet. Je t'ai informé au fur et à mesure, Jepe. Mais tout ce que je t'ai dit, je le lui ai dit aussi... Le jour où je suis montée à la grotte d'Usson, Amaury de Niort n'était pas le seul sur mes talons. Je m'apprêtais à fouiller le sol lorsque j'ai entendu un bruit de lutte. Je suis sortie et j'ai vu Alan pousser Amaury dans le vide. Avant que je ne puisse m'échapper, il s'est jeté sur moi et m'a assommée. Je me suis réveillée au Bézu. Il m'a montré les coffrets remplis d'or. Il m'a obligée à lui révéler l'énigme de Boudet, puis il m'a annoncé que je serai la dernière victime à être sacrifiée sur l'emplacement du quatrième nid. Ce matin, il ne m'a pas administré la drogue qui m'abrutissait. Il m'a enfermée dans le coffre de sa voiture, à demi consciente. Alors que je finissais d'émerger, il m'a tirée sur la sente jusqu'au prieuré. La suite, vous la connaissez... José est intervenu.

José rapporta comment le hasard l'avait mis sur la route d'Amplaing : le tonneau qui l'avait retardé à Belvianes et l'Audi noire qui avait débouché face au Viaduc pour s'élever vers les crêtes de Saint-Georges.

Il en terminait avec sa part du récit, lorsque Étienne Favre entra dans la chambre :

— Inspecteur, les pompiers viennent de repêcher le cadavre de l'Américain. Il était prisonnier d'un remous dans les gorges de la Pierre Lys. Vous voulez le voir avant qu'ils l'embarquent ?

— Je viens. Je vous laisse, les enfants. Ce soir, on se retrouve à l'auberge de Gincla. Je crois qu'on a bien mérité de se faire péter la panse !

Les vengeances

Lupo quitta la Cerdagne alors que l'été éclatait d'un coup. Sans transition printanière, la neige partait en eau, les prés reverdissaient et les troupeaux envahissaient les pâturages. Sur les hauts plateaux, il en est ainsi.

Il avait préparé deux chevaux et un paquetage conséquent. Il savait qu'il ne reviendrait pas. Il allait consommer la dernière partie de sa vengeance puis disparaître.

Il traversa le Capcir et descendit par le Donezan et le plateau de Sault, empruntant par vallons et collets le tracé qui deviendrait plus tard la Route Vauban. Au niveau d'Axat, il fut tenté une nouvelle fois de revoir sa montagne et le prieuré, mais il préféra ne pas prendre de risques. Il retrouva l'Aude à Quillan et ne la quitta plus.

Le fleuve le conduisit au pied des remparts de Carcassonne, la cité qu'il avait assiégée avec Simon de Montfort et où il avait occis Géraud de Niort, le moins vil de ses ennemis.

Deux semaines après son départ, suivant le cours sud du delta, il atteignit Narbonne – jusqu'au Moyen-Âge, l'Aude se jetait dans la Méditerranée selon deux bras, l'un au nord de la Clape, l'actuel ; l'autre au sud, emprunté aujourd'hui par le canal de la Robine. Il confia ses chevaux à un relais près du fleuve et, vêtu en bourgeois, pénétra dans la ville. Prenant pension dans une auberge au voisinage de l'archevêché, il s'appliqua à connaître les habitudes des ecclésiastiques, particulièrement celles de Pierre Amiel. Un samedi soir, après les vêpres, surcot long serré à la taille, mante sur les épaules, toque sur la tête et chausses en daim aux pieds, il se présenta à la cathédrale à l'heure de confesse réservée aux riches. Dans ces occasions, c'était le prélat lui-même qui officiait, recueillant et absolvant les péchés en échange de quelques *Confiteor* et de généreuses offrandes. Sur le parvis, un pauvre hère amputé du bras droit, borgne, le visage à moitié emporté, mendiait. L'homme le supplia, s'accrochant à sa longue tunique et l'implorant de son œil unique. En guise d'aumône, Lupo le frappa à coups de pied.

Dans l'église, il s'installa près de la nef. Agenouillé à la manière des dévots, il simula une prière. Quand les fidèles s'éclaircirent il gagna à son tour le confessionnal. Dans un recoin d'une chapelle latérale, l'isoloir dissimulait fidèles et confesseur. Ouvrant sa porte centrale, Lupo poignarda l'archevêque qui s'affala dans un gémissement inaudible à plus de cinq pieds. Il fut si rapide que personne ne se rendit compte de son crime. Il glissa l'arme sous son vêtement et s'échappa sans que quiconque ne se doute de son forfait.

Lupo marchait maintenant sur la berge de l'Aude. La nuit arrivait. La mort violente du prélat serait bientôt connue, mais personne ne l'avait vu. Il avait tout son temps pour fuir. Il projetait maintenant de récupérer les trésors encore dissimulés dans les grottes près des châteaux cathares ; ensuite, il se retirerait définitivement dans les Abruzzes.

À quelques mètres devant lui, venant dans sa direction, une béquille de bois calée sous son épaule valide, il reconnut le mendiant du porche. Quand il l'avait frappé sur le parvis, il avait remarqué son œil crevé, son bras inutile, mais pas sa jambe abîmée.

Chaque jour, à l'heure de confesse réservée aux bourgeois, Guillaume quémandait sur leur passage.

Rares étaient les généreux, mais les quelques oboles recueillies lui permettaient de survivre. Depuis que les Français l'avaient estropié sur le chemin qui menait de Montségur à Montaillou, il ne vivait que de mendicité.

Lorsqu'il avait vu apparaître l'homme vêtu de sombre sur le parvis de la cathédrale, il avait immédiatement reconnu le chef des Croisés, un véritable Diable, celui qui, de sa large épée, l'avait gravement blessé, le laissant pour mort…

Après tant d'années, Dieu le plaçait sur son chemin ; c'était un signe du ciel, il se devait d'être sa main ! S'il avait perdu son bras droit, il lui restait le gauche, et ses jambes. Il se leva et observa le manège du Diable dans l'église. Il le vit se diriger vers le confessionnal et comprit son crime. Quand l'ancien mercenaire sortit, il se cacha sous un porche et continua à l'espionner. Il devina son itinéraire, le relais de chevaux sur le fleuve, deux kilomètres en amont ; l'homme y avait certainement laissé sa monture pour se rendre plus discret dans son déguisement de bourgeois. Rapidement, il échafauda un traquenard…

Une béquille trompeuse sous l'épaule, sa main gauche serrant une dague longue et effilée, Guillaume avançait vers le Diable ; il avait choisi un passage désert à cette heure-ci. Pour le frapper à portée, il devait le croiser au plus près. Claudiquant, il obliqua sa trajectoire à cet effet.

L'euphorie de la vengeance passée, Lupo fut saisi d'une vague d'abattement inattendue. Il avait tant de fois donné la mort, sa vie était si vide… Un sentiment inconnu, mêlé de doute, de lassitude, de dégoût et de désespoir l'envahit. Il en baissa la garde de la vigilance qui l'avait toujours prévenu des dangers. Ni la silhouette hésitante du pauvre hère, ni son écart dans sa direction ne l'inquiétèrent. Il fit simplement un pas de côté pour l'éviter.

Ce n'est qu'au tout dernier moment qu'il devina sa fin dans l'éclat des prunelles du mendiant. Sans lui laisser le temps de se mettre en garde, son agresseur dégaina un poignard dissimulé sous les haillons qui l'enveloppaient. Il sentit la lame s'enfoncer dans sa chair, au niveau du cœur. Dans un mouvement réflexe, il porta ses mains sur sa poitrine : le sang chaud et sa vie s'échappaient. L'estropié retira la dague tout en continuant à le défier du regard. Il fixa son assassin et reconnut en lui toutes ses victimes : celles passées par l'épée, celles suppliciées dans les flammes… Il sourit, comme heureux d'en finir, et s'écroula, poussant une dernière fois son cri de guerre.

Guillaume détroussa le cadavre et vola deux bourses pleines d'écus qui assureraient son avenir jusqu'à sa mort. L'or était magique. Malgré son infirmité, il pourrait prendre femme, avoir maison et descendance… Poussant le corps inerte de ses pieds, il le précipita dans la rivière.

Dans un remous noir, le fleuve Aude engloutit l'homme qui, par une nuit de pleine lune, lui avait échappé trois ans auparavant…

Épilogue

La résolution des meurtres de la Haute-Vallée vint s'ajouter à la liste des affaires brillamment élucidées par Jepe Llense. Il eut beau mettre en avant le travail des gendarmes d'Axat et le rôle de ses amis Luce Avérous et José Trapero, les choses étaient ainsi : pour l'État, il était le seul interlocuteur reconnu ; quant aux médias, ils avaient une préférence pour son image d'ancien international de rugby !

Serge Dumoulin couvrit *Les crimes cathares* sur plusieurs émissions télé dont le succès lui ouvrit les portes de TF1.

Amaury de Niort se remit de ses blessures et, appuyé par Luce, obtint un poste de conservateur des châteaux cathares.

Édouard Magnan refit surface vingt-quatre heures après le dénouement de l'enquête. N'étant plus impliqué, il n'eut pas à justifier son départ. Traduit en justice par la jeune Élisa, il fut acquitté. Son unique sanction fut sa radiation de *CircleWorld* par le directoire du mouvement !

La relation de José et de Luce connut une phase d'apaisement.

Luce poursuivit ses recherches sur Lupo di Bianca Forza et sur tous les acteurs du drame. Elle établit que Jérôme Arcy était un descendant d'Hugues des Arcis, sénéchal de Carcassonne ; Karine Amiel de Pierre Amiel, archevêque de Narbonne ; Jérémie Fournier de Jacques Fournier, le Grand Inquisiteur qui condamna Bélibaste et devint pape sous le nom de Benoit XII. Quant à Alan Amplaing, l'un de ses ancêtres était originaire d'Amplaing, un village ariégeois tout près de Montségur, une campagne où Lupo aimait enlever des jeunes filles !

Les crimes de la Haute-Vallée de l'Aude constituaient-ils le dernier acte de la vengeance de Lupo di Bianca Forza ? Les fouilles infructueuses menées au Bézu pour retrouver les deux trésors qu'Alan

Amplaing avait récupérés laissaient présager du contraire.

José Trapero fit réparer sa *Dauphine* qu'il éleva définitivement au rang de voiture de collection et ne l'utilisa plus qu'à de très rares occasions.

Du tonneau sur les dunes de Gruissan où son ami *La Jaste*[23] avait perdu la vie, à ceux de la route d'Axat qui avaient sauvé Luce, il savait que c'était le Hasard qui conduisait et qu'il ne faisait pas que des cadeaux.

23. *L'été de l'égorgeur (Mare Nostrum).*

T.D.O Éditions, SARL

tous droits réservés

Composition, mise en page : TDO Éditions

ISBN : 978-2-36652-247-1

Dépôt légal juin 2018

Achevé d'imprimer en france

Sur les presses de CPI Bussière (2045908)